セロトニン

Sérotonine Michel Houellebecq

ミシェル・ウエルベック

関口涼子＝訳

河出書房新社

セロトニン

それは白く、楕円形《だえんけい》で、指先で割ることのできる小粒の錠剤だ。

朝五時、時には六時ごろぼくは目を覚ます。一日で一番辛い時間帯、最も薬を必要とするときだ。起きて最初にする仕草は、電動コーヒーメーカーのスイッチを入れること。前日、コーヒーメーカーに水とコーヒー豆の挽《ひ》いたもの（豆のブランドはマロンゴ、昔からコーヒーには割とうるさいのだ）を入れたフィルターを設置しておく。コーヒーを一口飲んでから初めてタバコに火をつける。これは自分だけの規則で、これさえうまくいけば今日一日はまず大丈夫と思え、それが自分の気持ちの拠り所になっていた（電動だと早くコーヒーが淹《い》れられることをここに白状しておく）。一服吸うとたちまちにして緊張が和《やわ》らぐ、衝撃的といってもいい効果だ。ニコチンは完璧《かんぺき》なドラッグだ、悦楽をもたらしはせず、タバコが切れたと身体が感じた時、その要求を満たしてくれる、ただそれだけのシンプルでしぶといドラッグなのだ。

数分後、タバコを二、三本吸ってから、ぼくはキャプトリクスの錠剤を、コップ四分の一のミネラルウォーター――概《おおむ》ねはボルヴィック――で流し込む。

　ぼくは四十六歳になる。名前はフロラン＝クロード・ラブルスト。ぼくは自分の名前が嫌いだ。確か、ぼくの父と母が双方の家族の名前をくっつけたのだ。非の打ち所のない両親であるだけに残念だ。彼らはどこを取っても立派な親で、ぼくが人生で戦うのに必要な武器を備えるため、できる限りのことをしてくれた。ぼくが最終的に人生に敗れ、苦悩と悲嘆のうちに生を終えるとしても、両親のせいにすることはできない。どちらかといえばそれは悔やむべき状況が重なったせいであり、それについてはまた後に話す機会があるだろう――というよりそれが本書のテーマだ――ぼくは両親に何の不満もない、あえて言うならば、残念ではあるが取るに足らない、自分の名前のことくらいだ。フロランとクロードという組み合わせは滑稽《こっけい》だし、一つ一つを取りだしても気に入るところはなく、つまりぼくにとって自分の名前は完全な失敗作だった。フロランはなよなよしている、フロランスという女性名にあまりにも似ていて、両性具有のような感じがある。ぼくの顔はエネルギッシュで、ワイルドな印象もあり、しばしば（とにかく一部の女性には）男性的と捉えられることもあり、まったく、ボッティチェリ的なオカマ顔じゃまったくないのだ。クロードについてはコメントのしようもない。すぐに連想するのはクロードデット[*1]で、クロードという名前を口に出されてすぐさま頭に浮かぶのは、クロード・フランソワの懐《なつ》メロのビデオが、おいぼれたオカマたちのパーティーでエンドレスでかかっているぞっとしないイメージなのだ。

　名前を変えるのは難しくない、あくまでも、通名ならば、だが。行政上は、何一つ可能なことはない、役所の職務はぼくたちの可能性を極限まで縮小し、あわよくば潰《つぶ》すことだからだ。お役所仕事の観点からは、良い市民とは死んだ市民なのだ。でも、通名に限っていえば新しい名前で自己紹介すればいいだけで、何ヶ月か後、もしかするとたった数週間で皆も慣れ、過去に別の名前を持っていたなんて思いもしなくなる。ぼくの場合改名はもっと楽だっただろう。というのも、ミドルネームのピエールは、自分が世間に示したかった、意志の固い男性的な人間というイメージに完全に合っていたからだ。しかしぼくは何もしなかった。ぼくはフロラン＝クロードという唾棄《だき》すべき名前で呼ばれ続け、何人かの女性からは（カミーユとケイトだが、二人については、また後で話すことにしよう）ただフロランと呼んでもらうことに成功したが、世間一般にはそういった融通は利《き》かず、この点のみならず他のほとんどの点についても、ぼくは成り行きにすべてを任せ、自らの手で人生を勝ち取る力がないと証明したようなもので、彫りが深く、骨ばってかっちりした顔から滲《にじ》み出る男性性は実際のところ見せかけでしかなく、単なるまやかしだった。もちろんそれはぼくのせいじゃない、外見は自分が作ったものではなく神の創《つく》りし賜物《たまもの》で、ぼく自身は落ち着きのない腑抜《ふぬ》けでしかなかったのだ。そしてすでに四十六歳だというのに、自分の人生をまったくコントロールできていなかった。だとすれば、ぼくの人生の後半も前半に似て、気が抜け苦悩に満ち、零落の一途をたどるばかりと思われた。

第一世代の抗鬱剤《こううつざい》として知られているセロプレックス、プロザックなどは、血中のセロトニン濃度を上げ、それがニューロン5‐HT_1に再び取り込まれるのを抑制していた。二〇一七年初頭にキャプトンD‐Lが発見されたことで、抗鬱剤の次世代に道が開かれ、効果を上げるメカニズムもより単純になった。胃腸の粘膜で形成されたセロトニンの細胞外への分泌を助長するというシステム

＊1　歌手のクロード・フランソワのバックダンサーたちの名称。

だ。同年末から、キャプトンD－Lはキャプトリクスの名前で販売されることになった。この薬は突如として目覚ましい効果を見せ、患者たちが発展した社会においてしかるべき生活に伴う主な習慣（身支度をし、隣人と最低限付き合い、役所の簡単な手続きを行うなど）をかつてないほどやすやすと行うのを可能にした。そして、前世代の抗鬱剤と異なり、自殺や、自傷行為に走らせることもなかったのだ。

キャプトリクスの服用で見られる最も一般的な副作用は、嘔吐《おうと》と、性欲の喪失、不能などだ。

ぼくは嘔吐で困ったことは一度もなかった。

物語はスペイン、アルメリア県で始まる。国道340号、エル・アルキアンから北へちょうど五キロのところだ。季節は初夏、おそらく七月半ば、二〇一〇年代の終わりごろ。確かエマニュエル・マクロンがフランス大統領だった時期だ。この季節のスペイン南部がいつもそうであるように、天気は良く、とても暑かった。午後早く、ぼくのメルセデス4WD G350TDはレプソルのガソリンスタンドの駐車場に停まっていた。ガソリンを満タンにしたところで、ぼくは車体に寄りかかり、のろのろとコカ・コーラゼロを飲んでいた。ユズが翌日着くと考えると陰鬱な気分は増すばかりだったが、ちょうどその時、フォルクスワーゲン・ビートルが、タイヤの空気圧を調整するスタンドの正面に駐車した。

二十代の若い女性たちが二人車から出てきた。彼女たちが魅力的なのは遠目でも分かった。このところ、ぼくは、女の子たちがどれほどチャーミングでありうるか忘れていたから衝撃だった。誇張された、嘘《うそ》くさい芝居みたいだった。空気はあまりにも熱せられ軽く揺らいでいるようにさえ見え、駐車場のアスファルトもそれに応えているようだった。蜃気楼《しんきろう》はまさにこのような状況下で現れるのだ。しかし彼女たちは現実に存在していて、そのうちの一人が近づいてきたとき、ぼくは軽いパニックさえ起こした。彼女は軽いウエーブのかかった明るいロングのブラウンヘアーで、カラフルな幾何学模様のレザーのヘアバンドを巻いていた。白いコットンのバンドが胸の辺りを隠していて、やはり白いコットンのひらひらしたミニスカートはちょっと風が吹いても捲《めく》れそうなのに、風はちっとも吹かなかった。おお神は寛容で情け深い。

彼女は微笑《ほほえ》みを絶やさず、落ち着いていて、まったく怖がっていないように見えた。はっきり言おう、怖がっていたのはぼくの方だった。彼女の眼差《まなざ》しには善意と幸せが溢《あふ》れていた。初めて見たときから、彼女は、動物や男性、自分の上司とさえ良好な関係を築いているだろうと分かった。どうして、若くて好ましいこの女の子が、夏の午後ぼくに近づいてきたのだろう。彼女とその友だちは、輪っかの空気圧をチェックしたいと思ったのだ（いや、乳輪じゃなく車輪のことだ、説明が悪かった）。それは、文明的な国、いやそれ以外の国の交通安全組織でもおおよそどこでも推奨されている予防策だった。つまり、このうら若き女性は単に好ましく愛嬌《あいきょう》があるだけではなくて、慎重で賢くもあるということだ。彼女に対するぼくの賞賛の念はいや増すばかりだった。彼女に手を貸すのを断ることができるだろうか、もちろん無理だ。

彼女の友だちは、スペイン人女性といって思い浮かべるイメージにもっと似つかわしい外見だった。漆黒の髪、暗い褐色の目、浅黒い肌。服装はもう一人ほどヒッピーくさくはなかったが、やはり感じのいい女の子に見えた。ヒッピー度は低いとはいえちょっとはすっぱな雰囲気もあり、左の鼻にはシルバーのリングをつけ、胸を覆うバンドはカラフルで、挑発的なモチーフ、パンクかロックのスローガンめいたことが書かれていた、ぼくには違いはよく分からない、まあ、パンク・ロックと言っておこう。連れとは異なり、彼女はホットパンツを穿《は》いていて、さらに始末が悪かった、どうしてピチピチのパンツを商品化するんだろう、どうしたってお尻に目を惹きつけられずにはいられない、無理というものだ、ぼくも耐え難かったが、すぐに現状の問題に集中し、こう説明した。最初にするべきことは、車種に最適なタイヤの空気圧の値を確認することです。通常は、左前ドアの下方に金属ラベルが貼ってあり、そこに書かれているはずですよ。

ラベルはぼくが指示した場所に確かにあり、ぼくは、自分の男性としての能力に対する彼女たちの敬意が膨らんだのを感じた。車にはほとんど荷物は積まれていなかった——彼女たちは驚くほど荷物が少なかった。軽そうなバッグが二つ、それもTーバックと普段使いの化粧品が入るくらいので、空気圧は二・二キロバールで十分そうだった。

タイヤを膨らます作業が残っていた。左前のタイヤの空気圧は一・〇キロバールしかないのがわかった。ぼくは、歳相応に許される厳しい態度で重々しくこう伝えた。ぼくに話しかけてくれてよかった、あなたたちは知らないうちに危険に身を晒していた、時間の問題でしたね。タイヤの空気圧が足りないと、地面に密着せず滑りやすいから、遅かれ早かれ事故を起こしただろうと。彼女たちは動揺して可憐《かれん》に反応し、ブラウンヘアーの子はぼくの二の腕に手を置いた。

これらの機械が扱いにくいことは認めなければならない、機械のホイッスル音に注意し、チューブバルブにノズルを接合する前に注意深く位置を確認しなければいけない、セックスする方がまだ楽なくらいだ、本能に任せればいいのだから、彼女たちもその点には同意するだろうと思ったけど、どうやってその話題を持ち出したらいいか分からなかったので、左前方のタイヤを仕上げ、休まずに左後方のタイヤにも取り掛かり、女の子たちは近くにしゃがみ込んでぼくの仕草を大層注意深く見守り、彼女たちの言語で「Chulo《スゴイ》」とか「Claro que si《そうよ！》」とかしきりに言い合い、それからぼくは彼女たちに残り二本のタイヤを任せ、先生として見守ってあげるからやってごらんなさいと言った。

漆黒の髪の方は、ぼくが想像していたように、より直情的で、すぐに右前方のタイヤに取り掛かった。彼女がしゃがみ込むと、ぴったりしたミニパンツを通して理想的な丸みのお尻が見え、それがノズルをコントロールしようとして動くのを見るのはなかなか辛いことだった。ブラウンヘアーはぼくの動揺に同情したのか、姉妹同士がするように、すっと腕をぼくの腰にまわしさえした。

そして、右後方のタイヤをブラウンヘアーが担当する番が来た。エロティックなテンションは先ほどのようには上がらなかったが、優しい情愛が加わった。というのもぼくらは三人とも、これが最後の一本で、終われば彼女たちはドライブを続けるより他はないと知っていたからだ。

彼女たちは作業を終えてからも数分残り、重ねてお礼を言ったりエレガントにお辞儀をしたりした。そして彼女たちの態度は単に儀礼的なものではなかったと、数年後の今それを思い出してぼくは少なくともそう思う、ぼくにも、過去にはエロティックな人生があったのだ。彼女たちは、ぼくがどこから来たのかと尋ね——フランスからです、まだ言っていなかったと思いますが——この地域でどこが面白いと思ったか、特に、感じのいい場所を知っているかと尋ねた。ある意味では知ってますよ、タパスバーが一軒、ボリュームのある朝食が出るところで、自分の別荘の目の前にあります。もう少し行ったところにはディスコがあって、甘めに採点するなら感じがいいと言えますね。それからぼくの家、少なくとも一泊は泊めることもできるだろうし、本当に感じの良いひとときを過ごせるだろう（今になって考えると、そう思い込んだだけなのかも）。でもぼくはそんなことは何も言わず、大まかに、この辺りはとても気持ちのいい地域で（それは本当だった）、ここでぼくはハッピーに過ごしている（これは嘘だった。もうすぐユズが来るという事態は全然ハッピーではなかった）と説明した。

そしてついに女の子たちは大きく手を振って別れを告げた。フォルクスワーゲン・ビートルは駐車場でUターンし、国道へ続く道を遠ざかっていった。

これ以外の展開も色々ありえただろう。ロマンティックコメディーであれば、ぼくは、何秒か大げさに悩んだ後（ここで役者の力量が問題になる、ケブ・アダムスならできたかも）、メルセデス4WDの運転席に飛び乗って、高速道路で彼女たちのビートルに追いつき、ちょっと馬鹿げた感じで大きく腕を振りながら追い抜き（ロマンティックコメディーの俳優たちがするように）、彼女たちの車は非常駐車帯に停まり（古典的なロマンティックコメディーだったら、車に乗っている女の子はおそらくただ一人で、ブラウンヘアーの子だろう）、それから、何らかの感動的なやり取りがあり、その間に大型トラックがすれすれのところでぼくたちを轢《ひ》きそうになるという次第だ。このシーンでは、シナリオライターは、会話部分に入念に手を入れる必要があるだろう。

ポルノ映画だったらこれ以降の展開はもっと想像しやすいが、ライターは会話をそう書かずにすむだろう。どんな男だって、ピチピチした女の子、エコで3Pができる女の子が好きなのだ。少なくとも、ぼくはそうだ。

しかしここはリアルな世界だったので、ぼくは家に戻った。ぼくは勃起していたが、この日の午後の出来事を考えれば驚くべきことではなかった。ぼくはそれをいつもの方法で処理した。

この女の子たち、特にブラウンヘアーの方はスペイン滞在に意味を与えてくれたに違いないのに、ぼくの午後が月並みでがっかりな結末を迎えたことは、ある明白な事実を残酷に突きつけた。つまり、ここにいる理由は何もないということだ。ぼくは、このアパートをカミーユと一緒に購入した、彼女のために買ったのだ。ぼくたちがカップルとして様々な計画を立てていた時で、それは家庭の基盤になる何か、クルーズ地方にロマンティックな水車小屋を買うとか、何でもいいけどそういったことで、子供を作る予定だけはなかったけれど、それだって、計画に入りかけたことはあった。ぼくが不動産を買ったのはこれが初めてで、これきりだった。

彼女はすぐにこの場所を気に入った。アンダルシア地方から東部地中海沿岸まで点々と続く巨大な観光客向けの施設からは離れた、静かで小さなヌーディストビーチだ。人口の多くはヨーロッパ北部のリタイア世代で、ドイツ人、オランダ人、時折スカンディナヴィア人、無論イギリス人は欠かせない。ベルギー人はいなかったが、何もかもがいかにもベルギー人が好きそうなスタイルだった、ビーチ近辺のあらゆる要素、建売別荘の建築スタイルや商業施設の建ち並び方、バーの店舗家具など。本当に、いかにもベルギー人がいそうな場所だったのだ。宿泊客たちの多くは、元教育関係者や、広い意味での公務員、そして第三セクターの人たちだった。彼らは今や悠々自適の生活を送り、早くからアペリティフをやり始め、垂れた尻、ぺったり落ちた胸、もう役に立たないペニスをぶらぶらさせ、バーから海岸、海岸からバーへと嬉しそうに行き来していた。彼らはトラブルも隣人問題も起こさず、バー「ノー・プロブレモ」のプラスチックの椅子《いす》にお行儀良くタオルを敷いてから（このビーチでは、共同使用の椅子に客の湿った恥部が直接触れるのを避けるためタオルを敷くことが暗黙の了解だった）、メニューの短いリストをやりすぎなほど丁寧《ていねい》に検討していた。

それより数は少ないもののもっと活動的な客層にスペイン人のヒッピーたちがいた（ぼくにタイヤを膨らませてと頼んだあの二人の女の子たちがそうだったのだと後から気がついた、つくづく惜しいことをした）。スペインの現代史をざっとおさらいするのは無駄なことではないだろう。一九七五年、フランコ将軍の死後、スペイン（より正確に言えば、スペインの若者）は二つの対立する傾向に直面することになった。前者は、一九六〇年代に由来する流れで、フリースタイルの恋愛、ヌード、労働者たちの解放などを高く買っていた。後者はおそらく一九八〇年代に現れ、前者とは反対に、競争、ハードポルノ、シニカルな態度、ストックオプションなどに価値を置いていた。無論これはあまりに簡略化した図式だが、簡略化しなければどんな結果にもたどり着けはしない。あらかじめ失墜が予定されていた前者の傾向を代表する者たちは、次第に自然保護区域に身をひそめることになった。その一例がこのささやかなヌーディストビーチで、そこにぼくはアパートを買ったのだ。しかしこの予定された失墜はそもそも実現したのだろうか。フランコ将軍の死からずっと後になるインディグナドス《怒れる者》運動など、事態は逆だと思える。そして、もっと最近になっても、あの、悲しくも動揺させられた午後にエル・アルキアンのレプソル・ガソリンスタンドにいた二人の女の子たちの存在が証明しているように思えるが――インディグナドのメス形はインディグナダだっただろうか、ぼくは二人の魅惑的なインディグナダスを前にしていたのか――ぼくには一生真実は分からないだろう。ぼくの人生は彼女たちの人生と触れあわなかった、ぼくのヌーディストビーチに来ればと提案できたのに、まさに彼女たちのためにあるような場所で、漆黒の髪の子は帰ったとしてもブラウンヘアーの子とハッピーに過ごしただろう、まあ、ぼくぐらいの歳になると幸せの約束なんてものは曖昧《あいまい》になるのだが、あの出会いの後何日間かぼくはブラウンヘアーの子が家のドアをノックするのを夢見ていた。彼女はぼくを迎えに来て、ぼくのこの世界における放浪は終わりを告げ、彼女はただ一度の動きでぼくのペニス、ぼくの存在、ぼくの魂を救いに来てくれる。「そして、ぼくの家に、自由奔放に、女王のごとく入ってきた」[*1]それらの夢の中で、彼女は漆黒の髪の子の方が車で待っているから、自分たちに合流していいか聞いたりする。しかしそのヴァージョンの夢はだんだん少なくなり、シナリオは単純化され、最後にはシナリオ自体もなくなり、ドアを開けるとすぐにぼくたちは眩《まぶ》しく語ることのできない空間に入るのだ。この妄想はこの後二年ほど続いた。しかし話を急ぎすぎないようにしよう。

　今のところ物語は、その午後の翌日、ユズをアルメリア空港に迎えに行かなければならない、という時点にある。彼女はここに来たことはないが、ぼくは、彼女がこの場所を毛嫌いすると確信していた。ヨーロッパ北部のリタイア世代には嫌悪を覚えるだけだろうし、スペイン人のヒッピーには軽蔑《けいべつ》の念しか抱かないだろう。この二つの（難なく共存していた）カテゴリーのどちらも、社会生活と世界に対して彼女が一般的に抱いているエリート的なヴィジョンにはなじまないからだ。これらの人たちには品性というものが決定的に欠けていたし、だいたいぼくにしてからが品性にはまったく欠けていた、ただ、ぼくには結構お金があった、どうしてそうなったのかは時間があるときに話すとするが、端的に言えばぼくが金を持っていることがユズの関係をすべて言い尽くしていた。本当ならぼくはユズと別れるべきで、それは分かりきっていた、もっと言えば同棲などしなければよかったのだが、すでに述べたようにぼくは人生を自分の手にするまでに長い時間をかけてしまい、大方の場合ぼくは自分の人生を掌握することができていなかったのだ。

空港では車を楽に停めることができた。駐車場は異様に広く、そもそもこの地域自体が必要以上に広大だった、大量の観光客の到来を見込んだがそんな事態は一度も訪れなかったのだ。

ぼくはこの数ヶ月ユズと寝ていなかった。恋愛関係を復活させる気もまったくなく、その理由は色々あって多分後で説明するけれど、そもそもどうしてこのヴァカンスを企画したのかは自分でも理解できない。そして、到着ホールのプラスチック製ベンチに座って彼女を待ちながら、この休暇を早めに切り上げようとさえ思っていた。二週間の予定だったが一週間で十分だ、仕事があるからと嘘をつこう、あの売女《ばいた》は口答えできないはずだ、あいつはぼくの金に全面的に依存していて、それはぼくにいくばくかの権利を与えていた。

パリ＝オルリー空港からのフライトは時間通りに到着の予定で、到着ホールは適温に空調設定され、ほとんど人はいなかった。アルメリア地方では、観光業はことごとく落ち込むばかりだった。電光掲示板が飛行機の到着を知らせた時、ぼくは立ち上がって駐車場に戻りかけた——彼女はぼくの住所など知らないし、どうやっても居場所を見つけることはできないだろう。ただ、ぼくはすぐに分別を取り戻した、仕事のためにせよ、いずれはパリに戻らなければならないのだから。ぼくは

＊1　ニコライ・ネクラーソフ『民衆の詩』より、「祖国」からの引用。

農業食糧省で働いていたが、この日本人の彼女と同じくらい仕事にもげんなりしていた、ぼくはまさに人生の厳しい時期を迎えていたのだ、もっとたわいもない原因で自殺する人もいる。

　彼女は相変わらずありえないほど塗りたくっていた、絵を描いたと言ってもいいくらいだ、ダークレッドのルージュにヴァイオレットのアイシャドーのせいで青白い顔色がさらに際立ち、イヴ・シモンの小説なら「磁器のような」肌と描写されていただろう、ぼくはその時、彼女は日焼けしたがることなどないことを思い出した、生気のない肌（イヴ・シモン的に言えば磁器のような肌）は日本人には品位の極致と考えられているからだ。でも日焼けが嫌ならスペインの海岸ですることなど何かあるのだろうか、このヴァカンスの計画はナンセンスだ、今夜にでも帰途に泊まるホテルの予約を変更しよう、一週間だって長すぎる、有給休暇を何日か京都での花見のために取っておいてもいいではないか。

　あのブラウンヘアーの子とだったら何もかもが違っていただろう。彼女は、イスラエルの地の従順な女の子のように、ためらいも軽蔑もせず海岸で服を脱ぎ、ドイツのリタイア世代のでぶっちょ軍団にも顰《しか》め面《つら》をせず（これが栄光のキリストの到来に至るまでの女性たちの運命なのだ、彼女はそれを知っていた）日光に身を委《ゆだ》ねただろう（そしてドイツ人の親父たちもその体を余すことなく眺《なが》めただろう）、パーフェクトな丸みを帯びた尻の栄光に輝くスペクタクル、脱毛された初々しいデルタ（神はかのようなしつらえをお与えになった）、そしてぼくは勃起しただろう、哺乳類《ほにゆうるい》らしく勃起しただろうが、彼女はさすがに海岸でフェラチオはしない、家族連れのヌーディストビーチなのだ、早朝からハタヨガのポーズをとっているドイツ人のおばちゃんたちにショックを与えることは避けたに違いない。とは言っても彼女はぼくの男っぽさに欲望を覚え、女としての自分が呼び覚まされたようにも感じ、ぼくたち二人が水中に入るのを待ち、沖合五十メートルくらいのところで（この海岸は浅瀬なのだ）自分の湿った部分をぼくのそそり立つペニスに与える、それからぼくたちはアロス・コン・ボガヴァンテス（ロブスターの米料理）をガルチャのレストランで食べる、ロマンティスムとポルノグラフィーは分かち難く、創造主の善意は力強く顕現する、そんなわけでぼくの考えはとりとめもなくあちこちをさまよう。とは言っても、ユズに会った時、どことなく満足げな顔をすることには成功した。彼女は押し合いへし合いするオーストラリア人バックパッカーの団体をかき分け、到着ホールに現れた。

　ぼくたちは頰《ほお》にキスをし合った、というよりかすかに頰を触れ合わせた程度だが、それでも過剰なくらいだった、彼女は直《ただ》ちに座るとヴァニティーケース（その内容量は航空会社が定める手荷物の規則に厳密にかなっている）を開け、荷物引取りターンテーブルにはいささかも注意を払わず化粧を直し始めた、ぼくが荷物を「担ぐ」ことになるのだろう。

　ぼくは彼女のスーツケースを経験上よく見知っていた、何だか名前は忘れてしまったが有名なブランドで、「ザディーグ・エ・ヴォルテール」*1だったか「パスカル・エ・ブレーズ」だったか、ルネサンス時代の地図を布地の上にプリントするコンセプトで、そこでは俗世界が曖昧模糊《あいまいもこ》とした形で表象され、時代がかったキャプションが付いている、こんな風だ。「此処《ここ》には虎が生息するであらう」とにかく、シックなバッグブランドなのだ、そして、中間管理職御用達《ごようたし》のサムソナイトのような下品なブランドと異なり、キャスターが付いていないところがさらに独自性を醸《かも》し出《だ》していて、ヴィクトリア朝の瀟洒《しょうしゃ》なトランクよろしく、文字通り「担が」なければならなかった。

　西欧諸国の例に漏れず、スペインもまた生産性向上を目指す自殺的なプロセスに加担していた、快適な生活を送るのにかつては貢献していた、資格を必要としない職業を徐々に省略し、返す刀で

*1　ザディーグ・エ・ヴォルテールは実在のブランド名。ヴォルテールの小説『ザディーグ』から取られた名前。

人口の大部分を失業へと追いやった。こういったスーツケースは、「ザディーグ・エ・ヴォルテール」であれ「パスカル・エ・ブレーズ」であれ、ポーターが存在する社会でしか意味を持たないのだ。

見る限りではポーターはいなかった、いや、そんなことはない、とぼくはターンテーブルからユズの二つの荷物（一つはスーツケース、もう一つは同じ重さのボストンバッグで、合わせて四十キロくらいか）を下ろしながら考えた。ポーターはぼくだったのだ。

ぼくは運転手の役割も兼ねていた。高速A７号に入るとすぐに、彼女はiPhoneの電源を入れ、イヤフォンを付けると、充血緩和のアロエヴェラローションが含まれたアイマスクで目を覆った。空港に向かう南行きの反対車線は危険で、ラトビアやブルガリアの大型トラックはいつバランスを崩してもおかしくなかった。こちらの車線では、マリ人の不法労働者が収穫した温室栽培野菜をヨーロッパ北部に運ぶトラックが列をなしていたが、運転手はまだ睡眠不足ではなく、ぼくは難なく三十台ほどのトラックを追い越し、出口５３７に近づいた。ランブラ・デル・テゾーロの上に張り出した陸橋に向かう長いカーブゾーンの入り口で、五百メートルほどにわたって防護柵が切れていた。この女とおさらばしたいなら、ハンドルを切らなければそれですむ。この辺りの傾斜は厳しく、走行速度を考え合わせるとコースは申し分ない、車は岩がちの傾斜を走るどころか百メートル下に直接落ちて粉々になり、一瞬恐怖に血の気もひくかもしれないがそれでおしまい、天にまします我らが父に我が曖昧なる魂を捧げることになるだろう。

空は澄み渡り、静かで、さっそくカーブの入り口に素早く差し掛かった。ぼくは目を閉じ、ハンドルをギュッと握りしめた、奇妙にバランスが取れた心穏やかな状態が数秒、おそらく五秒足らずあり、その間ぼくは時の流れからはみ出たように感じた。

　しかし思わず痙攣《けいれん》のように体が動き、ぼくは乱暴に車を左に向けた。ギリギリで間に合い、右前方の車輪がしばらく小石混じりの路肩を擦《こす》っていた。ユズはマスクをはがし、イヤフォンを取った。

「どうしたっていうの。何があったの」彼女は怒ってそう繰り返したが、少し怖がってもいたので、ぼくはその状態を逆手に取った。「なんでもないよ……」とできる限り優しく、文明的なシリアル・キラーさながらのやんわりとしたイントネーションで言った、アンソニー・ホプキンスを手本にした、ぼくにとっての憧れの男、これ以上の男は考え難い、一生のどこかでお目にかかりたいと思うタイプの男性だ。ぼくはさらに一層柔和に、脳内に直接ささやきかけるほどの口調で繰り返した。「なんでもないよ……」

　本当のところ、ぼくは何でもなくなどまったくなかった。脱出《解脱》できる二回目のチャンスを逃したのだから。

ヴァカンスを一週間に短縮しなければならないと言った時、ぼくの予想通り、ユズは表立って満足げな表情を見せないようにしたくらいで、その決定を平然と受け入れた。仕事という理由にすぐに納得したようだったが、本当のところ、彼女はそんな弁明には何も興味がなかったのだ。

それに、仕事はまったくの言い訳でもなかった。実際、ルシヨン地方のアンズ《アプリコット》生産者に関する総括報告書を提出せずにヴァカンスに出てしまったからだ。仕事の虚しさに嫌気がさしていたためでもある。南部共同市場加盟国と現在折衝中の自由貿易協定が成立すれば、ルシヨン地方のアンズ生産者たちは勝算ゼロ、保護原産地呼称の「ルシヨンのレッドアプリコット」がもたらす保護など茶番に過ぎない、アルゼンチン産のアンズの洪水を止める術《すべ》はなく、ルシヨンのアンズ生産者は事実上死を迎えたとすでにみなしてもいいくらいなのだ。一人も残らない、一軒もだ、死者を数える生き残りさえ一人としていないだろう。

多分まだ話してないと思うけど、ぼくは農業食糧省に勤めていた。仕事の多くはヨーロッパの行政機関に属する交渉担当の議員のためにレポートを作成することで、時にはより広い分野での商業ラウンドのこともあり、その役割は「フランス農業の位置づけを定義し、支援し、代表すること」だった。ぼくは契約調査員として高給を取っていた、公務員に支給されうる規定をはるかに超えた金額だ。この給料にはある意味根拠があった、というのもフランスの農業界は複雑かつ多様で、あらゆる分野のキーを把握している人間は少なかったし、ぼくのレポートはおおよそ評価が高かった、本質を捉え、膨大な数字に溺《おぼ》れず、その反対にいくつかのキーとなる要素を弁別するぼくの能力を皆は評価していた。その一方、ぼくはフランス農業の位置の擁護には呆《あき》れるほど失敗を重ねていた。ただその失敗は根本的にはぼくではなく交渉担当者のせいであり、彼らは、失敗続きでもいささかもその尊大さを失わない稀《まれ》な人種なのだ、ぼくは彼らの何人かとコンタクトを取ったことがあったが（とはいえこれは例外的だ、我々は通常メールで連絡し合う）、そのやり取りには閉口した、彼らの大方は農業技師ではなく、高等商業学校出で、ぼくは最初から商業とそれに類するものには嫌悪感しかなかった。「高等商業学」という概念は、ぼくにしてみれば、学問の概念自体に対する冒《ぼう》瀆《とく》だと思われたが、交渉役に高等商業学校出の若い人員を登用するのはもっともだった、交渉はいつだって同じこと、アンズであれエクスのカリソン[*1]であれ、携帯電話であれアリアンのロケット[*2]であれ、交渉は独自の世界であり、特有の法に従い、交渉を知らない者には決してたどり着けない世界なのだ。

　ぼくはそれでもルシヨン地方のアンズ生産者についての報告書に再び取り掛かることにし、二階に上がって（メゾネットなのだ）、結局一週間、ぼくはほとんどユズと顔を合わせなかった、最初の二日間こそ下階に降りる努力をし、カップルとして同じベッドに寝る努力をしたが、その後努力を放棄し、タパスバーで一人で食事をとる習慣を身につけた、このバーは割と感じが良く、本当ならエル・アルキアンのブラウンヘアーの子と同じテーブルにつけたかもしれないのにその機会を逃してしまったのだ。日が経つにつれ、ぼくは午後いっぱいをそこで過ごすようになった、午後は商売的に言えば客の入らない時間帯だが、西欧においては昼食と夕食を区別する時間なので、社会的な面では圧縮できないのだ。タパスバーは落ち着いた雰囲気で、ぼくやそれ以下の客がほとんど、彼らは二十歳か三十歳上で、人生にはもうケリがついていた、ノックアウトなのだ。午後はタパスバーには多くのやもめがいた、ヌーディストの中には連れ合いを失った者が多く、特に未亡人、それからパートナーをなくした多くのゲイがいる、弱っちい方がゲイの天国に召されたのだ、大体にして性的指向はここでは雲散霧消し、見たところ圧倒的多数がただ余生を送るためにここに来ていて、人はどちらかというと国籍で区別されていた。テラスではイギリス人のコーナーとドイツ人のコーナーをすぐに見分けることができ、ぼくは唯一のフランス人だった。オランダ人ははすっぱで所構わず座っていた、オランダ人ときたら多国語を話す八方美人の楽観主義者で、これについてはいくら強調しても足りないくらいだ。皆はビールとプラトス・コンビナードス（メインや付け合わせが一皿に盛ってあるメニュー）を囲んで緩やかに酔いしれ、ゆったりとした雰囲気で、会話のトーンも抑制されていた。しかし時として若いインディグナドスの波が訪れることがあり、海岸から直接店にやってくる、女の子たちの髪はまだ湿っていて、そうなると店内の音量はぐっと上がった。ユズの方が何をしていたのかは知らない、だって彼女は日光には当たらないから。おそらくネットで日本のドラマでも見ていたのだろう。ぼくは今でも、彼女が状況をどう理解していたのか分からない。特別な家柄ではなく、素晴らしくはないが快適な生活をするだけの給料を家に入れることができるぼくのようなガイジンは、日本人女性と同居させていただくだけでとてつもなく光栄だと感じるべきだったのだろうし、日本

＊1　フルーツの砂糖漬けとアーモンドを練り上げた南仏の伝統的な焼き菓子。
＊2　欧州宇宙機関開発による人工衛星打ち上げ用ロケット。

人女性というだけでなく、若く、セクシーで、名家の出身、西洋と東洋のアート界との最先端のコネクションを持っているとなれば文句なし、ぼくは彼女のサンダルの紐《ひも》を解《ほど》くのがせいぜいだったが、問題は、ぼくが彼女のそうしたステイタスにも自分のステイタスにも無関心なのを隠そうとしなくなっていたことだ。ある晩、階下の冷蔵庫にビールを取りに行って、ぼくはキッチンで彼女にぶつかり、サンミゲルの六本パックと食べかけのチョリソを取り出す前に、つい「そこをどけよメスブタ」と言ってしまったのだ、おそらくこの一週間少し戸惑っていたのではないだろうか。自分が傑出した社会的ステイタスを持っていると伝えようとしても、相手が返事の代わりに目の前でゲップをしたり屁をこいたりするような場合、なかなか一筋縄では行かない。おそらく、自分がこのような態度にどれだけショックを受けたか話せる相手には事欠かなかっただろうが、その相手は彼女の家族ではないだろう、そんな話をすれば、おそらくその状況を利用してそろそろ日本に帰国する時ではないかと結論を出しただろうから、でも友だちとか、知り合いになら話はできる、多分、ぼくが、ルションン地方のアンズ生産者に見切りをつけ彼らが滅亡の道をたどるのに任せていた間、ユズはスカイプを頻繁に使用していたに違いない、ルションン地方のアンズ生産者に対するその頃のぼくの無関心は、今になってみると、カルヴァドス県とマンシュ県の酪農家の運命が決まる肝心な時期にぼくが示した無関心の予兆のように思えるが、それはまた、自分自身の運命に対してもより根本的な無関心を示しつつあったのと同時期で、この頃やけに年上の話し相手を探していた、それは逆説的なようだが簡単ではなかった、彼らはぼくがシニアのふりをしているのをすぐに見抜き、特にイギリス人のリタイア世代からは冷たい扱いを受けた（でもそれは重要ではない。イギリス人から歓待されることなどありえないのだ、イギリス人は人種差別主義者で、そのソフトヴァージョンが日本人だと言えるだろう）。ぼくはオランダ人からも冷遇されたが、それは外国人嫌いだからではなく（オランダ人が外国人嫌いになることがありうるのか。この二つの用語間には矛盾がある、オランダは一つの国ではなく、せいぜいが一企業なのだから）、彼らシニアの男たちの世界にぼくは入ることを拒否されていた、権利を証明できなかったのだ、彼らはぼくという男とは心を開いて前立腺の問題とか動脈バイパスの話ができないらしかった。インディグナドスたちにはびっくりするほど簡単に受け入れられた、彼らの若さは真のナイーヴさに裏付けられていて、この数日間、ぼくは彼らの方に合流できただろうし、そっち側に行くべきだったのだ、最後のチャンスだったし、同時にぼくは多くの情報を提供できた、ぼくは農業関連産業の行き当たりばったりな状態について完璧に把握していたし、彼らはぼくと交流することで活動家として議論に一貫性を持たせることができただろう、スペインが遺伝子組み換えに関し異議を唱えるべき政策を取っていただけに尚更だった、スペインはヨーロッパの中でも遺伝子組み換えに関して最もリベラルで無責任な国の一つで、スペイン全体、スペインの畑《カンポス》全体が明日にでも遺伝子組み換え爆弾に変わりかねなかった。本音を言えば、女の子がいれば彼らに合流しただろう、いつだって女の子が一人いればそれでいいのだ、でも、エル・アルキアンのブラウンヘアーを忘れさせてくれるドラマは何も起こらず、今になって考えてみればそれはそこにいたインディグナドスのせいでさえなく、彼らがぼくにどんな態度を取っていたかさえはっきりと思い出せない、今にして思えば、上っ面《うわつら》の好意だったのかもしれないが、ぼく自身も表面的にしか付き合えない態度を取っていたと思うし、ぼくはユズが来たことですっかりボロボロになっていて、彼女をできるだけ早く厄介払いする必要があるのは分かりきっていた。ぼくは他の女の子に魅力を感じることができず、たとえ、魅力がある女の子に気づき、彼女たちがある効果を与えると信じたとしても、それはソマリア人難民がベルナーオーバーラントの滝についてのドキュメンタリー番組をインターネットで見ているに等しかった。ぼくの生活は、手応えのある出来事、端的に生きる理由を欠いたまま、苦悩が増すばかりで、滞在の終わりの頃には、ルシヨン地方のアンズ生産者をまったく打ち遣ってしまった。ぼくは、おっぱい丸出しのインディグナダに出くわすのを避けてカフェにはあまり行かなくなった。タイル張りの床の上に日の光が動くのを眺め、カルデナル・メンドーサ製のブランデーのボトルを次々に空け、それで一日がほぼ終わっていった。

日々の耐え難い虚しさにもかかわらず、刻一刻と近づく帰還の時は、ぼくの心配の種でもあった。パリに戻るまでの何日間か、ぼくはユズと同じベッドに寝なければならないのか、まさか別々の部屋を取るわけにもいかないだろう。ぼくは、フロント係やホテルの従業員全体が、カップルに対して抱いているイメージをそこまで破ったら悪い気がしていて、だとすると二十四時間態勢でユズと一緒にいなければならず、この受難は四日間丸ごと続くことになる。カミーユの時には、帰途には二日間しかかからなかった。彼女も運転できたからいつでもぼくと代わってくれたし、その頃のスペインでは制限速度は遵守《じゅんしゅ》されていなかった、運転免許の点数制はまだ万全ではなく、ヨーロッパ諸国間の役所仕事の連携はいずれにせよ完全には実施されていなかったので、外国人がささやかな交通違反を犯しても、一般的には目を瞑《つむ》る傾向があった。そもそも、現在のケチくさい時速一二〇キロではなく、その頃の制限速度は時速一五〇キロから一六〇キロだったし、そのおかげで帰途にかかる時間が短縮されただけではなく、この時速のおかげで長時間、安全を確保しながら運転することができたのだ。いつ終わるとも知れぬ直線が続く、車のほとんど通らないスペインの高速で、日光に押し潰されながら退屈極まりない風景を走り抜ける、特にバレンシア-バルセロナ間はひどいが、内陸を通ればいいわけではなく、アルバセテ-マドリード間も気が滅入る行程で、このスペインの高速では機会があるごとにエスプレッソを飲んでもタバコを何本も立て続けに吸っても眠気を抑えることはできないから、この嫌気がさす行程を二、三時間も続けると瞼《まぶた》はいかんともしがたく閉じてきて、走行速度を上げることでアドレナリンでも出さなければおよそ覚醒状態は保てず、だからこの阿呆くさい制限速度は現実には死亡交通事故の元凶になっていたのであり、そんな中で死亡事故――ぼくにとってはある種の解決になったかもしれないが――を起こしたくないなら一日の走行距離を五〇〇ないし六〇〇キロメートルに抑える必要があった。

カミーユの頃にも、帰路に喫煙可能なホテルを見つけるのには難儀したのだが、先に述べた理由から、スペイン縦断には一日、パリに戻るのにもう一日あればすんだ、そしてぼくたちは、禁煙化に抵抗するホテルを何軒か見つけた、一つはバスク海岸、もう一軒はヴェルメイユ海岸沿い、三軒目は同じく西ピレネー地方だが少し内陸部に入ったバニェール＝ド＝リュションにあるホテル「シャトー・ド・リエル」で、ここは思い出しても夢のようだった、どの部屋も、キッチュでエキゾチックな雰囲気を醸し出し、想像をはるかに超えていた。

この頃はまだ法律の圧力は完璧ではなく、法の網をすり抜けるいくつかの穴があったが、ぼく自身も若かったからできれば法の規制を遵守しておきたいと望んでいた。ぼくはまだ自国の正義に信頼を置き、法律は概ね人の益になると信じていた、その後ぼくはゲリラ的方法を身につけ、火災探知機を機能させないようにできた。装置のカバーを止めているネジを抜き、ペンチで火災探知機の配線をパチパチ切ってしまえばそれで万事オーケー。より難しいのは掃除のおばさんを丸め込むことで、彼女たちは概してタバコの匂いを感知するのに長《た》けた嗅覚を持っているから、このケースにおける唯一の解決策はチップを盛大に弾むこと、それで沈黙を買い取ることができる、ただこの場合滞在費は高くつくことになるし、裏切りがないとは限らない。

ぼくは、一泊目の逗留《とうりゅう》先をチンチョン（マドリード自治州の小都市）のパラドール[*1]に決めていた、この選択にはほぼ異論の余地はなかった、一般的にパラドールはほぼ異議を差し挟む余地のないチョイスだろうし、特にここはチャーミングなのだ、十六世紀の女子修道院だった場所で、部屋はタイル敷きで噴水の流れるパティオに面し、廊下やレセプションの至るところで、暗色の木材で仕上げられたスペインスタイルの見事なダイニングチェアに腰を下ろすことができた。ユズは足を組み、もうこういう場所には来飽きたといういつもの態度丸出しで足を組み、内装にはいささかの注意も払わず間髪入れずにスマートフォンをいじり始め、その時点で早くも電波が届かないとか不平を言う気満々でいた。電波は通じ、それはグッドニュースだった、これで夜も静かにしているだろう。しかし彼女は再び渋々立ち上がらなければならなかった、パスポートとフランスの滞在許可証を自ら提示し、フロントが示す様々な書類の規定箇所三カ所にサインする必要があったのだ。奇妙なことにパラドールの書類関係はお役所主義で細部にうるさい面があり、西欧の観光のスタイルならそうあるべきオテル・ド・シャルム[*2]のレセプションのイメージにはまったくそぐわず、例えばウエルカムドリンクなどは彼らの柄ではないが、パスポートのコピーはするという具合、フランコ時代から状況はあまり変わっていないのだろう、とはいえパラドールもオテル・ド・シャルム「なので」あり、その元祖だとも言える、中世の城塞《じょうさい》やルネサンス時代の修道院でまだ廃墟《はいきょ》と化していないものは例外なくパ

*1　スペイン国営の高級ホテルグループで、歴史的建築物が改装され宿泊施設として使用されている。
*2　「魅力あるホテル」の意、歴史的な趣を残し、個性と品のある、多くは小規模なホテル。

ラドールに改装されたのだから。この先見の明のある政策は早くも一九二八年から実施され、そのあとほどなく、フランシスコ・フランコが権力についてから現在のように大規模に展開されることになった。その政治活動には議論の余地があるが、この点において彼は、世界的レベルでまさに「魅力のある観光」を発明したと捉えることができるだろう。しかし彼の功績はそれにとどまらない、この普遍的な精神はのちに真の意味での「観光の大衆化（ベニドルムを見よ！トレモリノスを見よ！[*1]一九六〇年代に、これに比較しうるものが何であれあっただろうか）」の基盤を築き上げた。フランシスコ・フランコは観光業における正真正銘の巨人であり、その物差しから再評価されねばならない、すでにスイスのホテル学校では再評価を受けつつあり、フランコ政権はさらに広く経済的な観点からハーヴァード大学とイエール大学での興味深い研究対象になった、つまり、カウディーリョ[*2]がいかにしてこの国に決定的な競争力を与えたかを分析したのだ。フランコは、このままではスペインは工業革命に追いつかないと感じ（だってはっきり言えばまったく存在しなかったのだから）、いくつかのステップを飛び越し、ヨーロッパ経済の最終段階である三段階目、つまり第三次産業である観光とサービス業界に投資した。新しい工業先進国ではより高い購買力を持った賃金労働者が、魅力のある観光か大衆的な観光か、それぞれの身の丈に合わせていずれもヨーロッパでお金を落とすことを望んでいたからだ。とはいえ今のところチンチョンのパラドールには中国人は一人も見かけず、イギリス人のごく平凡な大学教員カップルがぼくたちの後にチェックインを待つだけだったが、中国人は来るだろう、きっと来る、それについては何の疑いもない、一つだけ変えるべきことはこのレセプション手続きを簡素化することだ、観光におけるカウディーリョの偉業についてわれわれが抱く畏敬《いけい》の念がいかなるものであるにせよ、事態は変わったのだし、現在では、北国からのスパイは無邪気な一般の観光客グループに紛れようとはしないだろう、北国から来たスパイたちは自分たちも一般の観光客になった、ボスであるウラジーミル・プーチン、この道の先駆者に倣ったのだ。

書類上の手続きが終わり、ホテルのインフォメーションの各種書類にサインをすませた後、ぼくはポイント獲得のためフロントに「パラドール友の会」のカードを差し出し、それを見たユズが皮肉に満ちた、軽蔑的ですらある視線をぼくに投げかけたことに今回もマゾ的な喜びを覚えた。ぼくを批判できる点は何だって見逃さないのだ。ぼくはサムソナイトのスーツケースを転がして自分たちの部屋に向かった。彼女は、頭をのけぞらせて、ザディーグ・エ・ヴォルテール（だったかパスカル・エ・ブレーズだったか忘れたが）の二つの荷物をレセプションホールの真ん中に置きっ放しにしたままぼくに続いた。ぼくは何も気がつかないふりをした、そして、部屋に着くとすぐに、ミニバーからクルーズカンポ・ビールを出してタバコに火をつけた。ぼくは何も恐れていなかった、今までの何度もの経験から、パラドールの火災探知機はフランコ政権末期のものだと確信していたし、どちらにしても誰も気にしていない国際的な観光のルールに遅ればせながら形式上従っているに過ぎないのだ、それはアメリカ人の客を慮《おもんぱか》ってのことにしても、彼らはヨーロッパまでは来ないし、パラドールにはもっと来ないだろう。ヨーロッパでアメリカ人観光客が押し寄せていると自慢できるのは、せいぜいヴェネツィアだけだったし、今ヨーロッパの観光業界はもっと粗野な新興国に目を向けるべき時期で、彼らにとっては肺癌など取るに足りない不具合の象徴に過ぎず、それ

＊1　ベニドルムはスペイン・バレンシア自治州の、地中海に面した大規模観光都市、トレモリノスはアンダルシア自治州、コスタ・デル・ソル地域にあるリゾート地。
＊2　スペインにおける、独裁権を持つ政治・軍事指導者の称号。

に関する証拠も少なかった。十数分間は、ほぼ何も起こらなかった、手持ち無沙汰のユズは、自分のスマートフォンに電波が来ているかを絶えずチェックし、ミニバーに入っている飲み物がどれも自分の社会的地位には合わないことも確認した。ビール、普通のコーラ（コカ・コーラ・ライトさえもない）、そしてミネラルウォーター。それから、疑問文にさえなっていない口調でこう漏らした。「わたしの荷物持ってこないのかしら」「知らないよ」そうぼくは答えてから二本目のクルーズカンポを開けた。日本人は顔を赤らめない、精神構造上は存在しているが、結果はむしろ黄土色がかった顔になる、結局彼女が侮辱に耐えたことをぼくは認めよう、一分間ほど体を震わせていたが彼女は侮辱に耐え、何も言わず踵《きびす》を返すとドアの方に向かった。そして数分後、スーツケースを引きずって部屋に戻ってきた時には、ぼくは缶ビールを飲み終えていた。その五分後、ボストンバッグを持って戻ってきた時には、三本目に手をつけていた――一日運転して本当に喉《のど》が渇いたのだ。予想通り、彼女はその晩ぼくに一言も話しかけず、おかげでぼくは食事に集中することができた。建築の文化遺産を観光業に利用したパラドールは、当初からスペイン各地方のガストロノミーに力を入れていた。結果として、食事はぼくに言わせれば多少脂《あぶら》っこいが大方は美味だった。

二泊目の宿泊地として、ぼくはさらにランクを上げルレ・エ・シャトーに加盟しているホテルを選んだ、シャトー・デ・ブリンドス、ビアリッツからそう遠くない、アングレット市にあるホテルだ。今回はウエルカムドリンクがあり、下僕は大勢いて、すぐに飛んできたし、磁器の小皿にはサービスのカヌレとマカロンが置いてあり、ミニバーにはシャンパーニュのルイナールが一瓶冷えていて、つまり、ファッキンバスク海岸のファッキンルレ・エ・シャトーとはこういうものなのだった。何もかもが好転しつつあると思ったが、『フィガロ・マガジン』、『コート・バスク』だとか『ヴァニティ・フェア』、その他の雑誌が積まれたテーブルの周りにアームチェアが設《しつら》えられた読書室を通り抜けた時、ぼくは、カミーユと別れる前の最後の夏の終わりにこのホテルに来たことがあると不意に思い出してしまったのだ。最低限の、そしてつかの間の好意を再びユズに感じ始めていたのに（彼女は、アッパーな環境に置かれたので、猫かぶりをして甘え始め、ディナーの間に「まばゆいほど美しい」ところを見せようと、ベッドに何枚かの服を広げ始めた）、ぼくがこの二人の女性の態度を否応《いやおう》なしに比較してしまったことで、それはすぐに打ち消されてしまった。カミーユは感嘆で開いた口が塞《ふさ》がらないといった様子でフロントの応接間を通り、額縁に入った絵画やむき出しの石壁、装飾の施された照明を見上げていた。客室ではキングサイズの純白のベッドの前で圧倒されて立ちつくし、それからその端におずおずと座ってベッドの柔らかさ、ふかふかした感触を試した。ぼくたちのジュニア・スイートは湖に面していて、彼女はすぐに二人の写真を撮りたがり、ぼくがミニバーのドアを開けて、シャンパーニュはどうかと尋ねると、「わあ、もちろん！」と、幸福そのものといった調子で答え、そして、アッパーミドルに手の出せるこの幸福を一秒ごとにかみしめていたと思う。ぼくの状況は違って、すでにこのカテゴリーのホテルに手が届いていた、家族でメリベル（アルプス地方の高級スキー場）にヴァカンスに行く時、ぼくの父はこの手のホテルに宿をとった、ソーヌ＝エ＝ロワールのシャトー・イジュや、ショナ＝ランバランのドメーヌ・ド・クレールフォンテーヌなどだ、ぼく自身はアッパーミドルに属していたが、彼女は中流の中、それも不景気でロウアーミドルになった層に属していた。

ぼくは、ディナーの時間を待つ間、湖畔を散歩する気にさえなれなかった、その考え自体が耐え難く、思い出の冒瀆のように思えた、そして（とはいえシャンパーニュのボトルを空けてから）渋々ジャケットを羽織ると、ホテルのレストランに向かった、ミシュランガイドの「たった一つしか星の付いていない」レストランだが、そこではシェフのジョン・アルガンがメニュー「ジョンのマルシェ」を通してバスクのテロワールを「クリエイティヴに再解釈」しているのだ。これらのレストランは、ウェイターが、ちっぽけなアミューズブッシュの材料をいちいち声高々と、半ばガストロノミーに特有の、半ば文学的な誇張法で伝え、客が少しでも頷《うなず》くなり興味を示すなりしたかどうかを得意満面にチェックする病気にかかってさえいなければ、まだ耐えられる場所だっただろう。想像するに元来そういった習わしは、皆が打ち解けて食事の時間を共有するために行われていたはずなのだ。しかし、食事に関する長広舌の終わりに彼らが決まって口にする「どうぞお試しあれ！」は、ぼくの食欲をなくすに十分だった。

カミーユを連れて来た時から変わった憂うべきもう一つの点は、部屋に設置された火災探知機だった。ぼくは部屋に入るや否やそれに気がつき、同時に、少なくとも三メートル、おそらく四メートルはある天井の高さから、取り外すのは不可能だと分かった。一、二時間ぐずぐずあれこれと考えた末、クローゼットに予備の毛布があるのを見つけ、バルコニーにこれを敷いて寝ることにした。幸いなことに夜は寒くなかった、もっとひどい経験をしたこともある、ストックホルムで行われた養豚業界の国際会議の時だ。スイーツがのった磁器の小皿の一つを灰皿代わりにできるだろう。翌朝、皿を洗い、紫陽花《あじさい》のプランターにでもタバコの吸い殻を埋めてしまえばいいのだ。

旅行三日目はいつ終わるともしれなかった、高速A10号はほぼ全面的に工事中で、ボルドーの出口は二時間の渋滞だった、憤懣《ふんまん》やるかたないままニオールに着くと、ここは今まで見た中で最も醜い街の一つだった。ユズは、この日マレ・ポワトヴァンのメルキュールホテルに宿泊しなければならないと知って驚愕の仕草を抑えきれなかった。どうしてそんな酷《むご》い目にあわせられる必要があるのか、とでもいうように。そんな必要などあるわけない、だって屈辱のしっぺ返しがあったからだ、フロントは、意地悪く満足げなニュアンスを明らかに込めて、当ホテルはつい最近「お客様方のご要望により」、一〇〇パーセント禁煙になったとぼくに告げたのだ——確かに、サイトではまだ訂正されてはいませんが、係はそこも承知済みだった。

次の日の午後パリ郊外に近づいた、最初に現れた高層建築の山並みを見てほっとしたのは生まれて初めてだった。若い頃、ぼくは、日曜日になると保護された子供時代を過ごしたサンリスを離れ、学業を続けるためにパリ中心に戻ったのだが、ヴィリエ＝ル＝ベル、そしてサルセル、それからピエールフィット＝シュル＝セーヌ、さらにサンドニに来ると、少しずつ人が多くなり、建物も増え、バスの中では激しいやりとりが頻繁に行われる、危険レベルも明らかに高まり、毎回地獄めぐりをする感覚を味わった、人間の都合優先で建てられた地獄だ。今は違う、特別な輝きはないが及第点と言っていい社会的地位があることで、ぼくはそのような危険な社会階級と身体的な接触をしたり、それを目にしたりせずにすむようになり、それがずっと続くことを願っている、ぼくは今や自分の都合優先で建てた自らの地獄の中にいるのだ。

ぼくたちはトーテムタワーの二十九階、広々とした三部屋のアパートに住んでいた、このタワーは打ちっ放しのコンクリート四本の柱にコンクリートとガラスで作られた蜂の巣状の構築物で、見た目は悪いが美味《おい》しいらしいモリーユ茸《たけ》とかいう茸《きのこ》を思い起こさせた。このトーテムタワーはボーグルネル地区の中心に位置していて、シーニュ島の正面にあった。ぼくはこのタワーを毛嫌いしていて、ボーグルネル地区も大嫌いだった、しかしユズはこのコンクリート製の巨大なモリーユ茸をとても気に入り、「たちまち恋に落ちた」、少なくとも最初の頃、家に来る客に彼女が例外なく言っていたのがそれだった。今でもそう言っているのかもしれないが、ぼくはもう長いこと、ユズの客に会うことを諦めてしまった、彼らが来る直前に自分の部屋に閉じこもり、一晩中そこから出ないのだ。

ぼくたちはもう何ヶ月間か寝室を別にしていた。ぼくは「ペアレンタル・スイートルーム」を彼女に譲り渡し（ペアレンタル・スイートとは、寝室のすぐ脇にドレッシングルームと浴室が付いているものだ、庶民階級出身の読者のためにこの説明を付け加えておく）、自分は「客用の寝室」を使うことにした、そしてその隣に付いている洗面所を使う、ぼくにはそれで十分だった。歯を磨き、手短にシャワーを浴びたらそれで終わり。

ぼくたちカップルは最終局面に来ていた、何も救う手だてはないし、だいたい救わない方がいいのだ、とはいえぼくたちに「極上の眺め」と呼ぶにふさわしい絶景があったことは認めなければならない。ペアレンタル・スイートや応接間はセーヌ川に面し、十六区を越えてブーローニュの森まで、サン＝クルー公園やそれに連なる地域が広がっていた。天気がいいとヴェルサイユ城も見えた。ぼくの部屋のすぐ近くにはノボテルホテルが見えた、二〇〇メートルも離れてない、そしてパリの大部分も見えたが、ぼくはこの眺めには特に興味がなく、いつもカーテンを二重に閉めていた、ボーグルネル地区を毛嫌いしていただけではなく、パリも大嫌いだったからだ、エコなブルジョワのはびこるこの街はぼくに吐き気を催させた、ぼくもおそらくブルジョワに属していたが、エコロジーに責任など感じていなかった、４ＷＤのディーゼル車を運転していたし——ぼくは自分の人生において特に何の善行も施していないが、少なくとも地球を破壊するのには貢献したことになる——建物の管理組合が立ち上げたゴミの仕分けを一貫してサボっていた、ぼくは空の瓶を紙専用のゴミ箱に投げ入れ、生ゴミをガラスリサイクルのボックスに捨てていた。自分の民度の低さをどこか自慢にしていたのかもしれず、それだけではなく、容認しがたい金額の家賃と管理費に対してしみったれた仕返しをしていたのかもしれない——一旦家賃と管理費を払い、ユズが「生活に必要な金額」（大方はスシの注文代だが）として要求したお手当てを払うと、きっかり給料の九〇パーセントを払ったことになり、つまるところぼくの成人としての生活は、父親の遺産をちびちびかじっていくことにつき、父親にはそんな遺産の使い方をされるいわれはないはずで、こういった理不尽なことにはもう終わりを告げる時が来ていたのだ。

ぼくがユズに出会った時、彼女はすでにブランリー河岸にあるパリ日本文化会館で働いていた。マンションからは五〇〇メートルだったが、彼女は自転車で通勤した、オランダ製の自転車で、呆れたことにはそれをエレベーターに乗せて、リヴィングルームに置いておくのだ。思うに、彼女の両親がその閑職を見つけたのだろう。彼女の両親が何をして稼いでいるのかはっきりとは知らなかったが、彼らは否定しようもない金持ちで（金持ちの親の元に生まれた一人娘は、そこがどこの国であれ、どんな文化であれ、ユズのような娘になる）、おそらく途方もない金持ちではないし、ソニーやトヨタの社長だとは思わない、むしろ官僚、高級官僚だろう。

ユズが言うには、彼女は文化事業プログラムの「リフレッシュと現代化」のために雇われたのだという。それは大して心弾む仕事ではなかった。初めて彼女の仕事場を訪ねた時に一部もらって来たパンフレットは死ぬほど退屈そうだった。折り紙や生け花教室、篆刻《てんこく》、紙芝居、縄文太鼓、囲碁や茶道（裏千家と表千家）についての講演会やらで、数少ない日本人の登壇者は人生の最期で人間国宝になった人ばかりで、大半は少なくとも九十歳以上、死にかけ国宝というほうがふさわしかった。つまり、彼女は、マンガの展覧会を一つか二つ開き、日本のポルノグラフィーの新たな傾向について一つか二つフェスティヴァルを企画しさえすれば、契約を履行したことになるのだ。イット・ワズ・クワイト・アン・イージー・ジョブ。

ぼくは、ダイキチ・アマノの展覧会の後、ユズの企画する展覧会に足を運ぶのをもう半年ほど止めていた。ダイキチ・アマノは写真家兼ビデオアーティストで、ウナギ、タコ、ゴキブリ、ミミズなど虫酸《むしず》の走る生き物が裸の女性を覆い尽くす写真や映像を展示していた。ビデオ作品の一つでは、日本人の女性が、トイレの便座から出てくるタコの足を歯でくわえていた。ぼくはこれほど汚《けが》らわしいものを目にしたことは今までにない。不幸なことに、ぼくはいつものように、展示作品に興味を持つ前にビュッフェの食べ物に手をつけていた。数分後、ぼくはパリ日本文化会館のトイレに駆け込んで、米と生魚を吐き出した。

週末は毎回過酷な刑罰を受けているようだった。週末さえなければ、ユズにほとんど顔を合わせずに何週間も過ごせただろう。ぼくが農業食糧省に出勤する時には、彼女はまだぐっすり寝ていた——正午前に起きることはほとんどなかった。夜七時ごろ、家に戻る時には、彼女はほとんど家にいなかった。帰宅がそれほど遅いのが仕事のせいではなかったとしても仕方がない、彼女はたった二十六歳だったし、ぼくは二十歳上だったから社交的な生活への欲求は歳をとるとともに薄れ、見るべきものはほぼ見たし、ぼくはＳＦＲボックスを自分の寝室に設え、スポーツ番組、特にフランス、イギリス、ドイツ、スペイン、イタリアのサッカーのリーグ戦を逐一追うことができたので、余暇の多くの時間をそれに費やした、もしブレーズ・パスカルがＳＦＲボックスを知っていたならおそらく異なる著作を物しただろう、これらすべてを他のプロバイダと同じ値段で提供しているのだから、どうしてＳＦＲがこの素晴らしいスポーツ番組サービスをもっと宣伝しないのか解《げ》せないが、まあ人にはそれぞれの事情があるのだろう。

一般的な道徳概念から見ておそらく批判されるべきなのは、ユズがしょっちゅう「乱交パーティー」に出かけることだった、ぼくはそう確信している。ぼくは一度彼女に付き合ってその手のパーティーに行ったことがあった、付き合い始めの頃だ。それはサン＝ルイ島ベテューヌ河岸の、個人が所有する歴史的建造物の中で行われた。こういった建物にどのくらいの価値があるのかさえ知らない、多分二千万ユーロくらいだろう、どちらにしても、こんなすごいのは一度も見たことがなかった。参加者は百数十人、男性と女性が二対一だろうか、全体では男性の方が女性よりも若く、社会階層もかなり低く、大方は明らかに「パリ郊外」に典型的な恰好で、一瞬、こいつらは雇われているのだろうと思ったが、ひょっとしたらそうでもないのかも、ただでヤレるのは、ほとんどの男性にとってはすでに僥倖《ぎょうこう》であり、その上シャンパーニュもプティ・フールもあった、これらは三室あるレセプションルームで絶えず供され、ぼくはここで時間を過ごしたのだった。

そこでは性的なことは何も起こらなかったが、極度に官能的な女性たちの服装、カップルやグループが定期的に会場の寝室や反対に地下室へ続く階段に向かっているところから見て、このパーティーがどんな性質を持っているかは一目瞭然だった。

ほぼ一時間後、ぼくにはビュッフェの他にはそこで起こったり交わされたりしている行為を探索しに行く気がないことが明白になった時、ユズはウーバーを呼んだ。帰りの車の中で、彼女はぼくに何の非難もしなかったが、かといって後悔もせず、恥ずかしいとも思っていないようだった。彼女は、その夜のことについては何も話さず、その後も、口にすることはなかったのだ。

その沈黙は、彼女が、そのような気晴らしをその後も止めなかったに違いないというぼくの仮説を裏打ちしていると思われた。そして、ある晩、ぼくは白黒はっきりさせたいと思った、彼女はいつ帰宅してもおかしくないのだからそんな行動をするのは馬鹿げているし、自分の彼女のコンピュータを覗《のぞ》き見《み》るのは褒《ほ》められたことではない、知りたいという欲望は不思議なものだ、欲望という言葉は強すぎるかもしれないが、まあ、この晩の試合はどれもつまらなかったのだと言っておこう。

メールをサイズ別に仕分けると、添付ビデオが付いているメール十数件を容易に取り分けることができた。最初のビデオでは、ぼくの彼女は典型的な輪姦パーティーの中央にいた。彼女は男のモノを勃たせたり、フェラチオをしたり、十数人の男にヤラれたりしていて、男たちは急がず自分の番を待ち、ヴァギナと尻の穴に挿入するのにコンドームを使っていた。誰も一言も言葉を交わさなかった。ある時、彼女は、モノを二本口に入れようとして、完全にはうまくいかなかった。次には参加者たちが彼女の顔に射精し、顔は次第に精液に覆われていき、そして彼女は目を閉じた。

そう言って許されるなら、そこに問題は何もない、ぼくは極端に驚いたわけではなかったが、気になったのは別の点だった。このシーンがどこで行われているかにすぐに気がついたからだ。このビデオはぼくのアパート、しかもペアレンタル・スイートで撮影されていて、それはもちろんぼくの気に染むところではなかった。彼女は、ぼくのブリュッセル出張を利用したのに違いない、そして、ぼくが出張しなくなってから一年以上経っているということは、このシーンは付き合い始めの頃撮られたに違いない、ぼくたちがまだセックスしていた頃で、しかも山ほどセックスしていた頃だった。ぼくは人生でこんなにセックスしたことはないと思う、彼女はいつでもセックスには乗り気だったし、それで、彼女は自分を好いているとぼくは推測したのだが、それは分析の誤りで、多くの男性が同じ誤りをしているのだろう、あるいは誤りではなく、それが大半の女性の心の動きなのかもしれず（通俗的な心理学の本でよく言うように）、それが女性たちのソフトウェアにすでに入っているのだとしたら（「ピュブリック・セナ」[*1]の政治の議論でよく言うように）、ユズは特殊ケースだということになるだろう。

ユズは確かに特殊ケースだった、二本目のビデオがそれを顕著に表していた。今回は、ぼくの家ではなく、サン＝ルイ島の個人邸宅でもなかった。サン＝ルイ島の内装は品があり、モノクロかつ

＊1　フランスの政治・議会番組局で、フランス元老院が株を所有している。

ミニマルだったが、新しい場所は派手くさく、ブルジョワ趣味でチッペンデール様式、[*1]フォッシュ大通りにでも住んでいる金持ち婦人科医とか成功したテレビの司会者の家を思わせた、ユズはオットマンの椅子の上でオナニーをしていて、その後でペルシャ絨毯《じゅうたん》らしきものが一面に敷かれている床に寝転がり、成犬のドーベルマンがこの犬種ならではの勢いで彼女に挿入していた。それから、カメラはアングルを変え、ドーベルマンがお勤めに励んでいる間（犬というものは本当だったらすぐに射精するものなのだが、人の女性のヴァギナは雌犬のそれとは大きな違いがあるのだろう、犬は目印を見出せていないようだった）ユズはブルテリアのキンタマを揺らして口の中に入れていた。ブルテリアはもっと若いのか、一分も経たないうちに射精し、ボクサーが取って代わった。

この犬の集団ぶっかけシーンの後、ぼくはビデオを見るのをやめた。気分が悪くなっていた、可哀想な犬たち、同時にぼくは、日本人女性にとって（ぼくがこの民族の精神性を観察したところでは）西欧人と寝るのは、すでに動物と性交するようなものなのだと認めざるをえなかった。ペアレンタル・スイートを出る前に、ぼくはこのビデオをすべてUSBメモリに保存した。ビデオではユズの顔ははっきり認識できたので、ぼくは自分の解放につながる新しいプランのとっかかりが見え始めたような気がした、つまり、シンプルに（よい考えはいつもシンプルなのだ）彼女を窓から放り投げるのだ。

その計画を実行にうつすのはいとも簡単だった。まず、滅多にない上質の酒が手に入った、ヴォージュ地方のミラベルの小生産者からのプレゼントなんだとかなんとか言って彼女を酔わせる、彼女はそうした話にとても弱いのだ、ある意味で一介の観光客であり続けたとも言える。日本人、そしてもっと一般的にアジア人の多くは、エタノールから変わったアセトアルデヒドを酢酸に変えるアセトアルデヒド脱水素酵素が機能しないためアルコールにとても弱い。五分と経たないうちにアルコールのせいでフラフラになるだろう、それは経験上知っている。そうなれば、窓を開けてそこに彼女の身体を運んでいく、彼女は五十キロ以下だから（だいたい彼女のスーツケースと同じ重さだ）、やすやすと体を引きずることができる、二十九階からならまあ助からないだろう。

もちろん、ぼくは、これが泥酔したための事故に思えるように仕向けるだろう、比較的信憑性の高い状況だ、しかしぼくは、この国の警察に多大な、おそらくは過度の信頼を置いていた。ぼくが最初に思いついた案はむしろ、自白することだった。あのビデオがあれば情状酌量してもらえるだろう。一八一〇年の刑法三二四条によると、「夫から妻、または妻から夫に対してなされた殺人は宥恕《ゆうじょ》しえない（……）しかしながら、密通の場合、三三六条に従い、夫が妻になした殺人、または妻の相手に対してなした殺人は、夫婦の家を現場として二人が発見された場合には宥恕されうる」。つまるところ、もしぼくがある晩乱交パーティーの場にカラシニコフを手に乗り込んでも、ナポレオン時代だったら問題なかったというわけだ。しかし今はもうナポレオン時代ではないし、「イタリア式離婚狂想曲」の時代でもない、インターネットでちょっと調べただけで、カップル間の情動犯罪は十七年の刑だと分かった。フェミニストたちは、もっと刑を重くし、刑法に「殺女罪《さつそざい》」の概念を導入すべきだと望んでいる。その考え自体はむしろ面白い、殺虫剤や殺鼠剤を思わせるからだ。しかし、十七年は、いくらなんでも長すぎると思えた。

同時に、刑務所もそう悪くはないかも、とぼくは考えた、役所の書類などの面倒な義務はすべて消え去り、医療の心配もない、不便なことといえば他の囚人に常に殴られたりオカマを掘られたりすることだが、よく考えてみれば他の囚人から侮辱されたりオカマを掘られたりするのはむしろ小児性愛者か、そうでなければ天使の尻を持った可愛い若者、コカインを一本吸引したくらいで捕ま

＊1　十八世紀のイギリスの家具の様式。シノワズリーとロココ様式が調和している。

ったブルジョワのボンボンだ、ぼくは肉付きが良く、ずんぐりしてちょっとアル中でもあった。ぼくはむしろ現実には典型的な被疑者の外見をしていたのだ。

「辱《はずかし》めを受け、オカマを掘られ」とは良いタイトルだ、トラッシュなドストエフスキーだな、だいたいドストエフスキーは刑務所の中の生活について何か書いていなかっただろうか。もしかしたら現在にも通じるところがあるかもしれないが確認する時間はなかった、速やかに決心をしなければならないからだ。それに、「自分の名誉を守るために」妻を殺した男は囚人仲間からある種の敬意を払われてもいいはずではとぼくは思った、それは刑務所での心理状態についての拙《つたな》い理解がぼくに囁きかけたことだった。

とはいえ、シャバにも自分が気に入っている事柄はあった、例えばフムス[*1]が十四種類もあるスーパーG20に寄るとか、森の散歩などだ、子供の頃ぼくは森を散歩するのが好きだった、もっと頻繁に散歩しておけばよかった、ぼくは自分の子供時代との繋《つな》がりを失ってしまった、とにかく、長期の懲役は最良の解決策ではないなと決心したのは、結局フムスのせいだと思う。殺人にまつわる倫理的な面は言うまでもないが。

*1　ひよこ豆のピュレ、中東料理の代表的な一品。

奇妙なことに、解決策はピュブリック・セナの番組を鑑賞しているときにやっと訪れた。この局には大したことを期待していないし、少なくともその種の解決策を与えてもらえるとは思ってもいなかったのだが。「蒸発者」というタイトルのドキュメンタリー番組で、それはある日突然、まったく予測できない形で自分の家族や友人、職業との関わりを絶つことを決心した人たちの様々な成り行きで構成されていた。例えば、ある月曜日の朝、職場に出かける時に、ある駅の駐車場に車を停め、最初に来た列車に乗り、目的地は偶然に任せたとか、もう一人は、ディナーの帰り、自宅に戻る代わりに、最初に目に入ったホテルに部屋を取り、何ヶ月間もパリの異なるホテルを放浪し、毎週住むところを変えていたとか。

その数は大変なものだった。フランスでは毎年一万二千人が蒸発し、家族を見捨て、人生をやり直すことを選んでいるのだ。時には世界の果てまで行くこともあるし、時には自分の街から出ないこともあった。ぼくはこの話にのめり込み、その晩はインターネットにかじりついてもう少し詳しいことを知ろうとした。そして、自分の運命との出会いが近づいているとますます確信するに至った、ぼくもまた、蒸発者になるのだ、ぼくのケースはとても簡単だった、逃げるべき妻も家族もいないし、辛抱強く築き上げたネットワークもない、外国人の同棲相手がいるだけで、彼女には、ぼくを追跡するいかなる権利もないのだ。そしてインターネットで見つけた記事はどれも、ドキュメンタリー番組ですでに強調されていたポイントに触れていた。フランスでは、すべての成人に「移動の自由」があるので、家族放棄は犯罪に当たらない。この一文をあらゆる公的施設の壁に大文字で刻んでおくべきだ。「家族放棄はフランスでは犯罪には当たらない」読んだ記事はどれも、非常に多くの具体例を連ね、この点を大いに強調していた。例えば蒸発した人間が警察や憲兵隊の尋問を受けた場合でも、新しい住所を同意なしに外部に伝えることは「禁止されている」。そして二〇一三年には、家族の利益のための捜索手続きは廃止された。個人の自由が年々制限されていくこの国で、法律がこの根本的な点を維持したのは衝撃だ。ぼくにとっては根本的で、思想的には自殺よりも戦慄《せんりつ》すべきことだった。

その晩ぼくは寝付けなかった、そして翌日早くから自分の計画に沿った手順に取り掛かり始めた。目的地はまだはっきりと決まっていなかったが、おそらく今後向かう道は農村地帯になると思われたので、農業信用金庫《クレディ・アグリコル》に口座を作ってみることにした。口座開設はすぐにできたが、インターネットロ座へのアクセス、そして小切手取得には一週間待たなければならなかった。BNP銀行の口座解約は十五分で済み、新口座への残高の移動は一瞬で終わった。自動車保険や相互保険など、残しておきたい引き落とし先を変えるのはメールを何通か送ればよかった。アパートに関してはもう少し長くかかった。アルゼンチンのメンドサ州にある巨大なワインのドメーヌで新しい仕事が待っているという嘘を用意した、ぼくのアパートを担当する不動産屋では皆それは素晴らしいと言った、フランス人は皆、誰かがフランスを離れると言いさえすれば素晴らしいと思うのだ、これはフランス人に特徴的な点で、おそらくグリーンランドに行くとしても素晴らしいと言っただろうから、アルゼンチンと来た日には推して知るべしだ、行き先がブラジルであれば顧客担当者はほとんど地べたを転げ回っただろう。契約の解除までには二ヶ月あり、銀行振込でことは済む。解約日には、退去立会いはできないだろうが、それは少しも必須ではないのだった。

あとは仕事の問題が残っていた。ぼくは農業食糧省の契約調査員で、契約更新は八月初旬だった。ぼくの上司は、ヴァカンス中に電話をしたので意外に思ったようだったが、その日のうちにアポを許可してくれた。農業界に比較的詳しいこの上司に対してはもう少し凝った嘘が必要だろう、とはいえ最初のものからそれほど離れていない嘘。そこでぼくはアルゼンチン大使館の「農業輸出」コンサルタントという役職を捏造した。上司は「ああ、アルゼンチンね……」と浮かない口調で言った。実際に、アルゼンチンの農作物の輸出はどの分野においても数年前から文字通り爆発的に増えていたし、それだけではなく、専門家によれば、人口四千四百万人のアルゼンチンには最終的には六億人分の農作物を生産する能力があり、新政府はそれをよく理解したからこそペソの通貨切り下げ政策を行うわけだ、これで彼らの農作物は洪水さながらヨーロッパに氾濫するだろう、これは比喩ではない、それに遺伝子組み換え作物の規制もまったくないので、ぼくたちに勝ち目はなかった。「肉は美味しいですよ」ぼくは和解を求める調子で反論した。「肉だけだったらよかったんだけどね……」と彼はさらに暗い調子で答えた。穀物、大豆、ひまわり、砂糖、落花生、果物全般、肉はもちろんのこと、牛乳に至るまで、すべての部門において、アルゼンチンはヨーロッパに最短期間で大変な打撃を与えることができた。「言ってみれば、あなたは敵陣に回る、と……」、彼は冗談を装い、しかし現実には苦々しげに言った。これについてぼくは慎重に沈黙を守った。「あなたは我々の専門家の中でも優秀な一人なんですよ。おそらく、彼らは金銭的にも美味しい話をあなたに持ちかけたのでしょうね……」と彼はこのままではもっと本音を出しかねない口調で固執した。これについても、答えるのは適切ではなかったので、今度は肯定とも、申し訳ないとも、意味は分かりましたよとも、謙遜《けんそん》とも取れる苦笑いを試みた。とはいえ、この苦笑いを作るのはなかなか至難の業だった。

「そういうことなら……」と言うと彼は指でとんとんとデスクを叩いた。ちょうど現在は休暇中で、休暇の終わりはちょうど契約が切れる時期に当たっていた。つまり、原則的にはぼくはもうここに戻ってくる必要がなかったのだ。もちろん上司はいささか困惑し、また、寝耳に水ということもあったが、ぼくが最初のケースというわけでもなかった。農業食糧省は、専門家に十分な業務能力が認められる場合には高額の給金を払っていた、公務員よりもずっと払いは良かったのだ。しかし、もちろん企業にはかなわず、外国の大使館とさえ張り合えなかった、外国の大使館が人材確保に本格的に取り組めば、予算はほとんど天井知らずになる、ぼくは自分の同期で、アメリカ大使館がいわゆる「金の橋」を用意していた人間を知っている。彼はそのミッションに完全に失敗したのだけど。カリフォルニアワインはフランスでは相変わらずまったく広まっていなかったし、中西部の牛肉はフランス人の関心を引かなかった、アルゼンチンの牛肉は市場を確保するのにほぼ成功していたというのに。理由は分からないが、消費者は衝動で行動する生き物で、牛よりも衝動的だ、それでももっともなシナリオを作り上げたアメリカ産牛肉の広報コンサルタントもいる、カウボーイのイメージは彼らに言わせれば手あかがつきすぎた、今では、中西部は肉加工工場が並ぶ巨大な株式《ノーマ》会社地帯《ンズランド》で、あまりにも多くのバーガーを作り出す必要があるから、それ以外の選択肢はないと誰もが知っている、現実的に考えましょうよ、投げ縄で動物を捕らえるなんてもうありえないんだから。一方、ガウチョのイメージはいまだにヨーロッパの消費者に幻想を与えていて（ラテンマジックが働いていたのだろうか）、消費者たちは、見渡す限りの草原、自由で高貴な牛たちがパンパをギャロップしている（牛がギャロップするかどうかはさておいて）のを想像していた、何にしてもアルゼンチン産牛肉にはレッドカーペットが敷かれていたのだ。

ぼくのかつての上司は、オフィスを去り際に最後の握手をしてきたが、それはほとんどおざなり、それでも最後の力を振り絞って、今後の仕事での活躍を祈っていますよと言ってくれた。自分のオフィスを片付けるのには十分もかからなかった。まだ十六時前だった。一日も経たないうちに、ぼくは自分の人生を組み立て直したのだ。

ぼくはそれまでの社会生活の痕跡を実質的な問題は何もなく消し去ることができた。実際のところ、インターネットが普及してから、物事はより簡単になり、領収書や税金申告、その他の行政上の手続きもネットを通して行うことができるので、具体的な住所は不要になっていた、メールアドレスがあればすべては事足りるのだ。とはいえぼくにはまだ身体があり、その欲求は満たさなければならない。この逃走劇で最もハードルが高いのは、喫煙者を受け入れるパリのホテルを見つけることだった。百数十カ所に電話をかけ、受付係が、毎回、さも意地悪くかつ満足げに、勝ち誇りかつ軽蔑を含んだ調子で、嬉しそうにこう繰り返すのを我慢しなければならなかった。「いえ、ムシュー、申し訳ないのですがそれは不可能です、わたくしどもの施設は完全禁煙になっておりまして。お電話いただきありがとうございます」ぼくはホテル探しに丸二日かけ、三日目の朝になってやっと、ニオール＝マレ・ポワトヴァンのメルキュールホテルを思い出したのだ。あそこはちょっと前まで喫煙可能だったから、期待してもいいかもしれない。それまでぼくはホームレスになることを真剣に考えたぐらいだ（口座に七十万ユーロあるホームレスはユニークで皮肉が効いているかもしれない）。

実際、何時間かインターネットで探すと、パリのメルキュールホテルはほとんど全館禁煙の方針をとっていたが、例外もあった。結局のところ、自由は、独立事業ではなく、上から押し付けられた規則遵守に対する嫌悪、一種の不服従、個人の道徳意識の反抗からもたらされるのだ、これは第二次世界大戦直後の実存主義演劇にはすでに何作も書かれていた。

ホテルは十三区のスール＝ロザリー《ロザリー修道女》大通りに位置していた、イタリー広場のすぐ近くだ、ぼくはこの大通りもこの修道女も知らなかったが、イタリー広場は都合が良かった、ボーグルネルからは十分に遠かったので偶然ユズに出くわす危険はない、彼女はマレ地区とサン＝ジェルマン＝デ＝プレ地区をうろつくだけで、せいぜいそれに十六区と十七区のエロパーティー会場を付け加えればいいぐらいだったので、イタリー広場にいれば、ヴェズールやロモランタンにいるのと同じくらい安全なのだった。

ぼくは出発日を八月一日月曜日と決めた。七月三十一日の夜、ぼくは応接間でユズの帰りを待っていた。現実の事態に彼女が気がつくまでどのくらいかかるだろう、ぼくが本当に出て行ってしまって、二度と帰らないのだと理解するまで。彼女のフランス滞在はどちらにしても、アパート契約解除までの二ヶ月という条件に直接縛られていた。パリ日本文化会館での彼女の給料がどのくらいかは知らなかったが、ここの家賃を払えるほど十分ではないだろうし、みすぼらしい一間の下宿に甘んじるとは思えなかった、まずは洋服と化粧品の四分の三を手放さなければならないだろう、ペアレンタル・スイートのドレッシングルームと浴室は広かったが、彼女はどちらの引き出しもいっぱいにしてみせた、女性としての自らの社会的ステイタスを維持するのに不可欠だと彼女が考える持ち物の数は驚愕すべきものだった、一般に女性は知らないことだが、これは鼻につくだけではなく、男たちをげんなりさせ、細々とした人工物がなければ美しさを保てない、賞味期限の切れた商品をつかまされたという気持ちにさせるのだ、そして、それらの人工物は（マッチョな男が、見かけだけの女性性に対して示せる最初だけの寛容さがいかなるものであるにせよ）すぐにふしたらだと捉えられるようになるもので、彼女は信じられないほど長い時間を浴室で過ごし、ぼくは一緒にヴァカンスを過ごした時それに気づいたのだ。朝の身だしなみ（ほぼ正午）、午後の化粧直し、そして終わりを知らない、いらいらさせられる夜の入浴（十八種類の異なるクリームとローションを使っているとある日ぼくに告白した）、これらすべてを合わせると、彼女は毎日六時間を浴室で過ごしているとぼくは計算した、そして、あらゆる女性がそうではないだけにこれはもっと納得がいかない、反対例はいくつもあり、ぼくは、エル・アルキアンのブラウンヘアーと彼女のごくコンパクトな荷物を再び思い出して心ふたがれる悲しみに突然襲われた、女性の中にはもっと自然で、より世界と調和している印象を与える人がいる、時として自分自身の美しさにも無関心を装うくらい、無論それは蛇足的なしたたかさなのかもしれないが、実際のところ結果は厳然としてそこにあり、例えばカミーユは一日に最高でも三十分しか浴室にいたことがなく、エル・アルキアンのブラウンヘアーもおそらく同じだろうと確信できた。

家賃を払えなければ、ユズは日本に帰らざるをえなくなるだろう、売春するのでもなければ。ユズはそれに必要な能力のいくつかは持っていた、ユズのセックス技術は高レベルだった、特に肝要なフェラチオにおいて、彼女は丁寧にきん玉を舐《な》め、だからといってペニスの存在を忘れはせず、あえて言えば、口が小さいので喉の深さはなかったが、でも喉の深さはぼくにしてみれば少数のマニアのオブセッションに過ぎず、もしもペニスを完全に包んでもらいたければ、端的に言ってヴァギナがあるではないか、あれはそのためにあるのだろう、口が優位に立つのは舌を使うときだが、それは喉深くまで入れた時にはまったく役に立たなくなる、舌はあらゆる動きを実質上封じられてしまうのだから、まあこれ以上の議論はやめにするが、事実としてユズはペニスをしごくのも上手で、いつでも自発的にそれを行った（ぼくは飛行機で旅行する間何度も彼女の驚くべきしごきを堪能した）、それに彼女はアナルの分野にも例外的に優れていた、彼女の尻は受容力があって簡単に挿入することができ、おまけにそれを完璧に自発的に行った、ところが尻への挿入は、エスコートガールの業界では、いつだって価格が上乗せになるのであり、実際彼女はそんじょそこらの娼婦のアナルプレイよりももっと高い値段をつけられただろう、おそらく一時間七百ユーロ、一晩五千ユーロくらいだろうか。彼女のエレガンス、限定されているが十分な文化レベルによって、ユズは生え抜きのエスコートガールになれただろう、例えばディナーに難なく連れていける女性で、重要なビジネスディナーでも十分いける、傾聴に値する会話の元になる芸術的な仕事についていて、誰もが知っているようにビジネスの世界では皆アートに関する会話が好きなのだから。それこそぼくの同僚の何人かは、まさにそういった理由でぼくがユズと一緒にいるのではと勘ぐっていた、日本人の女はどちらにしてもさまになるのだ、定義上とまで言ってもいい、そして、妙な謙遜をせずに言うなら、ユズには特別に品があり、ぼくはうまくやったなと思われてると知っていた、しかしながら、ぼくは人生の終点近くにいて嘘をつく気はさらさらないのを信じてほしい、ぼくは「高レベル」のエスコートガールとしての特質のためにユズに惚《ほ》れたのではなく、まったくのところごく月並みな娼婦としての彼女の能力に惹かれたのだった。

とはいえ、心の底では、ユズが娼婦になれるとはほとんど信じていなかった。ぼくは大勢の娼婦と付き合いを持った。ぼくだけの時もあり、付き合っていた女性と一緒の時もあった。そして、ユズにはこの素晴らしい職業における本質的な素質が欠けていたのだ。それは、寛容さだった。娼婦は客を選ばないものだ、それが基本であり、原則であり、娼婦は誰にも差別することなく喜びを与える、だからこそ素晴らしいのだ。

ユズは確かに輪姦プレイを演じることはできたかもしれないが、それは特殊な状況で、多様なペニスが彼女に仕え、そこでは女性は自己愛の陶酔状態に陥るのだ、最も興奮するのはおそらく自分の番を待ってモノをしごいている男たちに囲まれることで、その点についてはバイブルとなっている著作の数々をものしたカトリーヌ・ミエに席を譲るが、とにかくユズは、そういった乱交パーティーを除いては、自分のボーイフレンドをかなり厳選していた、ぼくはそのうちの何人かに会ったことがあるが、相手はだいたいアーティストで（と言っても呪われたアーティストではなく、むしろ忌々しいアーティストだった）、時には文化関係の責任者だったりしたが、とにかく割と若く、どちらかといえば見た目の良く、割合にエレガントで比較的裕福な、つまりパリのような街ではそれなりの数がいる男たちで、おそらくこの手の条件を満たす男はいつでも何千人かいるだろう、正確には一万五千人だろうか、彼女のボーイフレンドはもっと少なく、おそらく数百人で、ぼくと付き合っていた間は数十人かだろうけど、それでも、彼女はフランスで相当楽しんだと言えるだろう、だけどもうおしまい、パーティーは終わりなんだ。

ぼくたちが付き合っていた間、ユズは一回も日本に戻らず、戻ろうともせず、両親と電話をしているのを何度か聞いていると、彼女の口調はよそよそしく冷たく、会話は短く、少なくとも電話代に関しては彼女に非難すべきところはなかった。ぼくは、ユズの両親が、彼らの曖昧な日本で、彼女の結婚の計画を温めているのではないかと疑っていた（ユズがぼくに心を開いたから分かったのではなく、ぼくたちの関係が始まった頃、一緒にディナーを企画していた時に漏れてきたことで、それはぼくたちがまだ共通の友人を持ち、洗練され、感じのよく要求の高い社会のネットワークに参入しようと考えていた時期で、真実が漏れたのは、彼女が自分と同じ階級とみなしている、ファッションデザイナーとかタレントスカウトなどの職に就いている他の女性たちが出席していたためで、彼女たちがいることで、何かを告白しようという気になったのかもしれなかった）、しかも極めて具体的な計画だ（おそらく二人、いやただ一人の結婚候補者に絞られていると思われた）、そして、彼女が両親の元に戻ればそこから逃れるのは難しいどころか不可能になる。例外は「カンジェイ」を作り「ヒロク」の状況に陥ることぐらいで（ここでぼくは単語を捏造している、ただ彼女が電話で話しているのを聞いて音のつながりは覚えているから、ゼロからの捏造ではないのだが）、つまるところ成田国際空港に降り立った時から、彼女の運命はすでに定められているのだ。

それが人生なのだ。

多分この時点でぼくは女性たちに、愛とは何かの解明を試みる必要があるだろう、というのも女は男にとっての愛が何なのかよく理解していないからだ、彼女たちは、男の態度と振る舞いに戸惑い、そこから、男たちは愛することができないという結果を引き出しがちで、男と女では、愛という言葉が全く異なる二つの現実を包含していることをほとんど理解していない。

女にとっては愛は何かを生み出し大地を揺るがす力だ、女性において発動するとき、愛は自然がスペクタクルとして提供できる最も重大な現象となり、畏《おそ》れをもって捉えるべきものとなる、それは創造の元となる力であり、地震や気候変動と同様の理をもち、もう一つのエコシステム、もう一つの環境、もう一つの宇宙の起源なのだ。愛により女は新しい世界を作る、不確かな存在の中でもがいている孤立した小さな生き物から女性はカップルの存在条件や、社会的、感情的な、新しく発生する実体を作る、その目的はそれまでの人生に存在していた個人の足跡をすべて打ち消すことであり、その新しい実体は、プラトンが指摘したように、すでにその本質において何も欠けるところなく、時として家族の形態をとり複雑化しうるが、ショーペンハウアーの考えとは反対にそれは細部でしかない、女性はどちらにしてもその作業に身を捧げ、身を滅ぼしもし、よく言うように全身全霊を傾ける、女性は心と身体を分けていない、身体と魂の差異は、女性にとっては何の結論も引き出せない男性の理屈なのだ。この、仕事ではない仕事に、女性は、生の本能の純粋な現れとして、ためらうことなく自分の人生を捧げるだろう。

男性は、出発点においてはより慎重で、女の感情の発動を賞賛し尊敬するが完全に理解するわけではない、男には、どうしてそれほどの大事になるのかがよく分からないのだ。しかし少しずつ彼は変わっていく、女性によって作られた情熱と喜びの渦に少しずつ飲み込まれ、無条件で純粋な女性の意図を許容する、ヴァギナへの頻繁な、可能なら毎日の挿入が女によって要求されるがそれは女性の純粋な意思が発現するための条件だから、男は、それが絶対的に良い意思の発動であることを理解し、そこでは男の存在の核である男根は性質を変える。というのも男根はまた愛を表現するための条件になり、男は他の手段をほとんど持たない、そして、この不思議な回り道により、男根を喜ばせること自体が女性にとっての目的となり、その目的のためならあらゆる手段を用いる。次第に、女が与える大きな快楽は男を変容させ、男はその快楽を認識し賞賛し、世界の見方が次第に変わり、男の目には予期しないことであるが、「尊厳」のカント的次元に至る、次第に男は世界をもう一つの方法で捉えるようになり、女なしの人生（そして、正確には、男にこれほどの快楽を与えるこの女なしの人生）は不可能になり、人生のカリカチュアになる。この時点で、男は本当に愛するようになる。男における愛はそれ自体が終わりであり、達成であり、女のように、始まり、何かの生まれる時点ではない。それを考えに入れておくべきなのだ。

しかしながら、稀にではあるが最も繊細で想像力のある男性たちにおいては、愛は最初の瞬間から生まれる、一目惚れはまったくの神話ではない。しかしその時には男性は、未来を先取りする精神の天才的な働きにより、女性が続く年月にわたって（そして、よく言うように、死が二人を分かつまで）与えうる快楽をその時点からすでに余さず想像しているのだ、そして男性はすでに（ハイデガーが機嫌のいい時なら「つねにすでに」と言っただろう）栄光に満ちた終わりを先取りする、それはすでに永遠であり、快楽の共有による栄光に満ちた永遠をぼくはカミーユの視線の中に垣間《かいま》見《み》（カミーユの話は後でしょう）、そして、エル・アルキアンのブラウンヘアーとあまりにも短く偶然に交わした視線の中にも（カミーユほど力強くはなかったが、ぼくはその後十歳年をとっていたし、ぼくたちが出会った時性欲はぼくの人生からすっかり消えていて、セックスが占める場所はなくなり、ぼくはすでに諦念の境地にあって完全には男性ではなかったのだ）それは感じられた。ぼくに永遠の苦しみを与えるエル・アルキアンのブラウンヘアー、彼女はぼくの人生の途上に与えられた最後の、そしてこの後もありえないだろう幸福の可能性だったのだ。

ぼくはユズとはそうしたことを何も感じなかった。彼女はぼくの領域に少しずつ侵入してきた、それも通常人が呼ぶところのよこしまな、二次的な手段を使ってである、特に彼女のわいせつさ、ぼくのモノを所構わずしごくやり方（自分もオナニーをしながら）によってであり、それ以外のことについては確かではない、もっと素敵なヴァギナをぼくは知っていたし、彼女のはちょっと複雑すぎた、ヒダヒダがありすぎて（彼女は若かったが、ある点から見ればそれを垂れてると呼ぶこともできたくらいだ）彼女について最も良かったのは尻だった、彼女の尻はいつでもぼくを受け入れる準備万端で、狭かったがそこでできることはいくらでもあり、いつでも三つの穴の間での選択肢が開かれていたのだ、どれだけの女性がこれだけの選択肢を持っているだろう。そして同時に、その選択肢を持たない女性を女性と呼べるのだろうか。

皆はぼくがセックスに重きを置きすぎていると非難するかもしれないが、ぼくはそうは思わない。

もちろん、人生の通常の営みの中で他の喜びが次第にそれなりの位置を占めることを否定はしないが、セックスは、特に強度のあるセックスは、個人的かつ直接に自らの身体器官を危険に晒す《エンゲージする》唯一の時間であり、愛の融合が生じるためにはセックスを通ることが欠かせず、セックス抜きには何も起こらない、残りのあらゆることは、通常はそこからゆっくり生じるのだ。まだ他にもある、それはセックスは危険な瞬間でもあり続けているということだ。それは自分を賭ける時間なのだ。別にエイズの話ではなく、もちろん死のリスクは真の刺激を構成しうるが、どちらかというと生殖の話だ、こちらの方がリスクはより重大で、ぼくは、誰かと付き合い始めるとすぐ、できる限りすぐにコンドームの使用をやめてきた、実際コンドームをつけないことがぼくの性欲には必要条件になっていて、そうなると子供ができる恐れは一方では顕著に存在する、西洋の人類は不幸にも生殖とセックスを分けて考えるようになったが（それが西洋文明の目的になることも時折あるように）、それは生殖を断罪するのみならずセックスをも同時に非難していて、返す刀で自分自身をも非難するのであり、急進派のカトリックはそれを察していた、確かに彼らの見解は、3Pや肛門性交のように一見罪のない実践も容認しないなど倫理的に逸脱してはいたが。しかしユズを待ちながらコニャックのグラスを傾けすぎたせいで話が逸れてしまった、どちらにしてもユズはカトリックなどではなく急進派カトリックではさらになかったが、もう二十二時ではないか、一晩中こうやって待つわけにはいかない、そうはいってもユズにもう一度会わずに出て行くのは気が引け、ぼくは彼女を待ってツナのサンドイッチを作った、コニャックの瓶は飲み終えてしまったがカルヴァドスの瓶が一本残っていた。

カルヴァドスのおかげで、ぼくの思考は次第に深まった、カルヴァドスは強く深いアルコールで、その割には不当に評価が低い。確かにユズの不実（おとなしい表現を用いるならば）はぼくを悲しませた、ぼくの男性としてのプライドは傷つき、特に、ぼくは疑いに襲われたのだ、彼女はあらゆる男のモノをぼくのと同じように愛していたのだろうか。それは、あらゆる男がこういった状況において等しく問うことで、ぼくもまたこの問いを自らに投げかけ、残念ながらそうなのだろう、という解答を引き出した。ぼくたちの愛はそれによって汚れ、ぼくのペニスに対する賞賛、ぼくたちが付き合い始めた頃あれほどぼくのプライドを高めた言葉（充分なサイズで大きすぎないとか、すごく長続きするとか）を、ぼくは今となっては別の目で眺めるようになった、ぼくはそこに、恋する女性の舞い上がる精神から出た叙情的な幻想というよりも、様々なペニスを知ることで下した冷酷で客観的な価値判断を見た、もちろんぼくは控えめに前者であって欲しかったと思っているのだが。ぼくは自分のモノには格別の期待はしてはいない、ぼくのペニスを好く人がいてぼくも満足していればそれで十分、これがぼくのモノについての現状認識だった。

しかしながら、彼女に対する愛が消え失せたのはそのせいではなく、一見当たり障りのない状況に端を発していた、それはユズが二ヶ月に一回両親にかける電話のすぐ後、ぼくたちが交わした一分にも満たない会話のせいだった。そこで彼女は日本に帰るかもしれないと言ったのだ、それは間違いない、そして当然ながらぼくはその件について詰問したが彼女は安心させようとして、帰国はずっと先のことで、ぼくが気をもむことはないと答えたのだが、その時ぼくは理解した、瞬時にして理解したのだった、白色の閃光《せんこう》がぼくの明晰《めいせき》な意識をすべてかき消したのだ。それから通常の意識に戻ると、ぼくは短い質問をいくつかして、自分が持っていた気がかりがすぐに正しいと分かったのだった。彼女は、理想的な人生プランにおいて最終的に日本帰国を計画しており、それは二十年後か三十年後か知らないが、ぼくの死後すぐ、つまり彼女はぼくの死を自分の人生設計に入れ、それが勘定の中に入っているのだ。

ぼくの反応は理性的ではなかったかもしれない、彼女は二十歳若いのだからぼくよりも長生きすると考えるのが妥当で、実際ずっと長生きするであろうが、無条件の愛によって無視され、はっきりと否定されるのはまさにそういったことで、無条件の愛はそうした不可能性、否認の上に築き上げられている、キリストへの信からでも、グーグルの不死計画を頼りにすることに裏付けられているのでもいいが、どちらにせよ、無条件の愛において愛する人は死ぬことができず、定義上不死なのである、ユズのリアリズムは愛の不在の言い換えであり、愛の欠陥、その不在は決定的であり、ロマンティックで無条件の愛も一瞬にして冷めるというもの、そこからはお互いの都合による愛に入るのだが、その時点でもう終わりだ、ぼくたちの関係は終息しているとぼくには分かった、この関係はできるだけ早く打ち切らなければならない、だってこれまでになく自分の身近に女性ではなく一種の蜘蛛《くも》を飼っている気がしていたからだ、それはぼくの生命体を吸って生きる蜘蛛であり、見かけだけはそれでも女性の姿形をとり、胸も尻も（尻についてはすでに賞賛した）ヴァギナさえもある（これについては少し留保をつけた）が、それらにはもう何も意味がない、ぼくの目には彼女は蜘蛛になった、毒針で毎日ぼくを刺し、ぼくの命を取り、動けなくさせる蜘蛛で、一時でも早くぼくの人生から追い出すことが肝要だった。

カルヴァドスの瓶もまた飲み終わり、二十三時を回っていた、結局のところ彼女に会わずに出て行くのが最良の解決策なのかもしれない。ぼくは窓際に近づいた。おそらく最終便のバトー・ムッシュがシーニュ島の先をUターンしていた。その時、ぼくはユズをすぐに忘れるだろうと分かったのだ。

ぼくは不快な夢が続く最悪の夜を過ごした、飛行機に乗り遅れ、そのせいで様々の危険な行動を取らざるをえなくなるのだ、例えば空からシャルル・ド・ゴール空港に到着しようとしてトーテムタワーの最上階から飛び降りるとか――時として手をバタバタしたり、滑空しなければならない、ぼくはやっとのことでたどり着くが、ちょっとでも集中力が欠ければぐしゃっと潰れてしまっただろう、植物園の上で危険な目にあい、高度わずか数メートル、猛獣の檻の上すれすれのところを飛んでいた。このくだらない、しかし劇的な夢の解釈ははっきりしていた。ぼくは逃げ切れないかもと恐れていたのだ。

ぼくは五時きっかりに目を覚ました。コーヒーが飲みたかったが、キッチンで音を立てるリスクを負うことはできなかった。ユズはおそらくもう家に戻っているだろう。彼女が外泊することはなかった。十八種類のクリームを塗らずに寝るなんてありえなかったのだ。彼女はすでに眠っているだろうが、五時はまだ早すぎた、だいたい朝七時か八時ごろが最も深い睡眠の時間で、もう少し待った方がいい、ぼくはメルキュールホテルのアーリーチェックインサービスを利用したから、部屋は朝九時から用意ができているはずだ、近所にどこか開いているカフェがあるだろう。

　ぼくは昨晩のうちに荷物を準備していたので、出発前にすることは何もなかった。持っていくような個人的な思い出の品が何もないと確認するのは少々寂しかった。手紙も、写真も、本も、アルミニウムのくさび形のマックブックエアーの中に入っていた、ぼくの過去の重さは千百グラムだった。ユズと付き合っていた二年間、彼女が何のプレゼントもしてくれなかったことに気がついた。何一つとしてなかったのだ。

　ぼくはその後もっと仰天することに気がついた、それは前夜、ユズが自分の死を密《ひそ》かに受け入れていたという考えで頭がいっぱいになって、自分の両親の死因に思いが及ばなかったのだ。ロマンティックな恋人たちには第三の解決策があった。人間の能力を超える不死を信じこんだり、それと同じくらい疑わしい天上のエルサレムの物語を鵜呑《うの》みにしなくてもすむ。すぐに実行可能で、ハイレベルの遺伝子学研究も永遠への誠実な祈りも必要ない。それは、今から二十数年前にぼくの両親がとった解決策だった。

　サンリス市の名士が顧客に名を連ねていた公証人と、ルーヴル学院（美術史の国立名門校）の学生でその後主婦の役割に甘んじた女性。ぼくの両親は、狂気の愛を生きていると思わせるところは何もない人たちだった。人は外見をほぼ裏切らないのをぼくは目にしていたが、この場合、人は外見によらない例となったのだ。

　ぼくの父は、六十四歳の誕生日の数週間前から絶えざる頭痛に悩まされていて、家族付きの主治医にかかったところ、ＣＴスキャナー検査を受けた。結果は三日後に知らされた。画像には大きな腫瘍《しゅよう》が現れていたが、それが悪性かどうかはこの段階では分からない、生検が必要になるだろうとのことだった。

一週間後、生検の結果はあまりにもはっきりとしていた。腫瘍は懸念していた通り悪性で、たちが悪くもあり、進行は早く、膠芽腫《こうがしゅ》と退形成性星細胞腫が混ざっていた。脳癌は比較的珍しいが、致死率が高く、一年後の生存率は十パーセント以下だった。病因は知られていない。

腫瘍の場所を考えると、外科手術は見込めなかった。化学治療と放射線治療は時として効果が出る場合もあるとのことだった。

父も母も、ぼくにそれを伝えない方がいいと考えていたことは記すに値する。ぼくは、サンリスに行った時、母親が片付け忘れた検診センターからの封筒を目にし、母親に尋ねてその事実を知ったのだった。

後になって何度も考えたことは他にもある。それは、ぼくが実家に行った時に彼らはすでにことを決断し、もしかしたらすでにインターネットで薬を注文していたのではということだ。

一週間後、両親は、ベッドに並んで横たわって発見された。周囲に迷惑をかけないようにという配慮から、父親は警察に手紙で知らせており、その封筒には合鍵さえ入っていたのだ。

彼らは薬を夕方に飲んだ、それは、結婚四十周年記念の日だった。憲兵士官は、両親は速やかに死に至ったと言ってぼくを安心させようとした。早かったかもしれないが、瞬時ではなかったのだろう、ベッドでの姿勢を見ると、両親は最後まで手をつないでいようと試みたのだろうが、苦痛のために痙攣し、手を離していた。

どうやって薬を手に入れたかは結局のところ分からなかった、母親は自宅のコンピュータの履歴を消していたから（おそらく彼女が手続きをしたのだろう、父はコンピュータ関係のみならず広くテクノロジーの進歩に関わるものを毛嫌いしていた、彼は長いこと抵抗していたが、結局仕事場にはコンピュータを導入し、あらゆる作業を秘書がしていた、父自身は一生に一度もコンピュータのキーに触れたことがないに違いない）。憲兵士官は言った、もちろん、ぼくたちがどうしてもといえば、注文履歴を見つけられるかもしれません、クラウドでは何も完璧には消えはしないのです。見つけることは可能ですが、果たしてそれは必要でしょうか。

ぼくは、一つの棺桶に二人入れてもいいとは知らなかった、何にでも衛生基準があるので、ほぼあらゆることが禁止されていると思い込みがちだが、この場合は可能らしかった、もしかしたら父親が自分のコネを使って何通か手紙を書き死後の処理を頼んだのかもしれないが。先にも述べたように父は街の名士全員と知り合いだったし、県の多くの名士も知己だったから、いずれにせよことはそのようにとりはからわれ、彼らは同じ棺に入ってサンリス墓地の北隅に葬られた。母親は亡くなった時には五十九歳で、この上なく健康だった。司祭は、説教の間、人類愛への賛美を安易な受けをねらって語り、しかもそれは偉大なる神の愛の賛歌の助走であり、この説教はぼくをなにがしか苛立たせた。カトリック教会がぼくの親を利用するのははしたないと思ったし、真の愛を前にした時には司祭は無駄口をたたかないもので、こう言ってやりたかった、あんたにうちの親の何が分かるってんだ、え、このぺてん師め。ぼく自身も両親の愛について本当に理解しているとは言えなかった、彼らの仕草や微笑みには、二人だけに通じるものがあるといつも思っていた、ぼくには決して入り込めない何かがあると。だからといって、両親がぼくを愛していなかったと言いたいのではない、彼らは無論ぼくを愛していたし、どの点から見ても彼らは申し分ない両親だった、常に注意深く、しかし適度にぼくを見守ってくれ、必要な時には寛容だった。しかしそれは同じ愛ではなく、彼らは二人だけで超自然の魔法の輪（二人の相互理解のレベルは本当に並外れていた、ぼくは少なくとも二回、どう見てもテレパシーだろうというケースに立ち会ったことがある）をこしらえ、ぼくはいつもその輪の外にいた。ぼくは一人っ子で、高校卒業後アンリ四世高校の環境科学生命工学学院準備クラスに進学したが、サンリスからの公共交通の便が良くないので、パリで下宿を借りた方がずっと都合がいいと説明した時、母親が、わずかではあれ確実に安堵《あんど》したようだったのに気がついてしまったのだ。母親が最初に思ったことは、これでやっと夫婦水入らずの生活ができるということだった。父親の方は、喜びをほとんど隠そうともせず、すぐさま諸々の手続きをし、一週間後にはぼくは不必要に贅沢な下宿に引越ししていた、自分の同級生が仕方なしに住んでいた女中部屋よりもずっと広く、しかも高校から徒歩五分でエコール通りに面していたのだ。

ぼくは朝七時きっかりに起きて、客間を少しの物音も立てず通り抜けた。アパートのドアは頑丈な鉄製で、金庫と同じくらい音を立てなかった。

八月初日のパリの道路はがら空きで、ぼくはスール＝ロザリー大通りのホテルから数メートルのところに車を停めることさえできた。イタリー広場から出て、パリ南東の地区の交通の流れをスムーズにする大きな軸となる通り（イタリア大通り、ゴブラン大通り、オーギュスト・ブランキ大通り、ヴァンサン＝オリオル大通りなど）とは異なり、スール＝ロザリー大通りはその五十メートル先、大して重要ではないアベル＝オヴラック通りで終わっていた。大通りと名付けるのもおこがましいくらいで、この通りが意外なほど不必要に広くなければ、そしてほとんど車の通らない二車線を並木が隔てていなければ、スール＝ロザリー大通りはある意味私道に似ていると言えただろう、それはモンソー公園の周りにある名前だけの大通り（ベラスケス、ファン・ダイク、ロイスダール）を思い起こさせた。この大通りにはどこかしら瀟洒なところがあり、その印象は、メルキュールホテルの入り口で一層強くなった。大きな扉は銅像が設えられた中庭に通じていて、どちらかというとミドルクラスのラグジュアリーホテルを想像させた。時刻は七時半、イタリー広場に面して三軒のカフェがすでに開いていた。カフェ・ド・フランス、カフェ・マルジェリド（カンタル地方料理の専門店だったが、カンタル料理を食べるにはまだ早い時間だった）[*1]、そしてカフェ・オジュールがボビヨ通りの角にあった。ぼくは三軒目のカフェに入ってみることにした、名前は滑稽だと思ったが、カフェのオーナーはハッピーアワーを翻訳するというユニークなアイディアを思いついたようで、「レズール・ウールーズ（ハッピーアワーの仏語訳）」となっていた。アラン・フィンケルクロート[*2]ならぼくのチョイスに賛成してくれたに違いないと思う。

　ざっと眺めただけで、この店のメニューにすっかりとりこになってしまい、最初カフェの名前を見てネガティブな印象を抱いたことを反省した。ジュールという名前を採用したのは、抜本的に新しいメニューシステムを作り上げるためであって、そこでは空想的な命名が意味のある文脈と合わさっていた。例えばサラダの欄では、「南の地方のジュール」（サラダ菜、トマト、ゆで卵、海老、ライス、オリーヴ、アンチョビ、ピーマン）、「ノルウェーのジュール」（サラダ菜、トマト、スモークサーモン、海老、ポーチドエッグ、トースト）とか。ぼく自身は、「農家のジュール」（サラダ菜、田舎ハム、カンタルチーズ、ジャガイモのソテー、くるみ、固ゆで卵）の魅力には逆らいがたく感じていた、そうでなければ「羊飼いのジュール」（サラダ菜、トマト、ローストしたヤギチーズ、はちみつ、ベーコン）だ。

　メニュー全般としては、ここで供されている料理は古くさくなった議論をまったく無視し、伝統料理（グラタンスープ、ニシンと温かいジャガイモ）と流行《はや》りの料理（海老のパン粉揚げにサルサヴェルデ、アヴェロン地方のベーグル）を仲良く共存させるものだ。カクテルメニューにも同じように様々な要素をミックスさせようという意図が見え、大半はクラシックなカクテルが並ぶ中、いくつか真の創作カクテルをこっそり隠していた、例えば、「グリーンインフェルノ」(マリブ、ウォッカ、ミルク、パイナップルジュース、ミントリキュール)、「ゾンビ」(アンバーラム、アプリコットクリーム、レモン汁、パイナップルジュース、グレナデンシロップ)、そして最もシンプルだが型破りな「ボビヨ・ビーチ」(ウォッカ、パイナップルジュース、イチゴシロップ)とか。つまり、ハッピーアワーではなく、ハッピーデイズ、ハッピーウィークス、果てはハッピーイヤーズまでをこの店では過ごすことができるだろうと感じたのだった。

九時ごろ、「故郷の懐かしきブレックファスト」を食べ終え、ウェイターの覚えが良くなるようチップをはずんでから、ぼくはメルキュールホテルのフロントへと向かった。そこでの応対もあらかじめ抱いていた好印象の通りだった。フロントはぼくの期待を読み取り、クレジットカード提出を求める前に、ぼくの希望通り確かに喫煙室を予約してあると告げた。「私たちの元で一週間過ごされるんですよね」と彼女はとても感じのいい口調で聞き、ぼくはそうですね、と答えた。

ぼくは一週間と言ったがそうでなくても構わなかった、ぼくの唯一の目標は自分を殺しつつある有毒な関係から解放されることで、蒸発の目論見は十分成功した、現在のぼくの状態を要約するなら中年の西欧男性、数年は生活のために働かなくてもよく、身内も友人もいず、個人的な計画も真に興味を持つ対象もなく、これまでの職業生活には深く失望し、恋愛の面では多様な経験があるが、どれも終わりを告げたという点では共通し、生きる理由の根っこが欠けているが死ぬ理由もなかった。この機会を、テレビ番組や、心理学専門雑誌で面白おかしく言われているように、「再起をは

＊1　カンタル料理はチーズやハム、キャベツやジャガイモなどが中心。
＊2　フランス人の哲学者、作家でメディア露出率も高い。

かる」新しい旅立ちの機会と捉えることもできただろう。同時に、まったくの無気力状態に陥ることとだってありえた。ホテルの部屋は、どちらかというと二番目のオプション向きだとぼくは気がついた。部屋は非常に狭く、全部合わせてもせいぜい十平米、ダブルベッドが空間のほとんどを占め、その周りをやっと歩けるかどうかというところだった。ベッドの正面には、必要不可欠なテレビとサービスプレート（電気ケトル、紙コップとインスタントコーヒーのパック）が、壁に作り付けの狭いテーブルの上に置かれていた。このごく狭いスペースに、ミニバー、そして三十センチの鏡の前には一脚の椅子まで置かれていたが、それで終わり。それがぼくの新たな我が家だったのだ。

ぼくは孤独のうちに幸福を見出すことができただろうか。そうは思えなかった。そもそも、幸福になる能力が備わっていたのだろうか。思うに、その手の問いはしないのが賢明というものだ。

ホテル生活の唯一の難点は、毎日一度は部屋を出なければならない、つまりベッドを離れなければならないことだった。客室清掃のためだ。外出の時間帯は原則として決まっていなかった、ハウスキーピングの時間が客に知らされることは決してないのだ。ぼくとしては、清掃時間は長くないのだから、外出時間を決めてくれた方が良いのだが、ことはそのように進まず、そしてある意味、時間が定められているとホテル業界のイメージ上も都合が悪いのだろうと後に理解した、刑務所のスケジュールに似てくるからだ。そういうわけで、客室清掃係の女性たちが素早く反応し、自発的に行動してくれることに期待をかけるしかなかった。

またぼくの方でも、ドアノブに小さい札をかけて、「シーッ、まだ寝ています——Please do not disturb」(これはイングリッシュブルドッグがマットレスの上で寝ている絵によって象徴されていた)から「起きています——Please make up the room」(これは劇場の緞帳《どんちょう》を背景に二羽の雌鶏を撮った写真で、アグレッシブと言ってもいいほどパッチリと覚醒状態にあった）に札をひっくり返し、客室清掃係にタイミングを教えることができた。

最初の数日間いろいろ試してから、ぼくは、二時間外出すれば足りると結論づけ、すぐに散歩コースを設定した。午前十時から正午まではほとんど客のいない「オジュール」に行った後スール＝ロザリー大通りをさかのぼり、通りのとっつきにある木々の植わった小さなロータリーで、天気がいい時には木々の間に設置されたベンチに座った、もっぱらぼくしかいなかったが、時折リタイア族が小さい犬を一匹連れて座っていることもあった。それから、アベル＝オヴラック通りを右に曲がり、ゴブラン大通りの角にあるスーパーマーケット「カルフール・シティ」に必ず寄った。この店に最初に行った時から、ここはぼくの新生活において ある役割を演じることになるだろうと直感していた。オリエンタル料理のコーナーは、ぼくが数日前まで通っていた、トーテムタワー近くのスーパーマーケットG20の豪華さにはかなわなかったが、それでも八種類の異なる種類のフムスを揃えており、そこにはアブゴーシュ・プレミアム、ミサド、ザアタル、そしてなかなかお目にかかれないメザベシャまであった。サンドイッチコーナーは、こちらが勝《まさ》っているのではと思うくらいだった。ぼくはそれまで、ミニマーケットは、パリやその近郊では全面的に「デイリーモノップ」が牛耳っているのではと思い込んでいた。『チャレンジ』誌でカルフールの社長がインタビューで答えていたように、カルフールのようなスーパーマーケットは、市場に参入したからには「端役を演じるつもりはない」のだろうと考えるべきだったのだ。

開店時間は例外的に長く、この点でも市場を獲得しようとする意図を表していた。週日は朝七時から二十三時まで、日曜日は朝八時から十三時まで、アラブ人の店だって開店時間はこれほど長くないだろう。日曜の開店時間が短いのは、十三区の労働管理局からの勧告に始まる激しい争議の結果だと店の小さい張り紙でぼくは知った、その張り紙は息を呑むような激烈な表現を用いて、大審裁判所の「呆れた決定」に従わなければならず、そうしないと「法外な罰金のせいで皆さまの地域にお仕えする本店は閉店の危機に晒《さら》されてしまったことでしょう」と公然と非難していた。商業の自由ひいては消費者の自由は戦いに敗れたというわけだ。しかし、この張り紙の好戦的な筆致からは、まだ終わりには程遠いと見て取れた。

ぼくは、カルフール・シティの正面にあるマニファクチュールカフェにはほとんど行かなかった。試してみたい生ビールが何種類かあったが、「労働者カフェ」をなんとか真似《まね》してみましたよという雰囲気にはのれなかった、この地区ではおそらく一九二〇年ごろには最後の労働者はいなくなっていたのだから。ぼくは、その後それほどたたないうち、ビュット＝オ＝カイユ地区に足を運び、もっと目も当てられない場所があると分かるのだが、当時はまだそのことを知らなかった。

それからゴブラン大通りを五十メートルほど下ると、再びスール＝ロザリー大通りにぶつかる。ここはぼくの散歩コースの中で唯一大都市らしい雰囲気を感じられる部分で、歩行者と車の行き来が増えていて、それで八月十五日が過ぎたのだと感じられた、この日はヴァカンスを終えて皆が社会生活に戻る第一段階で、それに続いて九月一日が来る。

ぼくは、本質的には、それほど不幸だったのだろうか。もしもぼくが会っていた人間のうちの一人（メルキュールホテルのフロントの女性、カフェ・オジュールのウェイターたち、カルフール・シティのレジ係）にご機嫌いかがと尋ねられたら、ぼくはどちらかというと「寂しい」と形容したかもしれないが、それは、強まったり薄れたりする寂しさではなく安定した穏やかな寂しさで、誰が見てもぼくには寂しさが決定的に取り憑いていると言えたのかもしれない。でも、ぼくはその罠には嵌らなかった。ぼくは、人生にはまだ多くの驚き、恐るべきことや刺激的なことがあると知っていたからだ。

とはいえ、ぼくには当面なんの欲望もなかった、これは、多くの哲学者が羨むべきとみなした状態だろうし、仏教徒も大方は同じ考えだろう。しかし、他の哲学者や大方の心理学者たちはその反対で、欲望の欠如を病的で不健全と捉えがちだ。メルキュールホテル滞在一ヶ月後、ぼくは相変わらずこの古典的な問題に決着をつけられずにいた。ぼくは滞在を毎週延ばし、そのことで自分を自由な状態におこうとしていた（この状態は、現存するあらゆる哲学が好意的に捉えている）。自分としては、状態は特に悪くないように思われた。現実的には、ぼくの精神状態によって一点だけ非常に困った状況が生じていて、それは身体のケア、もっと単純に言えば身体を洗うのに困難を覚えることだった。ぼくは歯を磨くことはまだできたが、シャワーを浴びたり風呂につかったりすると考えるだけで虫酸が走るのだった、実際のところ、身体がなくなってしまえばいいのにと思っていて、身体が存在し、注意を払い世話をしなければならないことにどんどん耐え難くなった、ホームレスの数が凄まじい勢いで増加しているせいで西欧社会は衛生面の基準を緩和しなければならなくなっているにせよ、臭気があまりにも目立つようになれば、皆から奇異な目で見られるようになるだろうと知っていた。

ぼくは精神科医にかかったことはまったくなかったし、治療が何らかの効果を出しうるとはほとんど信じていなかったので、少なくとも移動時間を最小限にしようと思い、十三区の医者をインターネットのサイト、ドクトリブで探した。

ボビヨ通りを離れ、ビュット＝オ＝カイユ通りに足を踏み入れるのは（この二つの通りはヴェルレーヌ広場で繋がっている）、日常的な消費の世界を離れて、活動家たちが運営するクレープ屋やオルタナティヴバー（「さくらんぼの季節」と「マネシツグミ」が向かい合わせになっていた）、フェアトレードのオーガニックショップ、ピアスやアフロヘアーを提供する店などの世界に入ることを意味していた。ぼくはずっと、一九七〇年代はフランスでは消え去ったのではなく、一旦撤退しただけだという直感を持っていた。いくつかのグラフィティはなかなか悪くなく、ぼくはルリエーヴル医師が診療所を構えているサンク＝ディアマン通りの曲がり角を通り過ぎ、通りの端まで歩いてみた。

この医者自身にもちょっとヒッピーっぽいところがあるなと最初は思った、肩までの長さの髪はカールしていて、白髪が相当混ざってきていた。しかしその第一印象に少しばかり反するのが蝶ネクタイ、それから診療所の調度も全体的に豪華で、ぼくは考えを改めた、せいぜいヒッピーに対して好意を持っているくらいに過ぎないだろう。

ぼくが最近の自分の生活について簡潔にまとめると、彼は、治療を受ける必要があると認め、自殺の考えが頭をよぎったことがあるかと尋ねた。いいえ、死には興味はありません。彼は不満げな顔をし、ぼくの説明を打ち切って話し始めた、ぼくはまったく良い印象を与えていないようだった。新世代の抗鬱剤があり（キャプトリクスというその薬の名前を聞いたのはその時が初めてで、ぼくの生活の中で大いに重要な役割を演じることになった）、効き目が表れるまでに一、二週間待たなければならないが、ぼくの事例では明らかに効果がある、医師の処方の元、使用法を厳守しなければならないので、一ヶ月以内に絶対にまた診察を受けなければならないとのことだった。

ぼくは急いで頷き、早く処方箋《しょほうせん》をくれという気持ちが顔に出すぎないように気をつけた。このバカには二度と会わないぞ、ときっぱりと決めていた。

家、というかホテルの部屋に帰ると、ぼくは服用説明書を熟読し、自分がおそらく不能になり、性欲もなくなるとそこで学んだ。キャプトリクスはセロトニンの分泌を増加させるが、精神機能のホルモンについてインターネットで得られた情報は不明瞭で辻褄《つじつま》があっていない印象を与えた。良い意味の指摘がいくつかあったが、それは例えば、「哺乳類は、群れと一緒にいるか自分の人生を生きるためにそこから離れるかを、毎朝起きた時に決めたりはしない」とか、「爬虫類《はちゅうるい》は他の爬虫類に対しどんな愛着も持たない。とかげはとかげを信用しない」などだ。正確に言うとセロトニンは自己承認と他者承認に結びつくホルモンだが、それは腸内で分泌され、多くの生き物もこの機能を持っている。例えばアメーバーなどだ。しかしアメーバーにいかなる自己承認が可能なのだろうか。群れの中でどんな他者承認をできるというのだろうか。次第に表れてきた結論は、医学はこういった問題に対しては整合的な論を持たず、曖昧で、抗鬱剤は、どうして効くのか分からないままに効き目を表す（または表さない）薬の一部なのだ、ということだった。

ぼくの場合、薬は機能しているように思われた、シャワーはまだ辛すぎたがぬるま湯にだったら浸かれるようになっていたし、ざっとだが石鹸《せっけん》で体を洗えるようにもなったのだ。性欲の点では大して変わらなかった、どちらにしてもエル・アルキアンのブラウンヘアー以来性欲に似たものを感じたことはなかったのだから。おお忘れがたいエル・アルキアンのブラウンヘアー。

そういう訳なので、数日後の午後、クレールに電話をかけたのは、肉欲の高まりからではないのだ。それならば何がぼくにそうさせたのだろう。まったく分からない。連絡しなくなってもう十年以上になっていた。とっくに電話番号を変えたのではと思っていたが、相変わらず同じだった。住所も変わっていなかったが、それはまあ当たり前だ。彼女はぼくの声を聞いて驚いていたようだったが――いや、それほどでもないか――その日のうちに、彼女の近所のレストランで夕食をしようと提案してきたのだ。

クレールに出会った時、ぼくは二十七歳だった。ぼくはすでに学業を終えていた、それまでに結構な数の女の子と付き合っていて、大方は外国人学生だった。後に欧米の学生同士のセックス交流を容易にしたに違いないエラスムスの奨学金制度は、当時はまだ存在せず、外国人学生をナンパできる貴重な場所の一つはジュールダン大通りにある国際大学都市だった。そこにはなんたる天の計らいか環境科学生命工学学院の学生棟があり、毎日のようにコンサートやパーティーが開かれていた。ぼくは様々な国の若い女の子を肉体的に知り、そこで、愛情はある種の差異をベースにしなければ発展しないと確信した、似た者同士は決して恋に落ちないのだ、差異と言っても様々ではあるが。例えば、極端な歳の差がある場合には、前代未聞の情熱が生まれるとはよく知られている。単なる国籍や言語の差も無視できない。愛する者が同じ言語を話すのは都合が悪く、言葉によって交流し真の相互理解ができるのは良くない、言葉は愛を生み出すためではなく人々を分裂させ憎悪を掻《か》き立《た》てるためにあり、言葉は交わせば交わすほど人を分かつが、ほとんど言語でないようなたわいのない愛の言葉、飼い犬に話しかけるように相手の男や女に話すことで、無条件に続く愛が作り上げられる。シンプルで具体的な話題に言葉を制限することができれば――車庫のキーはどこ？　とか、電気屋さんは何時にくるの？　とかであれば、まだ救われるかもしれないが、そこから先は統一を妨げ、愛を壊し、離婚に至る領域が広がっているのだ。

というわけで、ぼくは様々なガールフレンドと付き合った、多くはスペイン人かドイツ人、ラテンアメリカから来た学生が数人、オランダ人も一人、ぽっちゃりして魅力があり、ゴーダチーズの広告にそっくりだった。それからケイトがいた。彼女はぼくの青春時代の恋愛相手で、最後でかつ一番辛かった相手だ。彼女の後、ぼくの青春は終わったと言っていい、ぼくはその後は人が通常「若さ」と結びつける精神状態を知ることはなかった。あの魅力的な無頓着さ（不愉快な無責任さと言い換えてもいいが）、まだ定義されず、世界が開かれているという感覚、青春の終わりとともに現実はぼくの前で決定的に扉を閉めてしまったのだ。

ケイトはデンマーク人で、ぼくが出会った中で最も知的な人間だった。こう話すのはそれが関係において現実の重要性を持つからではない、知的レベルは友情においてはほとんど重要性を持たないし、恋愛においては無論さらに重要性を持たない、心の善さに比べればほとんど重みを持たないのだ。知性についてとりたてて話すのは、その図抜けて敏捷な知性、飲み込みの早さが尋常ではなかったからだ。ぼくたちが出会ったとき彼女は二十七歳、五歳年上で、彼女の人生経験はぼくよりもっと多く、隣にいるとぼくはひよっこのような気持ちがした。法科学校を記録的なスピードで修了した後、彼女はロンドンの弁護士事務所で顧問弁護士になった。ああ、じゃあ君はヤッピー[*1]みたいな人に出会ったに違いないね、と、初めて過ごした夜の翌朝言ったのを記憶している。「フロラン、わたし自身がヤッピーだったのよ」と彼女は優しく答えた、ぼくはこの答えと、彼女の小さくて硬い胸が朝の光に照らされていたのを覚えている。毎回このシーンが戻ってくるとぼくは強烈に死にたくなるが、まあ話を進めるとしよう。二年後、ケイトは自明の事実に気がついた。ヤッピー的な態度は彼女の希望や、好み、人生を構築するやり方にはおしなべてまったく釣り合っていなかったのだ。それで彼女は学業を再開したが、今回は医学部だった。ケイトがパリで何をしていたかははっきりとは覚えていないが、パリの病院は確か熱帯特有の何かの病気に関して国際的な評価が高く、それでパリに滞在していたのだと思う。彼女の能力がどれほどかというと、例えばぼくたちが出会った夜――彼女はぼくの元に転がり込んできた、もっと正確に言うならば、ぼくは彼女の荷物をデンマーク館の三階の彼女の部屋まで運ぼうかと提案し、それからビールを一杯、ついで二杯飲み、夜がそれに続く、彼女はその日の朝パリに着いたばかりで、一言のフランス語も話せなかった。二週間後、彼女はほぼ完璧にフランス語を習得していたのだった。

ぼくが撮ったケイトの最後の写真は、コンピュータのどこかに入っているはずだったが、探さなくてもその写真を容易《たやす》く思い浮かべることができた、目を閉じさえすればいいのだ。町の名前は忘れてしまったが、確かコペンハーゲンではなかったと思う、彼女の家、正確には彼女の両親の家でぼくたちはクリスマスを過ごしたばかりで、その帰り、急いでフランスに戻りたくなかったので列車を選んだのだった。帰路は奇妙な感覚から始まった、列車はバルト海上を滑るように進み、灰色の水面からはほんの二メートルも離れていず、少し高い波はワゴンの窓を叩き、空と海という膨大で抽象的な二つの空間の間に列車は挟まれていて、ぼくたちは二人っきり、多分人生でこれほど幸福に感じた時はないと思う。ぼくの人生はここで終わるべきだったのかもしれない、津波が来て、ぼくたちの身体が永遠にバルト海に呑み込まれてしまっても良かったのだ。でもそんなことは起こらず、列車は目的地に着き（ロストックだったかシュトラールズントだったか）、ケイトは、新学期が翌日に始まるところだったが、何日かぼくに付き合ってくれたのだった。

ぼくが持っているケイトの最後の写真は、ドイツの小さな町、メクレンブルク＝フォアポンメルン州の州都にあるシュヴェリーン城公園で撮られたもので、公園の並木は厚い雪に覆われ、遠くには城の塔が認められた。ケイトはこちらを振り向き、ぼくに笑いかけていた。おそらく、ぼくは、

＊1　Young Urban Professionals　高学歴高収入、都会に住む、野心家で自己中心的なタイプの人間を指す。

写真を撮るからと彼女に呼びかけたのだろう。彼女はぼくの方を向き、その視線は愛情に満ちていたけど、同時に悲しみと寛容さに包まれてもいたのはおそらく、ぼくがこの先彼女を裏切ることになり、この恋愛は終わりを告げると気がついていたからだろう。

その日の夜、ぼくたちはシュヴェリーンのブラッスリーで夕食をとった。ぼくはウェイターのことを覚えている、痩せ気味の四十代の男で、神経質で不幸そうでもあったが、ぼくたちの若さと、特にケイトから溢れ出ている愛情に何か感じるところがあったのか、仕事を中断して、お皿を置くと、ぼくの方を向き（実際は二人の方を向いたのだが、ぼくを見ていたと言ってもいい、ぼくの方がカップルに亀裂をもたらすと感じたのだろうか）ぼくにフランス語で言った（彼自身フランス人だったのに違いない。どうしてフランス人がシュヴェリーンのブラッスリーのウェイターとして働くはめになったのだろう、人生とはおかしなものだ）、奇妙に重々しい、儀式でも執りおこなうような調子で。「お二人ともずっと変わらないでいてください。どうか、そのままで」

ぼくたちは世界だって救えたかもしれない、それもただ片目を瞑るだけで、でもぼくたちはそうしなかった、というよりはぼくがそうしなかったのだ、愛が勝利を得ることはなく、ぼくは愛を裏切った。ぼくは、眠れない夜、つまり毎晩、頭の中で彼女の留守電メッセージが流れるのを聞く、「ハロー、ディス・イズ・ケイト、リーヴ・ミー・ア・メッセージ」ケイトの声は爽《さわ》やかで、夏の埃《ほこり》っぽい午後の終わりに滝に飛び込むのにも似て、すべての汚れや悪がたちまち流されるような気がするのだった。

別れの最後の瞬間はフランクフルト中央駅で、ケイトは大学も欠席し続けていたので、さすがにもうパリまでぼくに付き合うことはできず、今度はもう本当にコペンハーゲンに戻らなければならない、ぼくは列車のタラップに立ち彼女はホームにいた、ぼくたちはその前の晩ずっとセックスをし、その日の朝も十一時まで、駅に行かなければならない時間になるまで愛を交わし、彼女は力尽きるまでセックスをし、いつまでもぼくのモノを吸い続けたがその力は尽きることなく、ぼくもその頃は簡単に勃起した、でも本当の問題はそこにはなく、本質的にはそこではなく、問題は、ケイトは、ある瞬間、ホームに立ったまま泣き出したのだ、本当に泣くのではなく、幾筋かの涙が頬を伝い、ぼくを見つめ、列車が出るまで一分以上見つめていた、彼女の視線はぼくからいっときたりとも離れることはなく、ある瞬間、ふと、涙が流れ始め、ぼくは動かなかった、ぼくはホームに飛び降りることはなく、ドアが閉まるのを待っていた。

それだけでもぼくは死に値する、最も重い罰を受けるに値する、ぼくはそれを隠せない。ぼくは自分の人生を不幸に、気むずかしく孤独な人間として終えるだろう、それだけのことをしてしまったのだ。ケイトという女性を知っていて、彼女に背を向けられる男なんていただろうか。まったく理解できない。ぼくは、彼女からの何度ものメッセージに返事をしなかった、それも、下卑たブラジル人の女、サンパウロに戻った次の日にはぼくのことを忘れてしまうような女のせいでだ、ついにケイトに電話をした時にはまさに「遅すぎた」のだった、次の日彼女はウガンダに発《た》つところだった、NGOの仕事に就いた、彼女は西欧人たちに失望したに違いない、特にぼくにだ。

人生においてはいつも、アパートの管理費を出費から引いて《幸福の引き算》計算し始める時が来る。クレールの人生にも恋愛沙汰があり、激動の年があったが、真の幸福には達しなかったと思っていた——とはいえ、幸福にたどり着ける人なんているのだろうか。西欧では誰一人幸せにはならないだろうと彼女は考えていた、もう無理なのだ、わたしたちは幸福をかつて存在した夢とみなさなければならない、単に歴史的な条件がもう揃っていないのだ。

　プライヴェートな面ではクレールは自分の人生に満足せず、失望さえしていたが、不動産の点では大きな幸運に恵まれていた。彼女の母親のちっぽけな魂が神の元に戻った時——または虚無に還ったと言ってもいいが——ちょうど二〇〇一年になったばかりで、それはかつてユダヤ・キリスト教圏とみなされていた西欧にとっては、余分なミレニアム《千年紀》の始まりだったのかもしれず、引退すべきだったのに試合に臨むボクサーと同じようなものだ、どちらにしてもこの考えはかつてユダヤ・キリスト教圏とみなされていた西欧では広く知られていた、ぼくは歴史的に位置付けようとしてこう話すが、クレールはそういうことにはまったく頓着しなかった、彼女には他に気にかけることがあり、まずは女優としての業績であり、それから少しずつ、自分の出費から管理費を引く計算がやがて圧倒的な位置を占めるようになったが、まあ話を先走らせずにおこう。

ぼくが彼女に出会ったのは一九九九年十二月三十一日、大晦日《おおみそか》の夜で、仕事で出会った危機管理の専門家のところで過ごしていた――その頃ぼくはモンサントで働いていて、モンサントはだいたいいつでも危機管理のための情報開示を行わなければならない状態にあったのだ。どうして彼がクレールと知り合いだったのかは覚えていない、もしかすると、彼女ではなくてもその友だちと寝たとかいうことがあったのかもしれない。いや、友だちというのは正しい言い方ではないな、例えば同じ舞台で演じた他の女優、とか。

クレールはその頃舞台で成功をおさめ始めていた――それが最初で最後になるのだが。それまでは低予算のフランス映画や、フランス・キュルチュール局のラジオドラマの端役に甘んじていた。このたび、彼女はジョルジュ・バタイユの戯曲で女主人公の役を演じていた――正確にはジョルジュ・バタイユの戯曲ではなく、まったく異なると言ってもいい、演出家がジョルジュ・バタイユのフィクションや理論的なテキストなど様々なものから「翻案の仕事」に取り組んだものだった。彼のプロジェクトは、複数のインタビューで主張していたところによると、バタイユを新たなヴァーチャルセクシュアリティの視点から読みなおすというもので、とりわけマスターベーションのテーマに関心を抱いていると明言していた。そして、バタイユとジュネの立場の違い、さらには対立を隠そうとしていなかった。この企画はパリ東部の、補助金で運営されている劇場でかけられた。つまり、今回メディア的には大きな反応が期待されていたのだ。

ぼくは初回の公演に行った。クレールと寝始めてからまだ二ヶ月ちょっとだったが、彼女はすでにぼくの家に住み始めていた、というのも彼女が住んでいた下宿ははっきり言ってひどいものだったからで、シャワーが階に一つしかなく、それを二十数名の下宿人と共有していたが、あまりに汚かったので、彼女は体を洗うためだけにクラブメッド・ジムの会員になっていたくらいだった。ぼくは芝居には特に感銘を受けなかった。しかし、衣装係と照明も良い仕事をしていた、クレールはその戯曲では一種の冷ややかなエロティシズムを発し、衣装係と照明も良い仕事をしていた。寝たい気持ちにさせられるというより、彼女にセックスされてみたいと思わせた、この女は、舞台では突然あなたに襲いかかりたいという抗いがたい欲望を覚えるタイプに思わせたのだが、大体それが実際にぼくたちの日常生活でも起こっていたことで、彼女は表情を変えないまま突然ぼくのペニスの上に手を置き、数秒後にはパンツのジッパーを下ろし、フェラチオをするために跪《ひざまず》く、また別の時には、自分のパンツを脱いでオナニーをし始め、それはぼくが覚えている限り大方どこでも起こりうるのであった、一回は税務署の待合室でそれが起こり、二人の子供を連れた黒人女性がいて何がしかショックを受けていたようだった、つまり彼女はセックスの面ではサスペンス満点だったのだ。演劇評論家は皆大絶賛し、『ル・モンド』紙の文化欄まるまる一面、『リベラシオン』紙では二面を割いて劇評が掲載された。クレールはこの賞賛の嵐の中過分な賛辞を受け、特に『リベラシオン』紙は、金髪で冷淡だが内面は熱いヒッチコックのヒロインたちに彼女を譬《たと》えたが、ノルウェー風オムレツ[*1]とのこの手の比較はあまりにも何度も読んだので、ヒッチコックの映画を一本も見てなくても何の話をしているのかすぐに分かった、ぼくはどちらかというと『マッドマックス』世代で、まあどちらにしても、これがクレールの場合にはおおよそ当たっていた。

芝居の最終から二幕目、演出家が明らかに核になるとみなしていた場面で、クレールはスカートをたくし上げて観客の真正面で股を広げ、もう一人の女優がジョルジュ・バタイユの長いテキストを読んでいる間マスターベーションしていたが、そのテキストでは、ぼくの印象だと、アヌスが本質的に問題とされていた。『ル・モンド』紙の批評は特にこのシーンが感銘深いと評し、クレールがその演技で魅せた厳《おごそ》かな様式を高く評価していた。厳かな様式という表現はぼくには言い過ぎと感じられたが、つまり彼女は落ち着き払っていて、まったく興奮しているようには見えなかった。そして、終演後ぼく自身確かめたのだが、実際にもまったく興奮してはいなかったのだ。

そうしてクレールはキャリアを築き始め、この朗報に次の朗報が続いた。三月中旬、リオ・デ・ジャネイロ行きのエールフランス232便が南大西洋の真ん中で墜落したのだ。生存者はゼロ、クレールの母親は乗客の一人だった。遺族の近親者を対象にしたメンタルケアサービスがすぐに調えられた。「その時、自分がいい役者だなって思ったのよ」とクレールは、心理学者たちとの初回の面接の晩ぼくに言った。「喜んでるのがばれないように、泣き崩れてボロボロになった娘を見事演じて見せたと思う」

確かにクレールと母親はお互いに憎み合っていたが、母親はあまりにエゴイストなので、遺書を書き、自分の死後に起きうることに少しでも思いを致しはしないだろうとクレールは感じていた、そしてどちらにしても実子に遺産を継がせないのはかなり難しい、一人娘として彼女には五十パーセントの遺産を相続する不可侵の権利があったわけで、クレールには恐れることはほとんどなかった。そしてこの奇跡的な航空事故の一ヶ月後、彼女は母親の遺産を相続したが、その財産の大半は、パリの二十区、ルイソー＝ド＝メニルモンタン・パッサージュにあるゴージャスなアパートだった。そしてぼくたちは、二週間かけてババアの荷物を片付けてからそこに移り住んだ。ババア、と言ったがそ

*1 またの名がベイクド・アラスカで、アイスクリームをケーキ生地で包み、メレンゲで覆って焼き目をつけたデザート。

れほど歳をとっていたわけではない、彼女は四十九歳で、命を奪った飛行機事故は、彼女が二十六歳の男とブラジルに向かっている途中で起こったのだが、それはまさにその頃のぼくの年齢だった。

アパートは旧プレス工場の中にあって、工場は一九七〇年代に閉鎖され、その後数年間利用されていなかったのを、クレールの父親が購入したのだ。彼女の父親はやり手の建築家、儲かるビジネスに鼻が利く人間で、この工場をロフトにしたのだった。入り口の大きな門は巨大な柵でセキュリティーが確保されており、コードに代わって虹彩認証システムが導入されたばかりだった。アパートを訪ねた客用には、インターフォンとビデオカメラが付いていた。

この柵を越えると石畳の広大な中庭があり、その周囲をかつての工場の建物が取り囲んでいた。そこには二十数人の住人がいた。クレールの母親が所有するロフトは一番広く、天井高六メートルで、百平米のどでかいオープンスペースの中央にはオープンキッチンが設置され、イタリア式シャワーとジェットバスの備えられた大きな浴室、それから寝室が二つあり、一つは中二階で、もう一つの寝室にはドレッシングルームが付き、庭の一角に面して書斎があった。全体にして二百平米ちょっとになった。

他の住人たちは、当時はまだ人口に膾炙《かいしゃ》していなかったボボ[*1]という用語で呼ばれることになる社会階級にまさに属していた。彼らは舞台女優が自分たちの隣人になったことを喜ばずにはいられなかった。ボボたちがいなかったら劇場は成り立たないだろう、当時『リベラシオン』紙は劇場関係の人間だけに読まれていたのではなく、劇場の観客の一部にも（数は減りつつあったが）まだ読まれていたし、『ル・モンド』紙もまだ売り上げと権威を保っていたので、クレールはこのアパートでは大歓迎された。ぼくの場合は少し微妙だろうと自分でも意識していた、モンサントはＣＩＡと同じくらい尊敬に値しない会社だと彼らには映っているだろう。うまいウソにはいつでも現実の要素がいくらか混じっているもので、ぼくは希少疾患の遺伝子研究をしていると仄《ほの》めかした。希少疾患と言っておけば間違いない、自閉症とか、十二歳なのにすでに老けて見える早老症にかかったかわいそうな子供とかを想像するだろう、ぼくは無論この分野で働く能力はなかったと思うが、遺伝学の点ではかなり知識を持っていたので、どんなボボ、学のあるボボにも反論できた。

本当のことを言うと、ぼく自身、その当時就いていた職には次第に違和感を覚え始めていた。確かに遺伝子組み換え作物の危険については何一つ立証されてはいず、急進的なエコロジストは十中八九知識のない馬鹿だったが、かといって遺伝子組み換えがまったく問題ないと証明されたわけでもなく、大体にしてモンサントの上司たちは病的な嘘つきでもあったのだ。唯一はっきりしていることは、植物の遺伝子組み換えの長期的な影響についてぼくらは何も、またはほとんど何も知らないということだった。しかしぼくに言わせれば問題はそこではなく、種苗業者、肥料や殺虫剤の業者の存在自体が農業にとって破壊的かつ致命的な役割を果たしているところにあり、一ヘクタールあたりの生産量を極限まで増やすことを目的とした大規模農業、農業と牧畜を切り離して生産物を輸出することだけから成り立っている集約農業は、本来あるべきやり方とは正反対で、ぼくたちが現在受け入れられる発展のためには、質を重要視し、地産地消を推進し、土地と地下水を保護し、家畜の堆肥を使用し、土を肥沃にする持続可能なメソッドに戻るべきなのだった。ぼくは、引越したばかりの頃、頻繁に行われていた隣人とのアペリティフの際、会話がこの手のテーマになると、資料に基づく根拠をあげて熱心に話し皆を驚かせていたはずだ。もちろん隣人たちもぼくと同じ意見だったが、それは何も知らないまま、正しい左翼ならそう考えなければならないと思い込んでいたに過ぎない。どちらにしても、ぼくには思想があった、ひょっとしたら理想があったとさえ言え

＊1　ブルジョワ・ボエーム（ボヘミアン）の略で、比較的収入の高い、左翼的で文化的な社会階層。

るのかもしれず、ぼくがパリ政治学院やＨＥＣ経営大学院などのより一般的な選択をせず環境科学生命工学学院を選んだのは偶然ではなかった、つまりぼくには理想があったがそれを自分で裏切りつつあったのだ。

だからと言って辞職するのは論外だった、二人の生活はぼくの給料にかかっていたし、クレールの仕事は、ジョルジュ・バタイユの翻案の舞台作品が批評家の間で好評を博していたにしても、まだまったくないに等しかったからだ。それまでの経歴のせいで、彼女には文化関係の仕事しか回ってこなかったがそれはまったくの誤解だった、彼女は娯楽映画の仕事を夢見ていたんだから。彼女自身大衆向けの映画しか観に行かず、『グラン・ブルー』とか『おかしなおかしな訪問者』などの映画を好み、バタイユのテキストは「ホント馬鹿げてる」と思っていたし、その後間もなく彼女が巻き込まれたレリスのテキストにしても同じことだった、でも一番ひどかったのはフランス・キュルチュール局のために一時間ブランショの朗読をした時だっただろう、あれほどクソみたいなものが世の中にあるとは考えもしなかったわと彼女はぼくに言った、あんな愚にもつかないものを聴衆に提供しようと思うなんて呆れてものが言えない、と。ぼくとしてはブランショに特に見解は持たなかった、シオランがブランショについて述べていた、この作家はタイプライターを学ぶのに最適だ、「意味に惑わされずに」すむからだという笑えるエピソードをただ思い出すだけだ。

クレールの身体的特徴には残念ながら彼女の履歴書と同じ特徴があった。エレガントで冷ややかな金髪美人は、補助金で運営されている劇場で抑揚のない声で読まれるテキストに向いているようにあらかじめ見られた、ベタなエンターテインメント業界はむしろラテン系のセクシーな女の子か、ちょっと艶《つや》っぽいハーフの子を求めていて、彼女はまったくトレンドではなく、それに続く一年間、消臭剤の広告に至るまでおおよそどんなオーディションにも厭《いと》わず応募したにもかかわらず、「フィルム・フランセ」での定期的な朗読があった他には、先に述べたような文化屋仕事のほか一件の役をもらうこともできなかった。ノルウェー風オムレツには徹底的に居場所もなかったのだ。しかし逆説的ではあるが、ポルノ業界でなら彼女は一番チャンスがあっただろう。もちろんラテン系のセクシーな子や黒人を軽視するわけではなく、この分野は女優の身体的かつ民族的な多様性を保持しようと努力していた。ぼくがいなかったらその役に甘んじたかもしれない、ポルノでの経歴は通常の映画女優のキャリアには決して繋がらないことは承知していたにしても。でも、ほぼ同額の報酬ならフランス・キュルチュール局でブランショを朗読する方をまだしも選んだと思う。ポルノの仕事だってどのみち長いことは続かなかっただろう、ポルノ業界はインターネット上のアマチュアポルノを前に死に瀕《ひん》していたからだ。YouPorn（アメリカの無料ポルノサイト）は、YouTubeが音楽業界を潰したのより一層速やかにポルノ業界を亡きものにしようとしていた。ポルノはいつでも技術革新の先端にあるとは多くの著者が指摘するところだが、この見解が逆説を含んでいることは誰も認めたがらない。というのも最終的にポルノグラフィーは人間の活動分野であり、そこではイノヴェーションにはわずかな余地しかなく、ポルノは新奇なものを何も生み出さない、ポルノグラフィーの分野で想像可能なすべては古代ギリシャか古代ローマ時代にすでにあらまし存在していたのだ。

　ぼくの方では、モンサントには本当にうんざりし始めていた。そして、環境科学生命工学学院卒業生の学友会など、この学校の卒業生にアクセス可能なほとんどあらゆる手段を通して、求職情報を眺め始め、十一月初旬になってやっとバス（低地）＝ノルマンディー地域圏の農業森林地方局からの正真正銘興味深いオファーを見つけたのだった。それは、フランスのチーズ輸出のための新しい組織を構築するというものだった。ぼくは履歴書を送り、すぐに面接を取り付け、日帰りでカーンに赴いた。農業森林地方局長もまた環境科学生命工学学院出身で、ぼくの後輩に当たった。ぼくは彼を見かけたことがあった。ぼくが最終学年の時彼は二年生だった、彼がどこで卒業前の研修をしたのか知らないが、研修先で英語の用語を不必要に使う癖（フランスの行政関係ではあまり見ないケースだ）をつけ、そのまま直していないようだった。彼の現状認識は、フランスのチーズ輸出がほぼヨーロッパだけに限られ、アメリカでは重要な位置を獲得できておらず、ワインとは反対に（彼はこの時点でボルドーワインの同業者連合について長いこと賞賛を続けた）、チーズ業界は新興国、主にロシア、間もなく中国、それに続いてインドなどの諸国の擡頭に先んじることができなかった、というものだった。これはフランスチーズ全体に言えるが、我々はノルマンディーにいるのですから、編成予定の〈特別チーム《タスク・フォース》〉は「ノルマンディーの三大名産」を促進する初の野心的な計画になるでしょうと彼が強調するのは理にかなっていた。三大名産とは、カマンベール、ポン＝レヴェック、リヴァロだ。現在に至るまで、カマンベールだけが真の国際的な名声を獲得しているが、それは、意義深いもののここでは展開する時間のない歴史的理由によってでして、リヴァロやポン＝レヴェックさえもロシアや中国ではまったく無名のままなので、もちろん予算が底なしにあるわけではありませんが、それでも、五人のスタッフを雇うのに必要な予算は取り付けたので、まずはこの〈特別チーム《タスク・フォース》〉の責任者を探していたのです、あなたはこの仕事に興味がおありですか。

　ぼくは興味を持っていたので、適切な職業意識と情熱の混じった調子で、もちろん、と答えた。最初に頭に浮かんだアイディアがあり、それを彼に伝えた方がいいと思った。実数は知らないが、自分の家族や両親が犠牲の極みを強いられた多くのアメリカ人がノルマンディー上陸の舞台の海岸を見学に来ますよね。もちろん黙禱《もくとう》の時間は尊重されるべきだし、軍人墓地を出たところでチーズの試食会を企画するのは論外ですが、どちらにしてもいつかは何か食べなければならないのだし、歴史の回想を目的とした観光をノルマンディーチーズの輸出促進に有効活用できるのではないでしょうか。おっしゃる通り、まさにそうした企画を実施するべきだったんですよ、わたしたちにはそういった想像力が欠けていたんです。シャンパーニュ地方のブドウ栽培農家とフランスのラグジュアリー業界の相乗作用が他でもすぐに転用できるとは思われません。ジゼル・ブンチェンがリヴァロを食べているところなど想像できるでしょうか（モエ・エ・シャンドンのシャンパーニュならありうるのに）？　とにかくぼくは概ね自由に企画を立てることができそうで、ぼくの創造性の手綱を締めるのは彼にとっても得策ではないのだし、そもそもぼくのモンサントでの仕事も楽ではなかったのだ（実際のところぼくは大して努力をする必要はなかった、この会社は乱暴で単純な論証を示していたからだ。遺伝子組み換え作物がなければ、増加する一方の地球上の人口に食料を提供する手段がなくなる。言ってみれば、モンサントか飢饉《ききん》か、というところだ）。ともあれ、彼がモンサントでのぼくの仕事を過去形で話したのを見て、求職活動は成功した、とオフィスを出る時にすでに分かっていたのだ。

ぼくの契約は二〇〇一年一月一日からだった。ホテルでの何週間かの仮住まいの後、ぼくは、「ノルマンディーのスイスの首都」という大げさな肩書きを鼻高々と掲げたクレシー村から二キロ、木立や牧草に囲まれた、緩やかな起伏の連なる光景の真ん中にぽつんと佇《たたず》む、見るからに愛らしい木造のハーフティンバーの家を借りた。床に六角レンガを敷いた大きなサロンがあり、寄せ木張りの床の寝室が三部屋と書斎が一室あった。その脇には、昔の圧搾室が客室として使えるようになっていた。そしてセントラルヒーティングが設置されていた。

それは愛らしい家で、ぼくはこの物件を見学しながら、持ち主はこの家に愛着を持ち、何くれとなく手入れをしていたのだろうと感じた。家主は七十五歳から八十歳といったところの背の曲がった小柄な老人で、すぐにぼくに言った、自分はこの家ですこぶる快適に過ごしたが、今ではそうはいかなくなってねえ、医療アシスタントの訪問を頻繁に受けなければならないし、看護師が一週間に少なくとも三回、調子が悪いときには毎日自宅に来るから、カーン市のアパートに住むのが賢明な選択だったんですよ、でも子供はよく面倒を見てくれるし、娘が看護師も見つけてくれたんですから、今の他のお宅の様子などと比べたら幸運だと言わなければなりませんねえ。そして実際ぼくも彼の意見に同感だった、彼はラッキーだ、ただ、奥さんを亡くしてから人生は変わってしまい、前のようにはもう戻らないだろう、彼はもちろん信者だったし、自殺などはゆめゆめ考えもしなかったことだろう、しかし時としてこの老人にも、神のお迎えが遅すぎるのではと思うことがあり、自分の歳ではこの家も役には立たないんですよ、と語り、ぼくは家の見学中ほとんどずっと目に涙を浮かべていた。

それは愛らしい家だったが、ぼくは一人で住むことになるだろう。バス＝ノルマンディーの村に移り住む考えにクレールはきっぱりと拒否を示した。ぼくは彼女に、「オーディションのためにパリに戻る」こともできると提案しようとして、それは愚かしい考えだと気がついた。彼女は一週間に十件のオーディションを受けていたのだから、まったくナンセンスで、田舎に引越すのは彼女のキャリアにとっては自殺行為だった、しかし、すでに死んでいる者が自殺するのは本当に重大なことなのだろうか。ぼくが心中考えていたのはそれだったが、もちろんぼくは彼女にそうは言えなかった、直截にはもちろん言えず、だからと言ってどうほのめかしたらいいのか。ぼくにはどんな解決策も思い浮かばなかった。

そういうわけで、一見妥当な解決策として、ぼくの方が週末にパリに戻ることにした、おそらくぼくたちは二人とも、一週間に一度会ったり別れたりすることで、ぼくたちの関係に新たな息吹とエネルギーがもたらされるだろうと幻想を抱いていたのだろう、毎週末は愛の祭典となるに違いない、というような。

ぼくたちの間に破局はなかった、明白で決定的な破局は。カーンとパリ間を電車で行き来するのは難しくはない、直行で二時間ちょっとで着く、ただ、ぼくはその列車にだんだん乗らなくなり、最初は仕事が増えたと言い訳をしていたが、そのうち言い訳もしなくなり、何ヶ月かですべては終わった。心の奥底では、この家に一緒に住んでくれるんじゃないか、夢のまた夢の女優のキャリアにすがるのをやめてぼくの妻になってくれるんじゃないか、という考えを捨て去ったことはなかった。ぼくは何度も彼女に家の写真を送った、天気のいい日、木立と牧草が見えるように窓を大きく開けて撮った写真で、今思い出すとぼくは自分が少し恥ずかしい。

時が経った今、思い返しても特筆すべきなのは、二十年後のユズの時同様、ぼくがこの地上で所有しているもののすべてがスーツケース一つに収まることだった。ぼくは明らかに現世での物欲に欠けているようだった。それは、ギリシャの哲学者たちの目には（エピクロス派の？　ストア哲学の？　キニク学派の？　それともこの三つのすべて？）大変好ましい精神状態で、その反対の立場が支持されたことはほとんどないように思われる。まさにこの点において、哲学者たちの間には合意があるのだが、それはほとんど指摘されていない。

クレールとの電話を終えた時には十七時を少し過ぎていて、夕食までには三時間ほど時間を潰す必要があった。数分もしないうちに、ぼくは、彼女に再会するのがはたして良い考えだったのか自問し始めた。会ったところでポジティヴな展開になりえないのは分かりきっているし、結果として残されるのは失望と苦々しい思いだけだろう。二十数年経ってやっとそうした感情を埋葬するのに成功したというのに。二人とも、人生が苦々しく失望に満ちていると十分に分かりきっていながら、なんでわざわざタクシー代とレストラン代を払ってまでそれを再確認する必要があるのか。だいたい、今クレールがどうなったか知りたいと本当に思っているんだろうか。おそらく、華々しいニュースは何もないだろうし、少なくとも彼女の期待に見合う業績が得られていないのは確かだろう、そうでなかったら、街中に貼られた映画のポスターを見て気がついただろうから。ぼく自身の職業上の野望はもっと曖昧だったので、挫折《ざせつ》も目立ちにくかった。しかし、自分が人生に失敗した感覚はぼくにも同様にあった。かつて恋人同士だった四十代の負け犬の再会は、フランス映画であれば絵になるシーンが繰り広げられただろう、ブノワ・ポールヴールドとイザベル・ユペールの配役などで。しかし現実において、ぼくはそんな再会を望んでいるのだろうか。

自分の人生の要所要所でぼくは何度か「テレビ占い」を試していたが、これは知る限りぼくの発明と言っていいだろう。中世の騎士たちや、後のイギリスのピューリタンたちは、難しい決定を強いられた際、聖書を開き、偶然に開かれたページの上に何気なく指を置き、そこに書かれている文句を解釈しようと試み、神から与えられた言葉に沿ってことを定めた。同じように、ぼくも、あてずっぽうにテレビをつけ（チャンネルを選ばず、ただ、「オン」のボタンを押せばいい）、そこに現れる画像を解釈しようと試みるのだ。

十八時半、ぼくはメルキュールホテルで自分の部屋のテレビを「オン」にした。結果は最初、ぼくを当惑させた、読み解くのが難しかったからだ（しかしそれは中世の騎士やイギリスのピューリタンとて同じことだったろう）。映ったのはローラン・バフィ（フランスの喜劇役者）の追悼番組のようだったが、それ自体がまず驚きで（彼は死んだのだろうか？　まだ若かったが、テレビスターたちは時として、栄光の最中に突如病に倒れ、ファンの愛情から引き離されてしまうことがある、それが人生なのだ）、とにかく番組の調子は追悼番組を思わせ、どの出演者もローランが「人間性に満ちて」いたことを強調していた。ある人にとっては「最高のダチ、バカをやらせたら右に出る者はいない、コミカルを絵に描いたような」人間であり、それほど親しくない人は彼の「プロ意識」を強調し、編集の妙によりローラン・バフィの業績を再解釈する多声的オーケストラになっていて、最後に、出演者ほぼ全員一致の合唱にも近い、シンフォニーともいうべき言い回しによって終わっていた。ローランは、どこを取っても、「人間味のある男」だったのだ。ぼくは十九時二十分にタクシーを呼んだ。

ぼくは二十時きっかりにペルポール通りの「ビストロ・デュ・パリジャン」に着いた。クレールは席を予約していた、それはポジティヴな点だったが、日曜日の夜とはいえほとんど人のいないレストランを横切った最初の瞬間から、この晩のポジティヴな点はこれっきりだろうと予感した。

十分後に、ウェイターが、相手をお待ちになっている間アペリティフはいかがですかと聞いてきた。ウェイターは感じが良くサービス精神に溢れていて、特に、ぼくたちのアポが問題案件だと察したのだろうとぼくはすぐに感じた（パリ二十区のビストロのウェイターは何がしかシャーマンだったり霊魂をあの世に導いたりするところがあるものなのだ）、そして、この晩、ウェイターはどちらかというとぼくの味方になるだろうと感じた（彼はぼくの不安が高まっているとすでに感じ取ったのだろうか。確かにぼくはそれまでにグリッシーニを山ほど食べてしまっていた）。ぼくはあまりに不安なゆえに、ジャックダニエルのトリプルを注文したぐらいだ。

クレールは二十時三十分に到着した、彼女はのろのろ歩き、ぼくたちのテーブルに着くまでに他のテーブルに二回手をついた、見たところ彼女はすでに相当できあがっていた。ぼくに会うと考えただけで彼女はそんなに動揺したのだろうか、幸福が約束されていたのに、失望したことを思い出し、胸を痛めたのだろうか。ぼくはそんな風に数秒考え（二、三秒、それ以上ではない）、その後もっと現実に近い考えを思いついた。それは、クレールはおそらく毎日この時間にはだいたい同じくらいできあがっているのだろうということだった。

ぼくは腕を思い切り広げて、元気そうじゃないか、全然変わってないねと大きな声で言った、この嘘つきの素質は一体どこから来たのだろう、とにかくうちの両親からではない、高校の最初の頃だろうか、とにかく事実は、彼女はひどく老け、どこからも脂肪がはみ出し、顔はかなり酒焼けしていて、だいたい彼女は最初にぼくを見たときになんとなくいぶかしげだった、多分彼女をからかっていると思ったのだろう、でもそれは十秒以上は続かず、サッとうつむくとすぐに顔を上げた、表情は変わり、彼女のうちに再び若き日の面影が戻ってきて、思わせぶりなウインクまでしたのだ。

感じのいいビストロのメニューから注文する品を吟味していれば多くの時間を費やすことができた。ぼくは最終的にブルゴーニュのエスカルゴのにんにくバターオーブン焼き（六個入り）、メインは帆立貝のオリーヴオイルソテー、タリアテッレ添えにした。こうしてぼくは伝統的な山と海のジレンマ（赤ワインにするか白ワインにするか）を避けて、両方一本ずつ注文できる選択にした。クレールの方も同じ方向で考えていたらしく、骨髄のタルティーヌにゲランドの塩、メインはアンコウのプロヴァンス風ブーリッド（ブイヤベースに似た地中海の魚料理）、アイオリソース付きだった。

ぼくは自分の私生活について説明する羽目になるのを恐れていたが、それは起こらなかった、注文がすむや否やクレールは長い一人語りに入り、それはぼくたちが最後に会ってからの二十数年を総括するものだった。彼女は早く大量に酒を飲み、すぐに、赤のボトルが二本必要だということが明確になった（それから少しして、白ワインも二本）。ぼくと別れてから事態は何も好転していなかった、役者の仕事は相変わらずまわってこず、少しばかり奇妙な状況を呈してきた、というのも二〇〇二年から〇七年の間にパリの不動産価格は二倍になり、彼女の地区では高騰はもっと激しく、メニルモンタン通りはどんどんお洒落な地区になり、ヴァンサン・カッセルが移り住んできたばかりだとか、カド・メラッドやベアトリス・ダルもそのうち引っ越してくるとかいう噂《うわさ》がしつこく続いていた、ヴァンサン・カッセルと同じ店でカフェを飲むのは相当な特権で、この情報は否定されなかったのか不動産価格はさらに跳ね上がり、二〇〇三年か〇四年ごろ、自分のアパートが日々自分よりもずっと多く稼いでいることに気づき、彼女は売らずに耐えなければならなかった、今売るのは不動産的にいえば自殺行為で、彼女は切羽詰まってフランス・キュルチュール局の録音CDシリーズでモーリス・ブランショの朗読を引き受けるなどしなければならなかった、彼女はその話をしながら震えがどんどん止まらなくなり、ぼくを気違いじみた目で見つめ、文字通り自分の骨髄をかじっていた、ぼくはウェイターに次の皿をすぐに持ってくるようにと促した。

アンコウのブーリッドのおかげでクレールは少し落ち着きを取り戻し、ちょうど彼女の一人語りも平穏な時期に入ってきた。二〇〇八年初頭、彼女は職業紹介所のオファーに飛びついた。職業紹介所は、失業者のために演劇のワークショップを企画したらどうかと提案した、失業者に自己肯定の機会を与えるのが目的で、給料はささやかだがそれでも毎月入って来る、もう十年以上彼女はこうやって生活の糧をつないでおり、職業紹介所でもおなじみになっていて、このアイディアは、時間が経ってみれば本当に有意義で、心理セラピーよりも機能した、長い間失業状態が続くと、人はどうしても言葉少なく自分の殻に入ってしまう、演劇、特に理由は不明だが大衆演劇は、それらの哀れな生き物たちに、社会との関わりを最低限スムーズにさせ、それは求職の面接には必要なことだった。とにかく彼女は、このささやかだが安定した給料のおかげで最悪の状況からは脱することができたのだろう、少なくとも管理費の問題からは、というのも彼女と同じアパートに住んでいる住人の一部は、メニルモンタン地区の急激な都市化にすっかり有頂天になり、文字通り気の狂ったように投資し始めたからだ、入り口のコードを虹彩認証システムに代えたのは突拍子もない一連のプロジェクトの序章でしかなく、例えば石畳の中庭を禅寺風にし、コート＝ダルモールから直接運んできた花崗岩や小さな滝をそこここにあしらったり、それらを世界的に知られている日本人の庭師に監修させたりしたのだ。今彼女は結論を出し、二〇一五年から一七年に第二弾の短期の不動産高騰があった後、一軒目の不動産屋にコンタクトを取ったところなのだった。

恋愛面では語るべきことはもっと少なかった、何人かと関係があり、共同生活をしようと試みたことも二度ある、彼女は本当の恋愛関係だったのだと見せようとしたが、それでも隠しきれないことがあった。彼女と一緒に住もうと考えた二人の男（どちらも役者で、だいたい彼女と同じくらいの成功度）はどちらも彼女よりも彼女のアパートの方に興味を持っていた。本当のところ、ぼくはもしかしたら彼女を本当に愛した唯一の男だったのかもしれない、と彼女は自分でも意外だったように結論づけた。ぼくはそれは間違ってるよとは言わないでおいた。

彼女の話は陰鬱でかなり寂しくもあったが、ぼくはそれでも帆立貝を堪能し、食べる気満々でデザートメニューを眺め、すぐにヴァシュランアイスの木苺ソースに惹かれた。クレールはプロフィテロールの温かいショコラがけを頼むことにした、古典的な一品だ。ぼくは三本目の白ワインを頼んだ。彼女がある時点で「それであなたは？」と尋ねてくるのではないかと思った、このような状況下では、少なくとも映画だったら、そして現実にも普通そう言うものなのだが。

この晩はこんな流れだったのだから、通常であれば彼女の家での「最後の一杯」を断るべきだった、ぼくは今でもどうしてその提案を受け入れたのか分からない。もしかしたら、自分が一年間暮らしたアパートをもう一度見てみたいという好奇心も多少あったのかもしれない。しかしそれだけではなく、この女性にどんな魅力を感じてたのだろうと自問し始めていた。セックス以外の要素だってあったはずだ。または、これは考えるのも恐ろしいことだが、セックスしかなかったとか。

クレールの意図はこれ以上ないほどはっきりしていて、ぼくにコニャックを一杯勧めた後、彼女らしくダイレクトに物事を進め始めた。ぼくは善意からズボンとパンツを脱ぎ、彼女がモノを口に含むのを手伝ったが、実際のところ、彼女が数分ぼくの無気力なモノを口の中でくるくるさせても結果が出なかったのを見て不安な予感にかられていた。状況が悪化するだろうと感じ、今抗鬱剤を飲んでいるから（それも「すごい量」なんだと大げさに言いたした）、リビドーがなくなってしまう副作用があるんだと告白した。

この言葉は魔法のような効き目を持っていた。ぼくは、彼女がすぐにホッとしたのを見た、自分のだぶついた脂肪のせいにするより相手の抗鬱剤のせいにする方がいいに決まってる、初めて真摯な同情の表情が彼女の顔に表れ、いつから、どうして鬱状態になったのかとぼくに聞いてきたときに、この晩初めてぼくに興味を抱いたように思われた。

そこでぼくはここ最近のカップルとしての不幸な生活について簡略化したヴァージョンをこしらえた、ほぼ嘘はつかなかったが（ユズと犬とのセックスの話は除いた、話の全体像を理解するのに必要ないと思われたので）、一番の違いは、ぼくの物語では、ユズが、家族の度重なる説得に負けて日本帰国を決心したことになっており、こうすれば話はより美しくなる、愛と家族への義務との間、または社会的義務との間のジレンマ（一九七〇年代のサヨクが書いたように）は、テオドール・フォンターネの小説みたいだった、と付け加えたが、クレールの方ではどうもこの作家を知らないようだった。

日本人女性はこの物語にロティ風のエキゾティックな色合いを与えた、またはセガレン風だったかもしれない、ぼくはこの二人をごっちゃにしてしまう、どちらにしても物語は明らかに彼女の気に入ったようだった。彼女がメス特有のウザい考えに浸っている隙《すき》を見計らってぼくは二杯目のコニャックをこっそりと注いだ、そしてパンツを上げ、ボタンを嵌めながら、今日が十月一日だと気がついた、トーテムタワーのアパートの契約が切れる日だ。ユズはおそらく最後の日まで待ったのだろうが今頃は東京行きの飛行機内、もしかしたら機体は成田空港に接近しつつあり、彼女の両親が到着ホールのドアの向こうに待機し、婚約者はおそらく駐車場の車の近くで待っているのかもしれない、何もかもが予定ずみで、今となってはそれが片端から実現しつつある、まさにこのせいでクレールに電話をしたのだったが、何分か前まで今日が十月一日だと忘れていたのだ。でも恐らく無意識のどこかでぼくはそれを覚えていた、ぼくたちは不確かな神の元に生き、「これらの若き娘たちが我々に取らせる道は偽りに満ち、その上雨さえも降るのだった」とネルヴァルがどこかに書いていそうだったが、ぼくは最近ネルヴァルのことはそれほど考えなくなっていた、確か四十六歳で首を吊ったのだったか、ボードレールも確かその歳で亡くなった、容易な年齢ではないのだ。

クレールは今ぼくの胸に頭を乗せ、かすかにいびきをかいていた。彼女は見るからに酔っ払っていてぼくはその瞬間に家を出て行くべきだったのだが、オープンスペースの巨大なソファーは心地よく、パリを横断して帰ると考えただけでも極度の疲れに襲われ、ぼくも横になり彼女を見ないように脇を向き、一分後には眠りについていた。

このモグラ小屋にはインスタントコーヒーしかない、それ自体ありえない事態で、もしもネスプレッソのコーヒーマシンがこのようなアパートになかったら一体どこにありうるっていうんだ、仕方がないのでぼくはインスタントコーヒーを用意した、弱々しい光がブラインドから漏れてきていて、細心の注意を払ったにもかかわらずぼくは家具にぶつかってしまい、するとすぐさまクレールがキッチンの入り口に現れ、彼女の短く半透明のネグリジェは胸がほぼ丸見えだ、幸いにも彼女は別のことを考えていたようで、ぼくが手渡したインスタントコーヒーのガラスのコップを受け取った、参ったな、このうちにはマグさえないんだから、彼女は一口飲めば十分だったようですぐに話し始め、トーテムタワーに住んでるっていうのは面白い偶然ね、と言った（ぼくは最近メルキュールホテルに移り住んだ話はしなかった）、というのも彼女の父親はプロジェクトに初めから関わっていて、二人いた建築家のうち一人の助手だった、クレールが六歳の時に亡くなったので彼女は父親のことをほとんど知らなかったが、母親が当時の新聞の切り抜きを取ってあって、そこでは、物議をかもしたタワー建築を正当化していた。トーテムタワーは、モンパルナスタワーほどではないにせよパリで最も醜い建物のランキングに幾度も名が挙がり、『ツーリストワールド』誌の最近のアンケートでも世界で最も醜い建物として、ボストン市役所のすぐ下に位置していた。

クレールはオープンスペースまで移動し、二分後に写真アルバムを持って現れたのでぼくはちょっとうろたえた。写真があれば自分語りがさらに長くなる恐れがあるからだった。はるか昔の一九六〇年代、彼女の父はもちろん一種のキザな若者であり、レノマのスーツを着て、ビュス・パラディウム（一九六五年に開店した伝説的なナイトクラブ）の出口で写っている姿を見れば一目瞭然だった、彼は一九六〇年代の裕福な若者の裕福な人生を生きたのだ、大体にして彼はジャック・デュトロン（フランスの作曲家、俳優、歌手）を思わせるところがあった。その後ポンピドゥーとジスカールの統治の時期を通してやり手の（そしておそらく利に走る）建築家になり、スウェーデン人の愛人を連れ、フェラーリ308GTBでのドーヴィル週末旅行に行った帰りに事故で亡くなったのだ。フランソワ・ミッテランがフランス共和国大統領に当選したその日だった。すでにそこそこのキャリアがあった彼女の父親は、ミッテラン政権で一層飛躍しただろうし、社会党にも友人は多く、フランソワ・ミッテランは土建屋の大統領だったから、彼が地位を登りつめるのを妨げるものはほとんどなかった、しかし三十五トンのトラックが車道の真ん中にスリップしてきて、別の運命をたどることになったのだ。

クレールの母親はこの浮気者だが鷹揚《おうよう》な夫の死を惜しんでいた。彼は自分の妻にかなりの自由を与えていたし、特に、彼女は自分の娘と二人っきりになるなんて耐え難かったのだ、彼女の夫は女好きではあったが、同時に比較的優しい父親でもあって、子供の面倒をとてもよく見ていたし、彼女には自分に母性本能があるとは思えなかった、本当に、これっぽっちもだ、母親と子供の関係において二人は一体であり、母親は子供に仕え自分自身の幸福を忘れてしまうか、反対に子供が直ちに迷惑で敵意のある存在でしかなくなるのだ。

七歳の時、クレールはリボヴィレの女子寄宿舎に送られた、神の御摂理修道女会が運営していた。彼女のこの時期の話はすでに聞かされていたし、この家にはクロワッサンも、チョコレートパンも、本当に何もなく、クレールはウォッカをグラスに注いだ、さあ始まった、朝七時からすでに酩酊状態に入る準備万端なのだ。「それで十一歳の時に家を出た……」とぼくは彼女の物語を要約するために言った。寄宿舎からの脱走の話は覚えていた、これは彼女が独立を勝ち取るための勇敢なエピソードなのだ、彼女はパリにヒッチハイクで戻ってきた、リスキーで、何が起きてもおかしくはなかった、特に、彼女の言い方によれば、その頃は本気で「男のモノに興味を持ち」始めていたから、しかし何も起こらず、それは彼女によればある徴候で、この時ぼくは彼女が自分の母親との関係の長いトンネルのような話に入ろうとしているのを感じ、外に出てカフェに入り、普通の朝食をとろう、ダブルエスプレッソに、バターとジャム付きのトーストバゲット、ハム入りオムレツも食べたいな、と勇気を出して要求した。ぼくはお腹《なか》が空いてるんだと哀れな調子で要求し、実際本当に空腹だったのだ。

彼女はネグリジェの上に直接コートを羽織った、メニルモンタン通りには必要なものが何でもある、運が良ければヴァンサン・カッセルがノワゼットを飲んでいるところに出くわすかもしれない、とにかくアパートから出られたのは第一段階として悪くない、外はすでに秋の朝の気配で、風が吹き肌寒く、もし話が長くなったら医者の予約が午前中にあるんだと切り出すつもりだった。

意外なことに、テーブルに着くとクレールはすぐに「ぼくの日本人女」の話に戻った。彼女はもっと多くを知りたがっていた、トーテムタワー[*1]の偶然に驚いていたのだ。「偶然は神の目配せだ」と言ったのはヴォーヴナルグ[*2]だったかシャンフォールだったかもう忘れてしまった、もしかしたらラ・ロシュフコー[3]か、誰の言葉でもなかったかもしれない、いずれにしてもぼくは日本を主題に長時間話すことができた、何度も同じ経験をしていたからだ、ぼくは巧みにこう口に出すのだ。「日本の社会は人が考えるよりもっと伝統的な社会だ」そのあと、ぼくは二時間でも反論されずに話を続けることだってできた、日本についても日本人についても誰も何も理解していないのだから。

二分ほど話したあと、話すのは聞くよりさらにくたびれると分かった。人間関係一般がぼくは苦手で、特に、これは認めなければならないが、クレールとの関係には特に閉口していたので、ぼくは会話のサイコロを再び彼女に渡した。このカフェは内装は感じが良かったが、サービスが少し遅かったので、ぼくたちはクレールの十一歳のときの話にまた逆戻りしてしまい、その頃には全員舞台関係者に思える客が少しずつカフェの席を占めてきていた。

そこから話は彼女の母親との不和に突入した、七年ほど、二人は容赦なくお互いの性的な能力を競い合った。ぼくはその話の印象的な箇所をいくつか知っている、例えば、クレールが、母親のカバンの中を探っていてコンドームを見つけ、母親を「おいぼれ売女」扱いしたこととか。反対にこの朝聞かされたのは、クレール自身もその言葉にふさわしく、ぼくに用いた、シンプルだが効果的な手段を使って母親の愛人の大方を口説こうとしたことだった。母親の方は娘に逆襲しようと、女性向けのその手の本を読んで学んだより洗練された手管を用いてクレールのボーイフレンドを口説いていたらしいがその話も知らなかった。

YouPornの映画では、「母親が娘に教える」というジャンルを集めたシーンがあるかもしれない

＊1　リュック・ド・クラピエ・ド・ヴォーヴナルグ、フランス十八世紀の作家、モラリスト（人間を洞察し箴言形式で記した思想家）。
＊2　セバスチャン＝ロシュ・ニコラ・ド・シャンフォール、フランス十八世紀の詩人、モラリスト。
＊3　フランソワ・ド・ラ・ロシュフコー、フランス十七世紀のモラリスト。

が、現実はそれほど愉快ではない。クロワッサンは意外に早く来たがハム入りオムレツには時間がかかり、クレールがちょうど十四歳になった時の話をしている時にやってきた。そしてぼくは、彼女が十六歳の誕生日を祝う前にオムレツを食べ終え、お腹がくちくなって機嫌も良くなっていたので、上機嫌でエネルギッシュな口調で出会いのシーンを端折《はしょ》れるように思えた。「そして十八歳の時に君は家を出て、バスティーユの近くのバーの仕事、それからアパートを見つけ、そしてぼくたちが出会ったんだっけね、ハニー、言うのを忘れていたけど、心臓外科医のアポが十時にあるんだ、じゃあまた、すぐに電話するね」ぼくはすでにテーブルの上に二十ユーロを置いていた、彼女にどんなチャンスも残さなかったのだ。彼女はぼくに少し奇妙な視線を投げかけた、そして、ぼくが大きく手を振りながらカフェを出たときにはがっかりしているようだった。ぼくは一、二秒間、彼女に同情する最後の気持ちと戦ってからメニルモンタン通りの坂を速やかに降りた。反射的にぼくはピレネー通りで曲がり、早足を保ちながら、ものの五分も経たないうちにメトロのガンベッタ駅に着いていた。彼女は手の施しようがなくダメになっている、アルコール摂取量は増えるばかりだろうし、すぐにそれだけでは済まなくなり、薬も飲むようになれば心臓が保《も》たない、ヴァンサン＝ランドン大通りの中庭に面した小さな二部屋の真ん中で自分の吐瀉物《としゃぶつ》で窒息して亡くなっているのを見つけられるだろう。ぼくはクレールを救える状態になかったしもう誰もクレールを救える状態にはないのだ、キリスト教系の新興宗教（老人や障害者、貧民を、キリストの兄弟のように受け入れ、または受け入れるふりをしている）の中にはもしかしたら救えるのもあるかもしれないが、クレールはそんな手合いの話は聞きたくないだろう、彼らの兄弟愛に基づく憐憫《れんびん》は鼻持ちならないとすぐに思うだろうし、彼女に必要なのは通常のカップルの優しさであり、さしあたって、ヴァギナに突っ込まれるペニスが必要なのだったが、まさにそれがもうありえないのであって、通常のカップルの優しさは、性的な満足に伴うものなので、必然的に「セックス」の項目を満たさなければならず、それは彼女には今や永遠に閉ざされているのだ。

もちろん寂しいことだったが、決定的なアルコール依存に陥る前、クレールはクーガーや熟女に譬えられる比較的華やかな四十代を過ごしたかもしれない。もちろん子供はいないのだが、ヴァギナを長い間濡らしておくことができただろう、それほど悪い人生じゃなかったのではないか。反対に、三年前ユズの毒牙にかかる前、マリー・エレーヌに再会しようという煮ても焼いても食えない考えを抱いた時のことを覚えている。ぼくには性的に無気力な時期が何度もあったのだが、まさにその時は無気力真っ最中で、おそらく自分がどういう状態か知りたいと思っただけで、セックスをする状況が完全にお膳立てされているのでもなければ到底ヤル気にさえなれないし、ましてやあの哀れなマリー・エレーヌとはありえなさそうに思えた、ぼくは彼女の家のチャイムを鳴らした時最悪の状況を予想していたが、現実は想像よりさらに悪く、彼女は双極性障害だかスキゾフレニアだかの精神的な発作に襲われたばかりで、そのせいで恐ろしくやつれてしまっていた。彼女はルネ＝コティ大通りのハイセキュリティアパートに住んでいたが、その手は絶えず震え、遺伝子組み換え大豆、国民戦線[*1]の擡頭、微粒子による汚染など、文字通りあらゆるものを恐れていた。彼女はお茶と麻の実で命を繋ぎ、ぼくが滞在していた三十分間、成人障害者の年金の話だけをしていた。彼女の家を出てすぐ、ぼくは生ビール、リエットのサンドイッチを無性に必要としていて、同時に、彼女はこのまま、少なくとも九十歳までは永らえるだろうと分かっていた、ぼくよりずっと長生きするかもしれない、震えがひどくなり、どんどん干からびて、恐怖症も甚だしくなり常に隣人との問題を起こしながら。実際のところ彼女はすでに死んでいるのだ、イメージ豊かな表現を用いるなら

*1　フランスの政党。現党名は国民連合で、反欧州連合、移民排斥を掲げている極右政党。

ば、ぼくは死んだ女のヴァギナに鼻を突っ込む羽目になったのだ、この表現をどこで読んだか忘れてしまった、もしかしたらトマス・ディッシュ、SF作家で詩人でもあり、一時は売れっ子だったが今では不当にも忘れ去られているこの作家の小説でだったかもしれない、彼は七月四日に自殺した、彼のパートナーがエイズで死んだからだが、作家としての収入だけでは暮らしていけなくなったからでもあり、この象徴的な日付（アメリカ合衆国の独立記念日）を選ぶことによって、アメリカでは作家がどのような境遇に置かれるかを証言しようと思ったのだろう。

　マリーに比べたらクレールはまだマシだともいえた、アルコホーリクス・アノニマス[*1]に入会することだってできるだろうし、時には効果覿面《てきめん》ということもあるらしい。メルキュールホテルに戻ってから気がついたことがある、確かにクレールは孤独で不幸せな死を迎えるかもしれないが、少なくとも人生を赤貧のうちに終えることはないだろう。市場価格を考えるとロフトを売れば、彼女はぼくの三倍はお金を持つことになる。かように、ただ一度の不動産投機だけで、彼女の父親は、ぼくの父が四十年間登記所と担保書類を作成し続け、苦労してかき集めたのよりはるかに多い金額を稼ぐことができたのだ、報酬が仕事に見合ったためしはない、これらの間には何の関係もないのだ、仕事の報酬の上にはどんな人間社会も築き上げられたことはなく、未来の共産主義社会でさえもこの土台の上に立脚するものとはみなされていなかった、分配の原理はマルクスによって「それぞれの必要に応じて」という、まったく空虚な表現に要約されてしまった、不幸にもそれを実践しようと思ったら際限のない屁理屈と難癖の元になっただろう、幸いにしてそうしたことは決して起こらなかった、他の国でも共産圏でも、お金はお金の後をついて行き、権力に従った、これが社会組織の結論なのだ。

クレールと別れた時期、ぼくはノルマンディーの乳牛とのふれあいに癒しを見出していた、乳牛はぼくにとっては慰めであり、新しい発見に満ちていた。でも牛は見慣れた存在でもあった。小さい頃、家族は毎年夏の一ヶ月をメリベルで過ごした、父親が共同オーナーとして別荘の権利を買っていたのだ。両親が二人で山歩きを楽しんでいる日々、ぼくはテレビを見ていた、特に、ツール・ド・フランスだ、これには長い間病みつきになっていた。時々ぼくも外出することがあったけれど、大人の興味の対象はぼくには不思議でならなかった、ぼくは、高い山を歩き回るのは面白いに違いないとひとりごちた、両親をはじめ、大人の多くがやっていることなんだから。

ぼくは登山風景の美に心を奪われることはなかったが、乳牛には愛着を持っていた、放牧地から放牧地へと移動する群れにしょっちゅう出くわしていたのだ。小柄で敏捷、勢いのいいタランテーズ種、褐色の毛色で、長時間移動することができた。これらの乳牛はしばしば、山道を跳ね回りながら進んでいた、姿を見る前から首に下げた鈴が可愛い音を立てるのですぐに分かった。

反対に、ノルマンディーの乳牛が「跳ね回る」とは想像しない、考えること自体が不敬なことに思える、よっぽどの危険が身に迫った時にしか足取りを速めないだろう。体が大きく威厳があり、ノルマンディーの乳牛たちは「ここにいる」、それだけでよかったのだ。ノルマンディーの乳牛に出会って初めて、ぼくは、どうしてヒンズー教徒たちがこれを聖なる動物とみなしているのかが分かった。クレシーで孤独な週末を送っていた間、この牛の群れが辺りの田園で草を食《は》んでいるのを十分見るだけで、メニルモンタン通り、オーディションン、ヴァンサン・カッセル、そしてクレールが自分を必要としない業界に受け入れられようと絶望的な努力をしていることなどを忘れることができた、そして最終的にはクレール自身をも忘れることができたのだ。

＊1　アルコール依存症から脱するための相互援助グループ。

ぼくはまだ三十歳になっていなかったが、次第に氷河期に入っていて、恋人と過ごした時間をはっきり思い出すことなどできなかったし、奇跡がまた起きる希望はまったくなかった、この五感の衰弱は仕事に身を入れることができなくなったせいでさらにひどくなり、〈特別チーム〉は自然消滅しつつあった、もちろん時折は気勢をあげることもあり、特に農業森林地方局では少なくとも週に一回あった飲み会の機会などでは基本に立ち返って宣言がなされることもあった、ノルマンディー地方の人たちが自分の生産物の売り方を知らないのは確かで、例えばカルヴァドスは偉大なアルコールたる特質を何もかも揃え、良質のカルヴァドスはバ＝アルマニャックやコニャックにも匹敵するが、空港の免税店で見かけることはその百分の一だ。そしてフランスのスーパーマーケットでも、その売り場は一般的に形だけに過ぎない。シードルときたらお話にならない、シードルは大規模流通ではほとんど見かけず、バーにかろうじてあるかどうかだ。飲み会の時にはそうした激しい立場の違いが明らかになり、一刻も早い対応を約束したりするのだが、それからすべては次第に勢いをなくし、代わり映えしないがとりたてて不快ではない日々が何週間も続き、どちらにしても大したことはできないという考えが最終的に居座るようになり、所長自身でさえ、ぼくを雇った頃はあれほどやる気があり溌剌《はつらつ》としていたのに、だんだん丸くなり、結婚したばかりで、家族が将来的に住むために買った農家の改装についてもっぱら話していた。レバノン人の陽気な女性が研修に来ていた何ヶ月間かはもう少し活気があった、彼女はジョージ・W・ブッシュがチーズの盛り合わせの大皿を前にした写真を外した、アメリカのメディアの中にはその写真を問題にしたところもあったのだ、あのブッシュの馬鹿は生乳チーズの輸入を自国では禁止したばかりだということにも気がついていなかったのだろう、メディアにはわずかなインパクトはあったが、だからと言って売り上げが上がるわけではなく、リヴァロとポン＝レヴェックをウラジーミル・プーチンに何度も送ったところで、さほどの効果はなかったのだ。

ぼくはすごく有能ではなかったが、救いようもないほど無能というわけでもなく、モンサント時代から比べれば進歩はあった、そして朝の通勤時、メルセデス・ベンツＧ３５０を運転して霧の田園地帯を抜けながら、自分の人生は決定的な失敗ではないと思うこともできたのだ。チュリー＝アルクール村を通り抜けるたび、この村がエムリックと何か関係があるのかどうか考え、その答えはインターネット検索で見つかった、当時は検索には今より時間がかかり、ネット環境はそれほど発達していなかったが、ぼくはそれでも、「ノルマンディーの遺産」という、ノルマンディーの歴史とライフスタイルについてのウェブマガジン、当時はまだ生まれたてのウェブサイトで解答を探し当てた。エムリックとこの村には確かに関係があり、直接的な関係さえあった。村は当初はチュリーと呼ばれていたが、のちにアルクール一家にちなんで改名された。フランス革命時に再びチュリーに名を変えた後、現在のチュリー＝アルクールという名前になったが、これは「二つのフランス」を和解させようという試みだった。ここにはルイ十三世の治世に巨大な城が建てられ、時として「ノルマンディーのヴェルサイユ」と呼ばれてもいて、これはアルクール公がこの地方の領主であった時に住居として使用されていた。革命時にもほとんど被害を受けることはなかったが、一九四四年八月、スタッフォードシャー第五十九師団に包囲された第二ＳＳ装甲師団「ダス・ライヒ」が撤退の際、焼けてしまった。

環境科学生命工学学院での三年間の学業時代、エムリック・ダルクール＝オロンドはぼく[*1]にとって唯一の親友だった、そしてぼくは多くの夕べを彼の部屋で過ごした。最初はグリニョン、それから国際大学都市の環境科学生命工学学院の学生棟で、8・6ビールの六本パックを飲み干し、大麻を吸いながら（ぼくはビールの方がよかったので、吸ったのは主に彼のほうだった、日に三十本以上は吸っていたに違いない、学業の最初の数年間、彼は絶えず耽溺状態にあったと思う）音楽を聴いていた。エムリックはブロンドのカールした長髪で、ランバージャック・シャツ[*1]を着て、典型的なグランジスタイルだったが、音楽の趣味はニルヴァーナとかパール・ジャムにとどまらず、その起源までさかのぼり、彼の部屋の棚は一九六〇年代、七〇年代のレコードでいっぱいだった。ディープ・パープル、レッド・ツェッペリン、ピンク・フロイド、ザ・フー、それだけでなくドアーズ、プロコル・ハルム、ジミ・ヘンドリクス、ヴァン・ダー・グラフ・ジェネレーターまであった。その当時はまだYouTubeは存在せず、ほとんど誰もこういったグループのことは覚えていなかった、とにかくぼくにとっては何もかもが新しく、まったくもって感動モノだったのだ。

　ぼくたちはしょっちゅう二人で夕刻を過ごした、時には同期の仲間が一人か二人混じることもあった――特に目立つ友人ではなく、今となっては顔も思い出せない、名前ときたらまったく忘れてしまった――が、女の子たちが合流したことは一回もなかった、今考えてみると奇妙な点だが、エムリックが恋愛関係にあるのを見た覚えがなかった。童貞ではなかったと思う、女の子を恐れている印象を与えはしなかったが、女の子より他のことに気を取られていたのだろう、例えば職業人生活についてとか。彼には真面目なところがあったが当時ぼくは気がつかなかった、ぼくの方では職業人生活はまったくどうでもいいと思っていたからだ、おそらくそれについて三十秒以上考えたことはないと思う、女の子以外のことに真面目に興味を持ちうるなんてありえないと思えた。さらに悪いことには、四十六歳になった今、やはりその当時ぼくは正しかったと思えるのだ、女性は娼婦だと捉えられるかもしれないが、でも職業人の生活はもっと著しい娼婦で、あなたには何の快楽も与えないのだ。

二年生の終わり、ぼくは、エムリックが自分と同じように愚にもつかないコースを専攻すると思っていた、農村社会学とかエコロジーとか、しかし反対に彼は、学業熱心な学生の選ぶコースとされていた動物工学を専攻した。新学期になると髪の毛を短くし、ワードローブの中身をすっかり入れ替え、学業の終わりにダノンに研修に行った時には、スーツにネクタイ、に近いいでたちだった。ぼくたちはその年、前のように頻繁には会わなくなっていた、この年はある意味ヴァカンスのような一年間だった、ぼくは最終的にエコロジー専門コースに進み、フランス全国の様々な植生についてのフィールドワークを重ねた。最終学年、ぼくはフランスに生息する植生を見分けることを学び、地学の地図と気候データを頼りにどこにどんな植物が生えるかを前もって知ることができた、でも学んだことはそれだけ、温暖化の実際の影響が話題になった時に緑の党の活動家の口を塞ぐのにせいぜい役立ったくらい。エムリックは研修のほとんどをダノンのマーケティングサービスに費やし、その後の展開として、彼のキャリアはドリンクタイプの新しいヨーグルトや新製品のスムージーの商品開発に費やされるだろうと想像できた。卒業証書授与式の夜、彼はまたもぼくを驚かせた。マンシュ県で農家をやるつもりだと告げたのだ。農業技術者はおおよそどの農業分野にも存在し、時として技術的な職務に就く、最も多いのは管理の仕事で、自分自身が農家の人間になることはほぼまったくと言っていいほどないのだ。エムリックの住所を見つけようと、環境科学生命工学学院の卒業生の電話帳を検索して、ぼくは、同期で彼がその選択をした唯一の人間だと気がついた。

エムリックはカンヴィル＝ラ＝ロックに住んでいて、うちに辿り着くのは容易ではないから、オ

＊1　(11頁) チヴェルヴァル＝グリニョン、パリ郊外の都市で、環境科学生命工学学院のキャンパスがある。
＊1　カナダの木こりが着ていた服をモチーフにした、大きめのチェック柄の厚手のウールシャツ。

ロンド城はどこかと聞いたほうがいいと電話で言った。そう、この城も彼の家族のものだったのだ、しかしそれはチュリー＝アルクールより前の話、城は一二〇四年に一度破壊され、十三世紀半ばに再建されたのだ。それから、彼はその前年に結婚し、農場には三百頭の乳牛がいた、かなりの投資だ、それについては会ったら話すよ、とのことだった。そして、農業を始めてから、環境科学生命工学学院時代の仲間には一人も会っていない、とも。

夜になろうとする頃、ぼくはオロンド城の前に着いた。それは城というよりも様々な建物の寄せ集めで、保存の度合いもばらばら、当初の設計図を復元するのは難しそうだった。中央には主な居住空間となる長方形で重厚な建物があり、今でもなんとか持ちこたえているように見えはしたが、草と苔《こけ》が石を侵食し始めていた。ただ、建築材は多分フラマンヴィルから運ばれてきた分厚い花崗岩の塊で、石が本当に蝕まれるまでにはまだ何世紀かかかるだろう。その奥には、円筒形の細い塔が聳《そび》え立《た》ち、こちらは原形を保っているように見えた。しかし、かつては城塞の核を構成していたと思しき正方形の主塔の入り口に近寄ってみると、こちらには窓も屋根もなくなってしまい、残っている壁の残骸は時の侵食によって丸くなり、角が取れ、地学的な運命に従っていた。そこから百メートルほどのところには、大きな倉庫と穀物貯蔵庫がメタリックな輝きを放ち、風景とまったく調和せずに建っていた。この五十キロメートルくらいの中で初めて見た近代建築だった。

エムリックは再び髪を伸ばし、またチェックのダボダボのシャツを着るようになっていた。しかし今回それは、本来あるべき、仕事着という地位を取り戻していた。「この場所はバルベー・ドールヴィイの『名づけようもない物語』のラストシーンの舞台になったんだ。バルベーは一八八二年にこの場所を『ほとんど荒廃した城』と形容している。見て分かるように、その後状態はましになってはいない」

「歴史保存団体の支援はないのかい」

「形だけはある……。歴史的建築目録に登録されていても、金銭的援助を受けるのは本当に例外的なんだ。妻のセシルは大規模な工事を行ってホテルに改装しようと思っている、オテル・ド・シャルムとか、その手のやつさ。実際のところ、使ってない部屋が四十数部屋あるんだ、暖房を入れてるのは五部屋だけだけど。何か飲むかい」

ぼくはシャブリを一杯もらった。オテル・ド・シャルムのプロジェクトに意味があるかは分からなかったが、どちらにしても食堂は快適で暖かみのある雰囲気で、大きな暖炉、深緑色の革製の深い肘掛《ひじか》け椅子があり、こうした内装はエムリックが選んだのではないに違いない、彼は内装にまったく興味がなかった、環境科学生命工学学院時代の彼の部屋は今まで見た中でも一番個性がなく、レコードがなければ兵隊の野営テントと言っても良かった。

ここではレコードが壁の一面を占めていて、その数は桁違《けたちが》いだった。「昨年の冬数えてみたら、五千枚以上あったよ……」とエムリックは言った。彼が前から持っていたテクニクスSL-1200MK2のターンテーブルがあったが、スピーカーは見たことがないものだった。ウォールナットの素材感を生かしたくさび形で、一メートル以上の高さがあった。「これはクリプシュホーン製なんだ、クリプシュが初期に製造した最初のスピーカーで、多分最も高品質のものだと思う。祖父が一九四九年にこれを買ったんだ、オペラの愛好者だったから。祖父が亡くなった時、親父は音楽に興味を持ったことがなかったのでぼくにくれたんだ」

ぼくは、このオーディオシステムがそれほど頻繁に使われていない印象を持った、薄い埃がターンテーブルの上に積もっていた。「それはそうだね……」とエムリックは肯定した、そして、ぼくの視線に何かを感じとったのに違いなく、こう付け加えた。「音楽を聴くような精神状態にはもうあんまりないんだ。君も知ってるようにきつい仕事で、経済的に採算が取れたことは一度もないから、夜になると、あれこれ考えて、計算をやり直したり……、でもせっかく君がいるんだから何か音楽でもかけよう、もう一杯どうだい」

レコード棚の前で数分迷ってから、彼は『ウマグマ』を出してきた。「牧場のレコードなんて、この環境にぴったりだろう……」と彼はコメントして、「グランチェスターの牧場」の冒頭にレコード針を落とした。息を呑む美しさだった。ぼくは、こんな音が存在するなんて思いもしなかったし、今までに耳にしたことも一度もなかった。鳥の鳴き声、川の水音一つ一つが完璧に描かれ、低音はピンと張っていて力強く、高音は信じられない純度を持っていた。

「もうじきセシルが帰ってくると思う、ホテルのプロジェクトの件で、銀行と打ち合わせの最中でね」と彼は続けた。

「君自体はそのプロジェクトの成功をさほど信じていないように見えるけど」

「分からない、だってこの地方に観光客が大勢いると思うかい」

「いや、ほぼいない」

「そうだろう……。まあそうはいっても、何かをしなければ、という一点においては彼女と同じ考えだ。こんな風に毎年損失を重ねるわけにはいかない。ぼくたちが経済的に何とかなってるのは、小作地のおかげ、それから地所を売却しているだけなんだから」

「地所はたくさんあるのかい」

「何千ヘクタールとある。カランタンからカルトゥレ間の地域はほぼぼくたちの地所なんだ。まあ、『ぼくたち』と言っても、今でも父親のものだけど、ぼくが農業を始めてから、父は小作地の売り上げをぼくに渡してくれていて、それにもかかわらず地所の一部をしょっちゅう切り売りしなければならないんだ。もっと悪いことに、買い手はこの辺りの農家ではなくて外国の投資家でね」

「どこの国だい」

「多いのはベルギー人とオランダ人、それから中国人も増えてる。去年ぼくは中国の複合企業に五十ヘクタールを売却したけど、彼らはその十倍の農地を市場価格の二倍で買う準備ができていた。そんなの、この辺りの農家にはついていけないよ、借金を返済して耕作地代を払うのにさえ青息吐息なんだから、廃業する人たちが後を絶たない、それに彼らが行き詰まっているときにぼくはプレッシャーをかける気にはならない、事情は理解しすぎるほど理解しているし、自分だって同じ状況にある。父の時代には話はもっとシンプルだった、彼は地元のバイユーに帰る前は長い間パリ暮らしをしていて、何と言っても大地主様なんだ……そうそう、ホテルのプロジェクトだけど、ぼくはあまり期待はしていないが、もしかしたら何かの策にはなるかも……」

ここに来るまでの間、ぼくはずっと、自分の農業森林地方局の職について何と伝えたものかと考えていた。自分がノルマンディーのチーズの輸出促進プロジェクトに直接関わっていると白状できるとは思わなかった、そうなればその分野における自分の失敗を明らかにすることになるからだ。ぼくはもっと事務的な仕事の方を前に出した、例えばフランスのAOC制度をヨーロッパが規定するAOPに変換することとか。それはもちろん嘘ではなく、これらの苛立たしい法的な形式主義の問題は仕事の中でもますます大きな位置を占めるばかりで、自分が本当には理解していない事柄に対して絶えず「規則を尊重し」なければならなかった。人間のあらゆる活動分野の中で、法律ほど首尾一貫した倦怠を生み出すものはない。ぼくはしかし、その新しい仕事内容において、ある程度の成果を得ることができた。それは例えば、リヴァロのＡＯＰを定義する法律が認可された時に、このチーズがノルマンディーの乳牛からの牛乳を原材料としなければならないとする勧告で、ぼくは総合的な評価レポートの中でそれに触れたのだが、数年後に実現された。そしてぼくはこの時期ラクタリス・グループ（フランスの乳製品会社）とイズニー・サント＝メールの農協を相手どった紛争に関わっていた、彼らはカマンベールの製造における生乳使用の義務を廃止したいと思っていたのだが、この紛争ではぼくが優位にあった。

　ぼくがそういった説明をしている最中にセシルが戻ってきた。褐色の髪、痩せ型、エレガントでチャーミングな女性で、しかし彼女の顔にはストレスが表れていた。苦悩の表情と言っても良いくらいで、大変な一日を送ったことがうかがえた。しかしぼくには愛想よく振る舞い、食事まで用意してくれたが、ぼくは、彼女はかなり無理をしていると感じていた。もしもぼくが来ていなかったら、家に着くなり鎮痛剤を飲んで寝てしまったことだろう。エムリックにお客さんが来るなんて嬉しいわ、と彼女は言った。彼らは仕事が多すぎて、もう誰にも会うことがなく、まだ三十歳にもなっていないのにもう棺桶に片足を突っ込んだようなものだと。ぼくだって本当のところ同じ状況だった、ただ、自分の仕事は過度に大変ではなく、根本的には誰もが同じ状況にあり、学業時代が唯一の幸福な時代なのだ、未来が目の前に開け、何もかもが可能に思われる唯一の時代で、大人になり、仕事を持つと、人生は次第に停滞していくのだ。おそらくその理由から、青春時代、学生の時に培った友情だけが真の友情と言えるのだが、これは大人になると続かない、自分が人生に絶望し、潰されてしまっているという明白な事実に直面し、それに気づかせてしまう若き日の友人に再会するのを避けるのだ。

エムリックに会いに行ったのは過ちだったかもしれないが、それほど深刻な過ちというわけではない、二日間ぼくたちは陽気でいられたし、食事の後にはジミ・ヘンドリクスのワイト島でのライヴコンサートのレコードをかけた、これは彼のベストコンサートではなかったが、死の二週間前、ラストコンサートになった録音で、ぼくは、エムリックが過去を懐かしむのを見てセシルが何がしかイラついているように感じていた、彼女は当時グランジスタイルではなかったに違いない、どちらかというとヴェルサイユのブルジョワタイプの女性で、とはいえガチガチに伝統的というよりはソフトな伝統主義というか。エムリックは自分の世界の人間と結婚し、結局のところそれが最もよく起こることで、それが基本的には良い結果をもたらすのだ、そう話にも聞いていたが、ぼくの場合の問題は、自分には社会階級、はっきりとした属する世界がなかったということなのだ。

次の日の朝ぼくは九時ごろ起き、卵焼き、グリルしたブーダンソーセージとベーコンからなるボリュームたっぷりな朝食の席についた。飲み物にはまずカフェ、それからカルヴァドスが付いてきた。エムリックが説明するところでは、彼はもっと早く、毎朝五時に起きて乳搾りをしていた、搾乳機を購入していなかったのだ、彼に言わせるとそれは分不相応な投資だった、そういった投資をした同業者はほとんどがそのために失敗しているし、乳牛は人の手で乳を搾られるのが好きなんだ、少なくともエムリックはそう思っていた、彼にはセンチメンタルなところがある。エムリックは乳牛を見に行かないかとぼくを誘った。

ぼくが昨日目にした真新しいメタルの倉庫のような建物は牛舎で、四つの列はほとんど全部埋まっていた、ノルマンディー産の乳牛だけだと彼はすぐに説明した。「もちろん、そう決めたのは自分で、プリム・ホルスタインよりも生産性は多少落ちるけど、こちらのほうが乳質が優れていると思うんだ。だからもちろん、昨日君がリヴァロのAOPについて話してくれたことには興味が湧いたよ。今のところはむしろポン＝レヴェックの生産者に乳を売っているとしても」

奥には、ベニア板で仕切りをした小さい事務コーナーが作られ、そこにはコンピュータ、プリンタが一台、そして金属製のファイリングキャビネットが置いてあった。「飼料を注文するのにコンピュータを使ってるの？」と僕は聞いた。

「もちろん、サイロに貯蔵しているトウモロコシ飼料の給餌器の供給をコンピュータから遠隔操作することもできる。それから、ビタミンのサプリメントをプログラムに付け加えることもできる、貯蔵所とはリンクされているから。とは言っても大して役に立たないおもちゃみたいなものさ、現実的にはコンピュータは会計のために使ってるんだけど」「会計」という言葉を口にするだけで彼の顔は影を帯びた。ぼくたちは鮮やかな青、穏やかな空の下にいた。ぼくはこう告白した。「農業森林地方局の前、ぼくはモンサントにいたんだけど、君は遺伝子組み換えのトウモロコシは使ってないよね」

「使ってない、ぼくは有機農法の手びきを尊重しているし、トウモロコシの利用自体も制限しようとしているんだ、乳牛は本来ならば牧草を食べるものなんだから。あるべき仕事を心がけてる、工業的な畜産とは何の関わりもない、さっき見て分かってくれただろうけど、牛たちにはちゃんとスペースがあるし、冬でも毎日少しは外に出してる。でも、物事があるべきように仕事をしようとすればするほど、ビジネスとしては立ち行かなくなるんだ」

これに対して何と答えることができただろうか。ある意味ではいくらでも答えようはあった、こうした問題をテーマにしたニュース局などの討論番組でなら、三時間は論を展開することができただろう。しかしエムリックに対して、しかも彼の現状に対して、ぼくが言えることはほとんどなにもなかった、彼はぼくと同じくらい知識はあるのだから。この朝空は晴れ渡り、遠くに大洋が認められるほどだった。「研修の最後に、ダノンの正社員になりませんかって声をかけられたんだよ……」と彼は物思いに沈んだ調子で言った。

ぼくはこの日の残りを城の見学に費やした。アルクールの領主たちが祈禱を捧げたに違いない礼拝堂があったが、最も印象深かったのは、巨大な規模の食堂で、壁には先祖代々の肖像画が一面にかかっていた、幅七メートルの暖炉があり、ここでは、中世の延々と続く宴会の際にイノシシやシカを焼いて供したのに違いないと想像できた。オテル・ド・シャルムのアイディアはそこで少し現実味を帯びてきた、エムリックに言う勇気はなかったが、畜産家の状況が改善されつつあるとはなかなか思い難かったし、ブリュッセルでは、乳業者の国単位での割り当て量システムを廃止する案が挙がっているという噂を耳にした。フランスの畜産農家が何千人も貧困に叩き落とされるに違いなく、破産する人もいるに違いないこの決定は、二〇一五年、フランソワ・オランド政権下で最終的に受け入れられたのだが、それというのもフランスは、アテネ条約を受けて二〇〇二年から欧州連合に新規二十カ国が加盟したせいで、はっきりとマイナーな位置に追いやられたので、この決定はやむなしとされたのだ。もっと一般的に言うと、ぼくは農家に全面的共感を抱いていたが、エムリックと話すことはだんだん難しくなり、どんな場合でも彼らの利益を擁護する準備はできていたにしても、ぼくは今ではフランス国家の側であり、まったく同じ立場にはもういないのだと気がつかざるをえなかった。

ぼくは次の日昼食の後に暇《いとま》を告げた。輝く日曜の太陽が、いや増すばかりのぼくの悲しみと対照をなしていた。マンシュ県の車一台通っていない県道をノロノロと運転しながら自分が寂しく感じていたことを覚えているなんて不思議だ。物事には予感や予兆があってほしいと思うものだが、実際にはそんなものはまったくなく、この陽気のいい、でも死んだような午後、ぼくは次の朝カミーユに会うだろうとはまったく思ってもおらず、その月曜の朝が自分の人生の中で最も美しい時期の始まりになる予兆などまったく見られなかったのだ。

ぼくとカミーユとの出会いの話をする前に、別の十一月の話に戻ろう、それから二十年後の話、かなり寂しい十一月のこと、というのも「生存のための決定的な問題点」は（いわゆる「生存率」の話をするように）この時かなりのところで決まってしまっていたからだ。この月の終わり、クリスマスのディスプレイがショッピングモール「イタリーⅡ」を侵食し始めていて、ぼくは、年末のパーティーやディナーが重なる期間、メルキュールホテルに残るかどうか悩んでいた。ぼくには、ずっとここにいるのが恥ずかしいという以外に出て行く真の理由はなかった、しかし自分の絶対的な孤独を告白するのは今日においてもそれほど簡単ではないのだから、それだけですでに十分な理由でもあった。それでいくつか行き先を考え始めた、最もそれらしいのは修道院で、救世主の誕生を祝うこの時期を内省の機会と考える人は多く、少なくとも『巡礼者マガジン』の特集号で読んだ限りではそうだった、この場合、孤独なのは当たり前どころか孤独こそがふさわしい、うん、これが多分最良の解決策だな、思いつくいくつかの修道院に今から当たってみよう、最初から考えるべきだったんだ、しかももう少し早くから、というのもインターネットで検索し始めてすぐに分かったように（そして『巡礼者マガジン』のその号を読んでもすでに推測できたように）ぼくが連絡を取った修道院はどこもすでに満員状態だった。

さらに早急に解決すべきもう一つの問題は、キャプトリクスを再処方してもらうことだった、この薬の効能は否定し難く、おかげでぼくの社会生活はスムーズにいっていたので、必要最低限ではあるが体を洗い、カフェ・オジュールのウェイターたちに感じよく挨拶《あいさつ》できた、でも精神科医の診察をまた受けるのは勘弁してほしい、特にサンク＝ディアマン通りの何かのパロディーみたいな医者は金輪際嫌だった、だからと言って、他の精神科医なら良いわけではなく、一般に精神科医には「へどが出る」のだ。その時ぼくはアゾト先生のことを思い出した。

この変わった名前の医者はサン＝ラザール駅を出てすぐのアテネ通りで開業しており、ぼくは気管支炎の一種にかかった時に一度診察を受けたことがあった。カーンとパリを毎週往復していた時代のことだ。ぼくの記憶では、四十代だが髪の毛は随分薄く、白髪交じりでべたついた残りの髪を伸ばし、医者というよりどちらかといえばハードロックグループのベーシストを思わせた。それから診察中にキャメルを一本吸い、「失敬、悪い習慣で、医者の不養生と言いますか……」と言いながら、その頃医者の間で疑惑を抱かれることもあったコデインのシロップをとやかく言わず処方してくれたのをよく覚えている。

彼はそれから二十歳を重ねてはいたが、薄毛は特に進行することもなく（もちろん増えてもいなかったが）、残っていた髪は相変わらず長く、白髪交じりで不潔だった。「ああ、キャプトリクスね、それもいい、うちの患者の反応は悪くないですよ……六ヶ月分処方しましょうか」と彼は簡潔に言う。

そして少ししてからぼくにこう聞いた。「クリスマス休暇の時期にはどうなさるつもりですか。

この時期には気をつけなければならない、鬱の気がある人にはしばしば致命的で、落ち着いたなと思っても大晦日にダメになっちゃう患者がたくさんいてね、いつだって大晦日の夜ですよ、夜零時を越しさえすればこっちのものだ。そういう状況を想像しとかなきゃいかんのですよ、大体にしてクリスマスで一発食らわされ、クソまみれの状態が一週間続くでしょう、もしかしたら大晦日を免れるプランがあったのかもしれんが、それがおじゃんになって三十一日がやってくると、もう耐えられなくてね、窓に近づいて飛び降りるか銃で自殺する、ケースバイケースだけれども。こんな風に話してますけどね、わたしの仕事は人が死ぬのを防ぐことですから、もちろん、可能な範囲でですが」ぼくは、自分の修道院のプランを彼に相談した。「悪くないとは思いますよ、やってる患者さんもいますね、ただ、今からじゃ遅いでしょう。じゃなかったらタイの売春婦って手もある、アジアではクリスマスの意味なんてすっかり忘れることができるでしょうし、三十一日にソフトランディングするってわけだ、女の子たちはそのためにいるんですからね、チケットもまだ手に入ると思いますよ、修道院よりはまだ空きがあるでしょう、これも患者さんの反応はいいですよ、ほとんど治療のような効果があったりする、ばっちり活力を蘇らせて帰ってきた男性たちを知ってますよ、男性としての自分の魅力をパーフェクトに取り戻すことができてね、とは言っても彼らはくたびれた男たちで、騙《だま》されやすい馬鹿者どもってわけですよ、あなたは残念ながらそういう感じはしませんねえ。もう一つの問題はキャプトリクスです、キャプトリクスを飲んでるとおそらく勃たないでしょう、勃起に関しては保証しかねます、十六歳の可愛い小娘の売春婦とだってどうだか、それがこの薬の困ったところでね、同時に急に止めることもいかんのですよ、それは本当にお勧めできない、それに止めたところで副作用は二週間は残るのだし、まあ勃たなければ薬のせいだと分かるでしょうから、最悪の事態でも日光浴をしてエビカレーを食べることができるってわけですよ」

ぼくは、その案を検討してみますと返事をした、確かに悪くないアイディアだった、ただしぼくは勃起能力がなくなっただけではなく、欲望がまったく消えていて、セックスという考えすら今では奇妙な、実践不可能なものに思え、十六歳のタイの若い売春婦が二人いたところで何もできないだろうとはっきり感じていた、どちらにしてもアゾト先生は正しい、そういうのはちょっと疲れた実直な男には効くかもしれない、大衆階級に属するイギリス人とか、女性の愛の表明や性的な興奮なら、どれだけありえなくても何でも信じる準備ができている奴らだ、彼女たちの手、ヴァギナ、唇により生き返って、別の人間になる、彼らは西欧女性にズタボロにされていて、最悪の例は確かにアングロサクソンの男たちだろうから、彼らは元気を取り戻して帰っていくだろう。でもぼくはそのケースには当てはまらなかった、女性に対して非難するべきことは何もなかったし、どちらにしてももう勃起しないだろうからぼくには関係ない話、ぼくの頭からは性に関する考えがすっかり消え去っていて、これは奇妙なことにアゾト先生に告白する勇気はなかった、ぼくは「勃起困難」について話すにとどめたが、それでも彼が素晴らしい医者であることには違いなく、彼の診療所から出た時、ぼくの人類、医学、そして世界に対する信頼は少し回復していた、そして足取りもほぼ軽くぼくはアムステルダム通りに差し掛かり、サン＝ラザール駅のところで過ちを犯してしまった、しかし本当のところそれは過ちだったのかどうか分からない、最後まで分かりはしないだろう、終わりは近づいているがまだだ、まだ終わりきったわけではない。

サン＝ラザール駅の中央ホールに入ると、私小説《オートフィクション》の世界に入り込んだような奇妙な印象に襲われた。このホールはプレタポルテ中心の店舗が入った月並みなショッピングセンターに成り果てたが、「右往左往ホール」*1の名前にふさわしく、ぼくの足取りは乱れた、理解不能な名前の店の間を盲滅法さまよい続けた、実際のところオートフィクションという用語にもぼくは曖昧なイメージしかなかった、クリスティーヌ・アンゴの本を読んで（とは言っても最初の五ページだけだが）この言葉を覚えたのだ。とにかく、ホームに近づくにつれ、ぼくにはいよいよその用語が自分の今の状況にふさわしいように思えてきた、まるでぼくのために作られた用語のようだ、もしかしたら自分の現実が耐え難くなり、こんな身を切られるような孤独の中では誰も生き延びられないので、それに代わる一種の現実を作ろうとしていたのかもしれない、人生の分かれ道までさかのぼって、追加ポイントを獲得しようとしているのか、もしかしたらそれはここに隠されていて、この何年かの間二つのホームの間でぼくを待っていたのかも、ぼくの人生のスコアは列車の埃と油に塗《まみ》れて見えなくなっていたのだろうか、その時ぼくの心臓はバネのように飛び上がった、捕獲者に見つかったトガリネズミみたいに、トガリネズミは可愛くて小さな動物、ぼくは二十二番ホームの正面までやってきて、そう、まさにここ、ここから何メートルかのところ、二十二番ホームではカミーユがぼくを待っていた、ほぼ一年間、毎週金曜日、ぼくがカーンから帰ってくるのを待っていた。キャスターのくたびれきった「キャビン用スーツケース」を引きずっているぼくを目にするとすぐ、ホームの端から息を弾ませ、ありたけの力でぼくの方に走ってきた、ぼくたちはカップルであり別れる気なんてなかった、別れという言葉は存在せず、そんな言葉を使う必要もなかったくらいだ。

ぼくは幸せだったことがある、ぼくは幸せとは何かを知っていて、それについて語る資格を持っている、そして通常それに続く終わりについても。一人の人間がいなくなると、この世が無人になったような気がする、「無人になった」という表現さえも弱いくらいだ、馬鹿げた十八世紀の用語に聞こえる、生まれつつあるロマン主義の健やかで暴力的な力はまだない、言いたいことは、たった一人が欠けるとすべては死んでしまい、世界は死に絶え、自分たちも死ぬか陶器の人形に姿を変えられ、他の人間も同じく陶器の人形になる、温度や電気を遮断するには完璧だ、もう何もあなたたちに打撃を与えることはできない、一人っきりの身体の風化からくる内部の苦悩を除いては、でもぼくはまだその段階には至ってない、ぼくの身体は今のところ節度を保ち振る舞っている、ただ、ぼくは孤独で、文字どおり一人ぼっちで、その孤独からはどんな喜びも見出せないし、精神の自由な機能もない、ぼくには愛が必要で、それもある具体的な愛が必要だった、一般的な愛も必要だが特にヴァギナが必要で、ヴァギナなら沢山あった、地球はそれほど大きくない星なのに何十億とある、考えてみるとそんなにヴァギナがあるなんてすごいことだ、めまいがするくらいだ、どんな男もこのめまいを感じたことがあると思う、一方でヴァギナはペニスを必要としている、少なくともヴァギナはそう考えているのだ（幸せな誤解、そこに男の快楽が存在する、種の保存と社会民主主義の存続も）、だから原理的には問題は解決可能だがいざ実践となるとそうもいかず、こうやって一つの文明が死ぬのだ、大騒動も危険もドラマも被害もなく、文明は倦怠《けんたい》により死ぬ、自分自身に嫌気がさして死ぬのだ、社会民主主義がぼくに提案できることなどもちろん何もなく、ただ何かが欠け続け、忘却への呼びかけがあるだけ。

＊1　（127頁）裁判所、駅や役所などの中心に設置されたホールで、自分の番を待つ人たちが集まっている。

サン＝ラザール駅二十二番ホームのことを忘れるまでにはコンマ何秒もかからなかった、それからすぐに、ぼくたちの待ち合わせ場所はこの路線の反対側の終着駅だったと思い出したからだ、とは言っても電車による、シェルブール行きもあるしカーン止まりもある、どうしてこんなことを話しているのか分からない、機能不全のぼくの脳みそにパリ＝サン＝ラザール駅の電車の時刻表などという役に立たない情報が途切れ途切れに流れる、どちらにしてもぼくたちはカーン駅のCホームで出会ったんだった、十一月の晴れた月曜の朝、もう十七年前になる、それとも十九年前か、もはや定かではないのだけれど。

出会いの状況自体が奇妙だった。獣医科の研修生の出迎えをぼくに任せるなんて普通はありえないが（カミーユはその頃獣医科の学生で、メゾン＝アルフォール獣医学校の二年目だった）、その頃ぼくはちょっとぜいたくなアルバイトとしてひどく失礼でなければ色々な仕事を頼めると思われていたらしい、ぼくは痩せても枯れても環境科学生命工学学院卒だったのだが、その状況はぼくの「ノルマンディー産チーズ」の任務が上司から次第に真剣に受け取られなくなっていたことを暗黙のうちに表していたのだろう。とはいっても、恋愛において偶然を大げさに捉えすぎてはならない。もしもカミーユと農業森林地方局の廊下で何日か後にすれ違ったとしても、物事はおおよそ同じように進んだろう。しかしたまたまぼくたちはカーン駅のCホームの端で出会ったのだ。

電車が到着する何分か前からずっとぼくは知覚が鋭敏になっているのに気がついていた。それは、奇妙な予知感覚のようなものだった。ホームの間に様々な草や、名前を忘れてしまった黄色い花が咲いているのに気がついた、このような植物の存在をぼくは環境科学生命工学学院二年生の時に履修した「都市環境に自然発生する植物」のゼミで学んだのだ。このゼミはなかなか面白くて、ぼくたちは、サン＝シュルピス教会の石の間や、郊外の大通りの斜面に生えている植物などを採取したものだった。それに、駅の裏に、バビロニアの未来派的な都市を思い起こさせるサーモンピンク、黄土色とダークブラウンのラインからなる奇妙な六面体を見かけた、それは本当のところは「レ・ボール・ド・ロルヌ」というショッピングモール、新しい自治体がご自慢にしている建築の一つで、デシグアルからザ・クープルスまで現代消費社会の主なブランドがテナントとして入っていた、バス＝ノルマンディー地方の住民はこのショッピングモールのおかげで現代社会にアクセスできていたのだ。

カミーユは自分の乗っていた車両の金属製タラップを降り、ぼくの方を向いた、キャスター付きスーツケースは持たず、肩から斜めにかける大きな布製のバッグ一つだけで、奇妙なことにぼくはそれを見て満足を覚えた。彼女は気後れしていたわけではないが（彼女はぼくを見つめ、ぼくは彼女を見つめ、ただそれだけだった）、それからずっと後、おそらく十分ほど経ってから「わたしはカミーユです」と言った時には、列車はすでに再び出発していた――バイユー、それからカランタン、ヴァローニュの方角だ、終着駅はシェルブールだった。

この時点で多くのことがすでに取り交わされ、決まっていて、そして、ぼくの父だったら公証人用語で言ったように、「決議されて」いたのだ。カミーユは褐色の目で優しくぼくを見つめ、Cホームに沿って、それからオージュ通りをぼくの後についてきた、ぼくは駅から百メートルほどのところに車を停めていた、そしてぼくが彼女の荷物を車のトランクに入れると、彼女はもう何十回、何百回もそうしてきたかのように助手席に座った、その後も何十回、何百回、何千回と同じシーンが繰り返されるだろうというように、そこには過度の意図はなくぼくは穏やかな気持ちで、今までに経験のない穏やかさ、本当に気分が良かったので、車を出すまでゆうに三十分もかかったくらいだ、ぼくはおめでたい果報者みたいにふらふら頭を揺らしていたに違いない、でも彼女は苛立ったそぶりをまったく見せなかった、そしてぼくが車を発進させずにいてもまったく驚いた表情を見せなかった。申し分のない陽気、空はターコイズ・ブルーで、現実味に欠けるくらいだった。

北部環状線を通り、大学病院に沿って進んだとき、ぼくは車が陰気なカーン郊外の開発地帯に入っていくことに気がついた、丈の低い、灰色のトタン屋根の建物が続いている。敵意を感じる場所でさえなく、ただ恐ろしく中立的な場所で、一年間毎朝ここを通って通勤していたが、その存在に気がつきもしなかった。カミーユのホテルは義歯製作所と会計士のオフィスの間にあった。「アパルトシティホテルとアダージョ・アパートホテルとどちらにしようかと思ったんです」ぼくは口ごもりながら言った。「もちろんアパルトシティは中心街からは離れてるんですが、農業森林地方局からは徒歩十五分で、もしも夜外出したかったら市電のクロード・ブロッホ駅のすぐ近くで、中心街までは十分ほどで夜中の零時まで走っています、もちろん逆の方向も考えられたかもしれませんね、市電で仕事に来ても良かったかも、アダージョ・アパートホテルはオルヌ河岸の眺めも良いし、でもアパルトシティではプレミアムタイプの部屋にテラスがあって、それも悪くないかなと思ったんです、もちろん希望があれば変更も可能ですし、農業森林地方局が費用は負担しますから……」彼女は、理解不能と一種の同情が混ざった奇妙な視線を投げかけた、どう解釈したら良いのか分からなかったが、後に彼女は、どうして自分たちは一緒に住むことになるのに、ぼくがそんな面倒な自己正当化をしなければならないのかと思った、と話してくれた。

　このハードコアな都市周辺の環境の中、農業森林地方局の建物は不思議に時代遅れで、メンテナンスがなされず、打ち捨てられている印象を与えていた、そしてそれは単なる印象ではなくて、雨が降るとオフィスのそこここで雨漏りがするんです、その上この地方ではいつでも雨が降っているのですから、とぼくはカミーユに言った。行政関係の建物というより、そこここに無計画に建てられた民家のよう、周りは公園になりえたかもしれないが結果としては荒地に似た空間になっていて、草がぼうぼうに生え、建物同士を隔てていたアスファルトの通路は、草の勢いに負けひびが入り始めていた。研修の責任者にご紹介しましょう、とぼくは続けた、獣医科長で、死に損ないのクソッタレとしか客観的にも形容しようがない人間ですが、とぼくは諦め口調で言った。彼は狭量で喧嘩《けんか》っ早《ぱや》く、不幸にも彼の下についてしまったスタッフを容赦なく攻撃していた。彼は若さに特別な反感を抱いていて、若い研修生の受け入れ義務を個人的に向けられた攻撃だと考えているふしさえあった。若者を毛嫌いしていただけではなく、動物もそれほど好きではなかった、馬だけは別だったが、馬は彼にとって唯一考慮に入れるべき動物で、他の四つ足を彼は一様に最下層動物とみなし、早いところ屠畜場行きになる運命と考えていた。彼はパン市の国立種馬品種改良所でほとんどの経歴を築き、農業森林地方局への転勤は彼にとって昇進に違いなかったものの――もっと言えば、栄転に近かった――彼はこれを辱めと受け取ったのだ。まあそういう奴ですが、挨拶は形だけ、すぐ終わりますよ、とぼくは言った、彼は若者に反感を抱くあまり、若いスタッフに出会わないように努めているから、研修の三ヶ月間、二度と出会わないことはほぼ確実だった。

挨拶を終えると（「確かに死に損ないのクソッタレですね……」と彼女は簡潔に言った）、ぼくはカミーユを獣医科のスタッフの女性に託した。三十代の柔和な人で、ぼくは彼女とはいつでも良好な関係にあった。それから一週間は何も起こらなかった。ぼくはカミーユの電話番号を電話帳に控え、連絡するのはぼくの方からだと知っていた、男女関係においてこうしたことは今でもそれほど変わっていない――それにぼくは彼女より十歳年上で、それも考慮する必要があった。ぼくはこの期間のことを不思議な思い出としてとってある、それは、極度に平和で幸福な時にしか起こらない、眠りにつくかどうかの最後の一瞬に迷い、でもそのあと来る睡眠は深く優しく自分を癒してくれると分かっている。眠りと恋愛を比較してもそれほど間違いではないと思う。愛はある種二人で見る夢のようなもので、確かに個人で夢を見る時間もあり、巡り合わせとすれ違いの小さい遊戯はあるものの、愛がぼくたちの現世での存在を耐えられるものにしてくれる、本当のことを言えば、それしか手段はないのだ。

物事は実際のところぼくが予定したようにはいかなかった。外部の世界は、自分たちの存在を示そうとし、それは唐突に、容赦なく行われた。ほぼ一週間後、カミーユはぼくに電話をしてきた。午後の早い時間だった。彼女はパニック状態で、エルブーフの工業地帯にあるマクドナルドに駆け込んでいた、大規模採卵養鶏場で午前いっぱいを過ごしてきたばかりで、昼食の休憩時間を利用してそこから逃れ、ぼくに来て欲しいというのだった、すぐに彼女を迎えに行き、彼女を救う必要があった。

ぼくは電話を切った後、怒りを抑えきれなかった。農業森林地方局のどの馬鹿が彼女をあそこに送り込んだんだ。ぼくはその養鶏場を熟知していた、巨大な養鶏場で、三十万羽以上の鶏がいて、卵はカナダからサウジアラビアにまで輸出されるが特に不潔なことで悪評高く、フランスでも最低の場所の一つで、ここを見学した者は誰でもネガティヴな見解を下していた。高所から高光度のハロゲンランプで照明を当てた倉庫のような場所で無数の鶏が生き残ろうともがき、詰め込まれている鶏同士が重なり、柵はなく「直飼い」で、羽がもげ、肉がこそげ落ち、肌は真っ赤になり、ワクモに血を吸われ、死んだ鶏の身体が朽ちていく中で暮らす、最長でも一年という短い一生を、一瞬ごとに怯えて鳴いているのだ。もちろんもっとましな養鶏場でも状況は変わらず、最初に我々を驚かせるのは絶え間のない鳴き声、鶏が向けてくる絶え間ないパニックの目つきであり、理解しがたいという視線だ、鶏たちは哀れみを求めない、それは不可能だろう、でも鶏には分からないのだ、どうしてそんな状況で生きなければならないのかが。卵を産まないオスのひよこが生きながら手づかみで粉砕機に投げ込まれるに至っては言語道断だ。ぼくはそれらを皆知っていた、養鶏場はいくつも見学したし、エルブーフのはおそらく最悪だったが、しかしぼくだって他の皆のように嫌悪すべき行為を行いうる、その事実によりこの工場を忘れることができていたのだ。

彼女は、ぼくが駐車場に着いたのを見るや否や、駆け寄ってきてぼくの腕の中で縮こまり、長い間ずっと泣き続けていた。どうして人間はあんなことができるの？　どうしてあんなことを放っておけるの？　ぼくにはその点、人類の本性について大して面白くもない一般的なこと以外、何も言えることがなかった。

車に乗ってカーン方面に向かいながら、彼女はもっと厄介な質問に入ってきた。どうして獣医や衛生主管部がこんなことを放っておけるの。あの場所を視察して、動物が虐待されているのを毎日のように目にしながら、養鶏場を稼働させたままにするだけではなく、その片棒を担ぐような真似をどうしてできるの、彼らだって獣医として仕事を始めたんでしょう？　それについてはぼくも自問自答したことがある。彼らは、口止め料として高給をもらっているのだろうか。そうは思わない。ナチスの収容所にだって、免許を持った医師たちがいたのだ。ここでも、最終的に、人類については大して希望の持てない考えしか浮かばず、ぼくは口を噤《つぐ》むことを選んだ。

でも、カミーユが、獣医の学業を諦め、学校をやめようか迷っていると言った時には、口を挟んだ。獣医は自由業なのだから、大規模養鶏場で働く義務はこれっぽっちもない、もう一度他の養鶏場を見学しなければならない義務だってないのだし、加えて彼女が見たのはありうる限り最悪の場所だった（少なくともフランスにおいてはそうだ、鶏がもっと酷い扱いを受けている場所が他の国にはあるが、それについては特定するのを避けた）。今となっては、彼女は現実を知っている、ただそれだけだ。確かにそれは大変だったとは思う、でもそれだけ。豚の扱いだっていいとはいえず、乳牛の状況も悪化するばかりだと付け加えることも避けておいた。この日はこれだけでもう十分なように思えたのだ。

アパルトシティホテルの前に来ると、彼女は、このまま家には帰れない、どうしても一杯飲む必要があると言った。近くには飲むのに適した場所はほとんどなく、素っ気ないもいいところで、近くにあるのはメルキュールホテルのコート・ド・ナックルくらい、客層はビジネス関係の中間管理職で、そのうち何人かが産業系の多角経営企業の人間から構成されていた。

そのホテルのバーは意外なことに感じが良く、ソファー、深く座れる肘掛け椅子には茶褐色のカバーがかけられ、バーマンは注文には迅速に応えるがやりすぎではないという塩梅《あんばい》だった。カミーユは精神的にかなり打撃を受けたようだった、なんといっても養鶏場を視察するにはまだ若いのだ、マルティーニを五杯飲んでからやっとリラックスできたようだった。ぼく自身も極度に疲れ切っていた、まるで長旅を終えたばかりのよう、車を運転してクレシーに戻る気力があるとは思えず、本当に力が抜け、放心していて、でも幸せだった。ぼくたちはその晩メルキュールホテルのコート・ド・ナックルに一室を取った、メルキュールホテルのような場所ではこのような展開は予測されていたことで、そこで初めての夜を過ごした、その晩のことは多分死ぬまで覚えているだろう、部屋の滑稽なインテリアのイメージはぼくの人生の最後まで付きまとうだろう、今でもそれは毎晩戻ってくる、終わりがないどころか、反対にイメージは強調されるばかり、ますます疼《うず》くようなイメージとなる、死がぼくを解放してくれるまで。

ぼくはクレシーの家をカミーユが気に入ってくれるだろうと思っていた、ぼくにも最低限の美意識はあり、可愛らしい家だと理解するくらいのことはできた。でも、これほど早くその空間をアットホームにするとは予測していなかった、住み始めて数日ですでに内装や備品などのアイディアが浮かび、布を買ったり家具を動かしたりするなどの女性らしい態度——フェミニズム以前の用語として——を取るとは予想していなかったのだ。だって彼女は十九歳でしかなかったのだ。ぼくはそれまで、この家をホテルのように使っていた、良質のホテル、よくできたオテル・ド・シャルム、でもカミーユが来てから、ここを本当の意味での家だと思えるようになった——そして、それはこが彼女の家になったからなのだ。

ぼくの日常生活には他にも変更があった。ぼくはこれまで、特に深く考えずチュリー＝アルクールのスーパーUで買い物をしていた、スーパーから出たところでガソリンを満タンにし、時折タイヤの空気圧を確認できたからでもある。ぼくはクレシーの街自体を訪ねたことさえそれまでは一度もなかった、おそらくある種の魅力はあるに違いない、方針が異なる複数の観光ガイドに記載があり、これでもノルマンディーのスイスの首都なんだから、何かではあるんだろうが。

カミーユと一緒になってすべてが変わった、ぼくたちは肉屋、パン屋兼パティスリーの常連になった、どちらもトリポ広場に面していた、市庁舎と観光局がある広場だ。正確に言えば、常連になったのはカミーユで、ぼくはだいたい、ブラッスリー「ル・ヴァンセンヌ」で生ビールを飲みながら待っていた、ここはシャルル＝ド＝ゴール広場に面し、教会の正面にあるバー兼タバコ屋で、馬券や宝くじも売っていた。ぼくたちは村のレストランのオー・シット・ノルマンで夕食をとったこともある、一九七一年に『クレージー兵士』撮影のために来ていたレ・シャルロが食事をしたことを自慢にしていた、世の中はピンク・フロイドとディープ・パープルだけでできているわけはないのだ、一九七〇年代にも光と影があり、とにかくレストランは美味しかったし、チーズプレートは豪華だった。

ぼくにとってそれは新しい生活スタイルだった、クレールとはそんなことができるなんて考えもしなかった、そしてその生活には思いも掛けない小さな魅力が詰まっていることが分かった、つまり言いたいのは、カミーユは、ライフスタイルについて様々なアイディアを持っていて、ノルマンディーの可愛らしい村に住むようになれば、そのノルマンディーの可愛らしさをすぐに存分に引き出す術を知っているということなのだ。一般的に言って、男たちは生活の仕方を知らない、彼らは人生と真の親和性を持てず、真に心からくつろぐことがなく、人により多かれ少なかれ素晴らしかったり野心的だったりする様々な人生の夢を追い求め、それはだいたい水泡に帰し、ただ、よりよく生きることに集中するべきだったと結論付けるのだが、一般にその時にはもう遅すぎるのだ。

ぼくは幸福だった。ぼくはこれほど幸福だったことはないと思う、そして、もうあれほど幸福になることはないだろう。しかしながら、ぼくは、この状況がつかの間のものであることを片時も忘れはしなかった。カミーユは農業森林地方局の研修生で、一月末には何があってもここを離れてメゾン＝アルフォールでの学業を続けなければならないのだ。何があっても？ ぼくは、彼女に、学業をやめて主婦、というか、ぼくの妻になったらと提案することだってできたのだ、そして今、時が経って思い返してみると（このことはずっと思い返しているのだが）、彼女はそうするわ、と答えたと思う、特に大規模養鶏場見学の後では。でもぼくはそうはしなかった、おそらくできなかったのだ、ぼくはそういった提案をするように「フォーマット」されていなかった、それはぼくの「ソフトウェア」にはインプットされていなかった、ぼくは現代的な人間で、そしてぼくを含めた同時代人にとって、女性の仕事のキャリアは尊重されるべきで、それは絶対的な規範であり、それが野蛮の超克であり中世からの脱却なのだ。同時に、ぼくはおそらく百パーセント現代人ではなかった、というのもその絶対的な命令から数秒であるが逃れようと画策することはできたからだ。しかしまたもやぼくは何もしなかった、何も言わず、物事の成り行きに任せていた、本当はパリに戻る案にはちっとも信頼を置いていなかった、街というものはそうなのだが、パリもまた孤独を生むようにできている、そしてぼくたちにはこの家で一緒に過ごす時間が十分にはなかった、一人の男と一人の女が、二人きりで向かい合い、何ヶ月間かは二人だけで世界を構成したが、それを保ち続けることが果たしてできたのだろうか。ぼくにはもう分からない、今となっては歳を取りすぎて思い出すのは難しいが、ぼくはその時すでに怖がっていたと思う、当時すでに、社会的生活は愛を破壊する機械なのだと十分に理解していたように思える。

クレシー時代の写真は二枚しか残っていない、ぼくたちは、実生活が充実していたのでセルフィーで時間をつぶしたりしなかったのだ、セルフィー文化が当時はそれほど広まっていなかったこともある、ソーシャルネットワークは存在していたものの、まだ黎明期《れいめいき》だった。そう、おそらくあの頃、人々はよりリアルライフの中にいたのだ。この二枚の写真、グレシーの近くの森の中、おそらく同じ日に撮ったものだ。びっくりするのは、おそらく十一月に撮った写真なのに、みずみずしくきらめく光、木漏れ日の輝きなど、写っているものすべてが春の始まりを思わせることだ。カミーユはミニスカートにデニムのブルゾン姿、その下には白いブラウスを腰のところで結んでいて、ベリー類の模様がプリントされていた。一枚目の写真では彼女の顔は明るく晴れやかに微笑み、文字通り幸福に輝いている。そして、その幸福の源がぼくにあると考えるなんて今となってみるとありえないことに思える。二枚目の写真は官能的で、これはぼくが唯一保存した彼女の官能的な写真だ。鮮やかなピンクのハンドバッグが彼女の傍《そば》、草の上に置かれていて、彼女はぼくの前に跪いてペニスを口に含んでいる、彼女の唇はぼくの亀頭の半分くらいのところで塞がれている。目を閉じ、フェラチオにあまりにも集中しているので、彼女の顔からは表現が消え、純粋な輪郭が現れている、こんな贈与の表象を見る機会はその後まったくなかった。

ぼくがカミーユと二ヶ月間同棲し、グレシーに住み始めてからは一年ちょっと、というときに、大家が亡くなった。彼の葬儀の日は雨が降っていた、ノルマンディーの一月ではよくある天気で、村中の人間が集まっていた、高齢者ばかりだったが、葬儀の参列者の中からは、彼は大往生だったという声が聞かれた、いい往生だった、司祭は確かそこから三十キロのファレーズからきた、過疎化が進み、非キリスト教化も進み、何もかもが「非」「無」化する中、哀れな司教には仕事が絶えなかった、絶えず移動中というわけだ、とはいえこの葬儀は楽なものだった、亡くなったのは死ぬべき定めの人間で、秘跡はすべて済ませており、彼の信は揺らぐことなく、真のキリスト教徒が神に魂を返上した、司教はそう確言することができた。この魂の場所は天にまします我らが父の元に取り置かれているのだ。葬儀に出席していた子供たちはもちろん悲しんだ、涙の贈り物は人間に認められまた必要でもある、だが恐れることは何もない、彼らも間もなくより良き世界で再会できる、そこでは、死も、苦悩も、涙もないのだ。

　誰が彼の二人の子供かはすぐに分かった。彼らはクレシーの住民よりも三十歳は若く、そのうち娘の方がぼくに何か言うことがあるとすぐに気がついた、何か言いづらいことだ、だからぼくは彼女の方が近づいてくるのを待っていた、絶え間なく降りしきる冷たい雨の中、その間にも墓の上にシャベルで土がゆっくりとかけられ続けていた。彼女は、葬儀の後皆がカフェに集まった時にやっとその件を切り出すことができた。こんなお話をしなければならないのは本当に申し訳ないのですが、引越ししていただかなければならなくて。父の家はヴィアジェ[*1]で、オランダ人の買い手は一刻も早く家を回収したいと願ってるんです。そもそもヴィアジェが貸し出されることはほとんど稀で、借りた人が居住権を持っているヴィアジェなどでは起こりうるケースだが、この時ぼくは、彼の子供たちが経済的にかなり厳しい状態にあることを理解した、ヴィアジェの賃貸がほとんど実践されていないのは、借り手が物件返却に際してゴタゴタいうリスクがあるからだった。ぼくはすぐに、娘さんを安心させようとした、どうかご心配なく、ぼくは給料も払われているので揉め事を起こす気がないのは明白だった、しかし彼らは本当にそんな状況にまで追い込まれていたのだろうか。そう、事態はそこまで切迫していた、娘の夫はグランドルジュ社での仕事を失ったばかりで、この会社は確かに深刻な問題を抱えていた、そのことはぼくが仕事で関わっている分野のまさに中心であり、つまり、ぼくが無能だという告白しにくい核心をついていたのだ。グランドルジュ社は一九一〇年にリヴァロで創業し、第二次大戦後カマンベールとポン＝レヴェックの製造に事業を拡張し、繁栄した時期もあった（リヴァロでは誰にも引けを取らないリーダー企業の位置にあり、ノルマンディーチーズの三大名産のうち他の二つの製造では第二位につけていたのだ）、しかし二〇〇〇年代初頭から危機のスパイラルに巻き込まれ、二〇一六年には、乳製品業界では世界第一位のラクタリス社に買収されるに至ったのだ。

ぼくはその状況を把握していたが、元家主の娘には何も言わなかった、口を閉ざしていた方がいい時があるし、自慢できるような点は何もない、ぼくは彼女の夫の会社を救うことに失敗し、彼の職を保持することにも失敗したのだから、とにかくぼくは、何もご心配なく、できる限り早く家を引き払いますから、と請け合った。

ぼくは彼女の父親に本当の愛着を感じ、そして彼自身もこの店子《たなこ》を割と気に入っていたんじゃないかと感じていた、時折彼はワインを一本持ってきた、年寄りにとっては酒は大事なのだ、そのくらいしかもう人生には残されていないのだから。彼の娘にはすぐに親近感を抱き、彼女も自分の父親をとても愛しているのが傍目《はため》からも見て取れた、この父と娘の愛は直接的で、欠けるところなく、無条件だった。しかし、ぼくたちは二度と会うことはないだろうと分かっていた、再会する理由はなく、不動産屋が後の細々とした書類を処理するだろう。それが、人生には常に起きることなのだ。

実際には、カミーユと住んでいたこの家に一人で住もうとは思っていなかったが、引っ越そうという気もなかった、しかし他に選択肢はなかったので手を打つ必要があった、彼女の研修は今度こそ終わりに近づいていて、ぼくたちに残された時間は数週間しかなく、そうこうしているうちに数

＊1　フランス特有の売買システムで、高齢者が不動産を売却後も、死ぬまで住む権利がある。買い手は定額を「終身年金」のようにして払い続ける。

日だけになった。そのせいで、ほとんどそれだけが理由で、ぼくはパリに戻ることを決めたのだった、でもいかなる男のプライドを反映させたのか知らないが、ぼくは他の理由をこじつけてパリに戻ると皆や彼女にも告げた、幸いにも彼女は口先だけの話には騙されず、ぼくが自分のキャリア上の野心について話した時、ためらうような、辛そうな視線を投げかけた、確かに、ぼくが単刀直入にこう言う勇気がなかったのは残念だった。「ぼくはパリに戻るよ、君が好きだし、一緒に暮らしたいんだ」彼女は、男性には限界があるのだと思ったに違いない、ぼくは彼女にとって初めての男だったが、彼女は男性の限界についてすぐに、またやすやすと理解したのではないか。

とはいえ、ぼくの職業上の野心に関する言い訳はまったく嘘でもなかった、ぼくは自分が実現可能なことは農業森林地方局でだと極度に限られていると意識していた、真の権力はブリュッセルか、ブリュッセルと近しい関係にある行政の中心地にあり、自分の見解を採用してもらいたいなら向かうべきはそこだったのだ。ただ、そのレベルになるとポストも農業森林地方局よりずっと限られていて、目的に達するためには一年はかかった、そしてその間カーンで新しいアパートを探す気力はなかったのだ。アダージョ・アパートホテルの利用はかなりの妥協策だったが、一週間のうち四日なら我慢できなくはなかった、そのホテルでぼくは初めて火災探知機を壊したのだった。

農業森林地方局ではほぼ毎週金曜日、仕事の後にアペリティフがあり、そこから抜けるのは不可能だった、十七時五十三分の列車に乗ることは一度もできなかったと思う。十八時五十三分のに乗るとサン＝ラザール駅には二十時四十六分に着いた、前にも言ったように、ぼくは幸福とは何かを知っている、幸福を構成する要素も、ぼくは自分がよく知っていることについて話をしているのだ。どんなカップルにもささやかな儀式がある、大して意味のない、他人には話さない類の、たわいのない習慣だ。ぼくたちの習慣は、毎週金曜日の夕食を駅の正面にあるブラッスリー「モラール」でとるというものだった。ぼくは毎回ビュロ貝のマヨネーズ添え、それからオマール海老のテルミドールを注文したんじゃなかったか、そしてその都度美味しいなと思い、メニューの他の料理を試してみたいと思う必要も欲求も決して感じなかった。

パリでは中庭に面した二部屋の可愛らしいアパートをエコール通りに借りた。自分が学生の時に住んでいた下宿から五十メートルもないところにあった。だからと言って、カミーユとの同棲で学生時代を思い出したとは言えない。その二つは一緒にはできない、ぼくはもう学生ではなかったし、カミーユの学生時代もぼくとは違っていた、彼女には、呑気《のんき》さというか、自分が環境科学生命工学学院にいた時代にあったような無頓着なところはなかった。女子学生はより真面目に勉強すると言ってしまえばあまりにも月並みだし、おそらくその月並みな表現は当たっていたが、でもそれだけではなかった、ぼくはカミーユより十歳年上でしかなかったが、否定しようもなく何かが変わった、この世代の雰囲気は前と同じではなく、それを彼女の同級生にも感じた、どの専攻でも変わらず、彼らは真剣で、よく勉強をし、学校での成功に重点を置いており、それはまるで、学校の外は容赦がない世界だとすでに知っているかのようだった、彼らを待っている世界は厳しく彼らを突き放すのだと。時折、ガス抜きをする必要を感じ、そうなるとグループで飲み会をしたりするのだが、それもぼくの知っている酔っ払い方とは違っていた。すごい勢いで大量のアルコールを摂取し、いきなり酔っ払う、まるで一刻も早く酩酊してしまいたいかのように、彼らはまさに『ジェルミナール』（エミール・ゾラが一八八五年に書いた小説）の頃の炭鉱労働者みたいに酔っ払っていた。アブサンが最近再び商品化されているだけに尚更だった。そのせいでアルコール度数は跳ね上がり、実際、ごくわずかな時間ですっかり燃え尽きるまで酔いつぶれることになるのだった。

カミーユが学業に対して持っていた真面目さは、ぼくとの関係性でも発揮された。だからと言って彼女が厳格だったとかしゃちほこばっていたと言いたいのではなく、その反対に彼女はとても快活で、それこそ箸が転がっても笑い、とても子供っぽいところもあった、突然キンダー・ブエノ[*1]を食べたがるとか、その手のことだ。でもぼくたち二人はカップルをなしていて、それは真剣な事柄、彼女の人生では最も真剣なことだともいえ、彼女がぼくに向ける視線の重み、約束の深さを読み取るといつもぼくは文字通り息ができなくなるほど動揺した、その重み、深さはぼくが十九歳の時には持ちえなかっただろう。そういった特徴を、彼女は同じ世代の他の若者と共有していたのかもしれない。ぼくは、彼女の友人が、彼女は「パートナーが見つかって幸運だ」と言っているのを知っていた、そしてぼくたちの関係の、ある意味安定したブルジョワ的な部分は彼女の中にあった深い欲求を満たしていた。例えば、毎週金曜日の夜二人で行く場所がオーベルカンプフのタパスバーではなく一九〇〇年代の古びたブラッスリーであることだとか。それはぼくたちが生きようとしている夢を暗示しているように思われた。外の世界は辛く、弱者には容赦なく、約束はそこでは決して守られず、愛は、おそらく唯一の、信じるに足りるものだったのだ。

*1　中にミルククリームの入ったチョコレートバー。子供がおやつで食べることが多い。

でもどうしてこんな過去のシーンに引きずられるのか、こういうと常套句だが、ぼくは泣きたいのではなく夢を見たいのに、ああ、これもどこかで聞いたような文句だな、ぼくたちの関係は五年ちょっと続いたといえば足りるだろう、五年間幸福が続くなんてすでにそれだけでかなりのことだ、ぼくには間違いなくそれだけの価値はなかったはずだ、そしてこの関係は恐ろしいほど馬鹿げた終わり方をした、起こってはいけないことが起こってしまった、そういうことは毎日のように起こるのだ。神は凡庸なシナリオライターだというのが五十年間の人生でぼくが得た確信で、より一般に神は凡庸であり、彼の創造物はどれもいい加減に創られたか失敗したかだ、でなければ単に純粋な悪意の現れか。もちろん例外はある、いつだって例外はある、幸福の可能性は見かけだけでも存在しているはずだ、ああ、また話が逸れてしまった、ぼく自身のテーマに戻ろう、特に興味深いわけでもないがそれが主題なのだから。

その数年間で、ぼくはいくつか満足すべき業績をあげた、短期間ではあるが――特にブリュッセルに出張している時など――自分が重要な人物だという幻想さえ抱けたのだ。リヴァロチーズの販売促進を巡る茶番じみた興行に出ている時より重要な人間だった、ぼくは欧州の農業関係の予算においてフランスの地位を確立するのに何がしかの役割を演じていた。しかし、確かに欧州連合においてフランスの農業予算は一位だったので、結果としてフランスはその恩恵を最初に受けてもいたが、農業従事者の数があまりにも多すぎて、凋落《ちょうらく》傾向を覆すことはできなかった、ぼくは、フランスの農家は死の宣告をされたのだと結論づけるようになり、他の人と同じくこの仕事から距離をとった、世界は自分が変えられる物事の中に入っていないと理解した、他の人たちにはもっと野心があり、もっと意欲も知識もあったのかもしれないが。

そのブリュッセル出張中、つい魔が差してぼくはタムと寝てしまったのだ。彼女となら誰でも魔が差したと思う、彼女は小柄な黒人で魅惑的、とくにその小さなお尻、黒人（ジャマイカ）ならではのちっこくて素敵なお尻をしていたと言えば十分だろう、ぼくの誘い方も彼女のお尻からインスパイアされていた、木曜日の夜、ぼくたちはグラン・セントラル駅でビールを飲んでいた、ヨーロッパ共同体関係の組織で働く比較的若いグループだ、ぼくの冗談は彼女を楽しませたらしい、その頃はぼくにもそういうことが可能だった、とにかく、リュクサンブール広場のディスコで二次会をしようと外に出たときぼくは彼女のお尻に手を当てた、基本的にこの単純な方法はあまりうまくいかないものだが、この場合には成功した。

タムはイギリス代表団に属していたが（イギリスはこのころまだ欧州に属していた、または少なくともそのふりをしていた）、彼女自身はジャマイカ出身だったと思う、もしかしたらバルバドスだったかもしれない、とにかくそんな島の一つ、マリファナ、ラム酒、そして小さなお尻の可愛い黒人をふんだんに供出している場所だ、これらは生の助けになるが、だからと言ってそれが自分の生を変えてしまうことはない。彼女は「女王のように」フェラチオをした、変な言い方だがある種の業界ではこのように言い習わすのだ、そしてもちろんイギリス女王よりもうまかったと思う、とにかく心地よい一夜、格別に心地よいと言ってもいい一夜を過ごしたのだが、だからと言ってそれを繰り返すのがふさわしいことだったのだろうか。

というのもぼくは同じ過ちを犯したからだ、タムがパリに来た時だ、彼女はパリに時々来ていたが理由はまったく分からない、ショッピングをするためではなかったのは確かだ、パリの女性はショッピングのためにロンドンに行くが、その反対はありえない、もちろん観光客にはそれぞれの理由があるのだろうが、とにかくぼくはサン＝ジェルマン＝デ＝プレ地区の彼女のホテルで合流し、そしておそらく、イッたばかりの男に特有のマヌケ面を晒し、彼女の手をとって一緒にビュシ通りに出た時、カミーユに出くわしたのだった。彼女がこの地区で何をしていたかもぼくには分からない、前に話したと思うけど、馬鹿げた話だったのだ。彼女がぼくに投げかけた眼差しにあったのは恐れそのもの、純粋な恐れだった。それから彼女は身を翻し、文字通り逃げ去ったのだった。タムから身を引き離すのに何分かかかったが、カミーユのほぼ五分後にぼくはアパートに着いたと思う。彼女は何の非難もしなかった、怒りの表現はなかった、起きたことはもっとひどかった。彼女は泣き始めたのだ。何時間も泣いていた、シクシクと、涙は頰を伝い彼女はそれを拭おうともしなかった。これはぼくの人生で最悪な瞬間だった、それには何の疑いもない。ぼくの脳みそはゆっくりと、のろのろと働いていた、何か言おうとして、例えば「他でセックスしたくらいで何もかも台無しにしたりはしないだろう……」とか、「彼女には何にも感じてないんだよ、酔った上でのことで……(一回目については当たっていたが、二回目については嘘だった)」、しかし何一つ適切には思えなかった。次の日も、自分の荷物をまとめながら彼女は泣き続けていた、その間ぼくは脳みその中を引っ掻き回して適切な言い回しを見つけようとしていた、本当のことを言うとぼくはそれに続く二、三年の間適切な表現を探し、多分今でも探し続けているのだ。

そのあとのぼくの人生は特筆すべきこともなく過ぎていった——例外はユズだが、それについてはすでに触れた——そして今こうしてぼくはかつてなかったほど一人ぼっちで、孤独な人生にぴったりの楽しみとしてフムスがあるだけ、しかし年末年始のパーティーシーズンは微妙だった、海鮮の盛り合わせが必要だっただろうが、それはみんなで分け合うもので、一人で海鮮プレートを頼むなんて究極の経験、フランソワーズ・サガンだって表現できなかっただろう、それはあまりにもスプラッタすぎた。

タイに行くというプランが残っていたが、自分には無理だと感じていた、何人もの同僚が愛嬌のある子たちだよと話してくれたけど、彼女たちにも職業上のプライドがあるだろうし、勃たない客はあまり好きじゃないだろう、彼女たちは自分のせいだろうと感じるだろうし、そういった問題を起こしたくなかったのだ。

二〇〇一年の十二月、カミーユと会ってからすぐ、ぼくは人生で初めて、毎年クリスマスの期間に避け難く戻ってくるこのドラマとぶつかったのだった。ぼくの両親は六月に亡くなっていた、祝うことなど何かあるのだろうか。カミーユは両親の元に残っていた、彼女は日曜日の昼食によく実家に戻っていて、彼らはパリから五十数キロのバニョル＝ド＝ロルヌに住んでいた。クリスマスについて何も話さないのをカミーユが最初から訝《いぶか》しげに思っているのを感じていたが、彼女はその話を出すのを避け、ぼく自身がその件について話すのを待っていた。ぼくは結局、クリスマスの一週間前になって彼女に両親の自殺を打ち明けた。彼女にとってそれはかなりのショックだったことにぼくはすぐに気がついた。十九歳の時にはそれほど考える必要もない事柄があるのだ、人生が否応なしに鼻先につきつけるまでは考えない事柄が。その時彼女は、自分と一緒に年末を過ごさないかと提案してきたのだ。

両親への紹介はいつでも微妙で居心地の悪い瞬間になる、でもカミーユがぼくに投げかけた視線を読んで、すぐに自明な事柄に気がついた。いかなる時にも、彼女の両親は彼女の選択を蒸し返したりすることはない、そんなことを彼らは考えもしないだろう。彼女がぼくを選んだから、ぼくは彼女の家族の一員、そのくらい物事はシンプルだったのだ。

どうしてダ・シルヴァ家がバニョル＝ド＝ロルヌに住むことになったのかは最後まで分からないままだった、特に、ジョアキム・ダ・シルヴァ、最初は建築工事現場で働いていたような人間が、バニョル＝ド＝ロルヌでただ一軒のタバコ屋兼新聞屋の営業権をどうして取得できたのかについては。この店は湖畔のとびきり恵まれた場所にあった。自分たちより数世代前の人たちの人生の話を聞いていると、時折そういった要素があり、かつて「立身出世」の名で呼ばれた、今ではほとんど神話に属するシステムの機能を観察することができる。とにかくジョアキム・ダ・シルヴァは、同じくポルトガル人の妻とここに移り住み、決して後ろを振り向かず、故郷ポルトガルに戻る夢を温めたりは決してしなかった。そして二人の子供を授かった。カミーユ、それからずっと経って、ケヴィンだ。ぼく自身はあまりにも典型的なフランス人なので、こういった話題について特にコメントするべきことはなかったが、しかし会話は和やかかつスムーズに進み、ぼくの職業はジョアキム・ダ・シルヴァの興味を引いた、彼自身、他の誰とも同じように先祖が農家だったからで、彼の両親はアレンテージョで何かを耕していたとかで、地域の農家のますます強まるばかりの不安については無関心ではなかった、彼自身はタバコ屋兼新聞屋の店主として、「特権階級」として振る舞うことさえありはしたのだが。確かに、長時間労働だとはいえ、農業従事者よりは少なかったし、給料が少ないとはいえ、農家よりは稼いでいた。経済についての会話は、台風や地震についての会話と似ている。すぐに、何について話しているか分からなくなり、得体の知れない神を呼び出している具合になり、シャンパーニュをお代わりするのだ、シャンパーニュなのはまあ年末年始だからだが、カミーユの両親宅に滞在している間ぼくは素晴らしいご馳走《ちそう》にあずかり、多大な歓待を受けた、彼らはとても親切で、でもぼくの両親だってそういう場合にはうまく対応したと思う、ぼくの親の方はブルジョワスタイルだが、でも過剰ではなく、人をリラックスさせる術を知っていた、ぼくは何回もそういう場面に立ち会った、彼女の実家を発つ前日、ぼくは、カミーユがサンリスの両親の家でもてなしを受けている夢を見て、起きてから彼女にそのことを話そうとして、そういえば両親は死んでいたのだと思い出したのだ、ぼくはいつでも死と折り合いがつかない、それが個性になってるくらいだ。

ぼくは、例外的に注意深い読者のために、これらのテーマを明らかにしておきたい。どうしてぼくはカミーユに再会したいと思ったのか。どうしてぼくはクレールにまた会う必要を感じたのか。そして、三人目、麻の実食いの拒食症の女性、今この瞬間には名前が思い出せないけど、でもぼくが想像するくらい注意深い読者ならば代わりに思い出してくれるだろう女性、どうしてぼくは彼女にまた会いたいと思ったのか。

臨終を迎える人間のほとんどは（つまり、安楽死を選び、駐車場とか安楽死用の病室でハイそれまでヨとなる人を除いては）自分が亡くなる間際に一種のセレモニーを企画する。彼らは最後に、自分の人生で何らかの役割を果たした人たちにもう一度会いたい、最後にもう一度話したいと思う、その時期は人によって異なるが。これは死にゆく者にとってはとても大事なことで、ぼくはそういった状況を何度も見た、彼らは、相手が電話に出ないと不安になり、できるだけ早く面会の手はずを整えようとする、もちろんそれは理解できる、彼らにはもう数日しか残されてなく、それが何日かは知らされていないが、どちらにしてもそれほど長くはない、数日、だ。ホスピス棟の（少なくともきちんと機能しているのを見た場所では、そして、ぼくの歳になるとそういう場所をいくつも見ている）人間はそのような願いを効率良くかつ人間的に扱う、彼らは賞賛に値する人間だ、彼らは「無名だが賞賛に値する人間」という、少数だが勇気ある人間に属す、大半は非人間的でクソみたいな現代社会を機能させるのに貢献しているのに。

　ぼくも、もっと限られた規模ではあったが、その予行演習になるかもしれないミニ儀式を同じように企画しようとしていたのだろう。それは性欲との別れ、もっと具体的に言えば、ペニスがその使命を終えんとしているとぼくに告げた時、このペニスに栄誉を授け、それぞれのやり方で愛してくれたあらゆる女性に再び会おうと思ったのだ。ぼくの場合、この二つの儀式は、規模の違いこそあれ同じことになるだろう、男性の友人関係は自分にとってほとんど重要ではなく、根本的にはエムリックしかいなかったからだ。いまわの際になって、自分が生きたと納得するために人生の総決算をしようとする心の動きは奇妙に思えるが、もしかしたらそんなことはなく、反対の方がひどく不思議で恐ろしいのかもしれない、何も語るべきことを持たず、来る《きた》べき運命として生物学的かつ工学的な（というのも灰は工学的だからだ、肥料にしか役立たないとしても、カリウムと窒素の割合を測らなければならない）曖昧な連なりの中に溶けていくしかないあらゆる男女を思う方が不思議で恐ろしいのかもしれない、外部のドラマもなく人生を過ごしたあらゆる人間、そして人生について考えることもなく、月並みなヴァカンスでの滞在の場を去るように別れを告げる人たち、その後向かうべき考えもなく、ただ、生まれなかった方が良かったという茫漠とした直感だけがある人たち、ほとんどの男女がそのケースに当たるわけだが。

というわけで、手の施しようがないというはっきりとした感覚とともに、ぼくはバニョル＝ド＝ロルヌ湖畔にあるスパ・デュ・ベリルホテルに二十四日と二十五日に部屋を取り、二十四日の朝に現地に向かった、二十四日は日曜日で、ほとんどの人は金曜日の夜か、遅くても土曜の早朝にすでに出発していたので高速はガラガラだった、レトニアとブルガリアの大型トラックが走っているのは避けようがないけれども。ぼくは行程のほとんどを、ホテルのフロントと客室係に語るべきミニストーリーをかっちり作り上げるのに費やした。家族の集まりが大変な規模になったので、叔父（それは叔父の家で行われるのだが、親戚一同が来るという筋立てで、ぼくは何年も、何十年も前から会っていない従兄弟《いとこ》たちに再会することになっていた）は全員を自分の家に泊めることができず、それで自分が夜はホテルに泊まることになったのだと。それは疑う余地のない言い訳に思えたし、自分でもそれを少しずつ信じるようになっていた。この話に信憑性を持たせるためには、もちろんルームサービスを頼むわけにはいかなかったので、現地に着く少し前に、サービスエリア[*1]「アルジャンタンの土地」で地方の特産物を買い求めた（リヴァロ、シードル、ポモー、アンドゥイユ[*2]だ）。

ぼくは間違いを犯していた、甚だしい間違いだ、サン＝ラザール駅を通ったことだけでも辛かったのに、何より、カミーユがホームを駆けて来て息を切らしてぼくの腕に飛び込むイメージが頭に浮かび、それはもっとひどかった、ずっとひどかった、バニョル＝ド＝ロルヌに着く前にすべてが信じられないほどの鮮明さで頭によみがえってきた、アンデーヌの国有林を通り抜けるとすぐに思い出されたのは、彼女と長い、終わりを知らぬ、永遠とも思われる散歩をしたことだ、十二月のある午後、ぼくたちは肩で息をし、頬を真っ赤にして戻ってきた、どのくらい幸せだったか想像できないほどだ、ぼくたちは「手作りチョコレート屋」の前で立ち止まった、「パリ＝バニョル」という名前の、恐ろしくクリーミーなケーキを売っていたところだ、カマンベールの形をしたチョコレートもあった。

思い出はその後も付いてきた、何一つぼくを放っておいてはくれなかった、ぼくは赤と白の市松《いちまつ》模様の不思議な小塔が付いている「ラ・ポティヌリ・デュ・ラック」というホテル兼レストラン（タルティフレット[*3]が名物だった）があったのを思い出した、塔に隣接して、色とりどりのレンガで彩られた、ベル・エポックの不思議な家があった、ぼくは湖の両端に跨《また》がるように渡されていた小さな橋のことも覚えている、カミーユがぼくの二の腕をしっかりと握って、滑るように湖面に入っていく白鳥がいると教えてくれたのも、それは十二月三十一日の、日没時のことだった。

ぼくがカミーユを愛するようになったのは、バニョル＝ド＝ロルヌだったと言ったら嘘になるだろう。それは、先にも言ったように、カーン駅のCホームの端から始まった。でもその二週間でぼくたちの間で何かが深まったのは間違いない。ぼくはいつでも、両親のような夫婦間の幸せは手に入らないものと心の奥で感じていた、ぼくの両親は奇特な人たちで、霞《かすみ》を食べてるようなタイプな

＊1　りんご果汁とカルヴァドスからなるアペリティフ飲料。
＊2　豚の腸に豚の腸や胃、喉肉、バラ肉などを詰めたもの。
＊3　ジャガイモ、玉ねぎとロブロションチーズのグラタン。

ので現実生活の手本にならないせいもあるが、同時にぼくは、この夫婦間のモデルはすでに破壊されたとどこかで感じていたからでもある。ぼくたちの世代がそれにピリオドを打った、いや、ぼくの世代ではないな、ぼくの世代は何も破壊できず、再構築もできない、おそらくその一世代前が問題なのだ、しかし例外としてはカミーユの両親、月並みなカップルであるカミーユの両親はアクセス可能な、すぐに手本として使える、力強い例を見せていたのだ。

　せっかくここまで来たのだからと、ぼくは自分とタバコ屋を隔てている百数十メートルの周辺を歩いてみた。十二月二十四日の午後、もちろんタバコ屋は閉まっていたが、ぼくは、彼女の両親のアパートがすぐ上階にあったことを覚えていた。アパートには煌々《こうこう》と照明がつき、ぼくには、そこが「楽しげに」照らされているような気がして、一時佇んでいた。どのくらいか測るのは難しい、実際には短かったのかもしれないが、永遠にまで広がる時間のように思われた。厚い霧がすでに湖から立ち上っていた。おそらく寒くなっていたのだろうが、寒さは思い出したようにしか、それも表面的にしか感じなかった。カミーユの部屋にも電気が付いていた。それから部屋の電気は消え、ぼくの考えは混乱した期待の中に溶け、でもぼくには、カミーユが夜の霧混じりの空気を吸うために窓を開けることはないと分かっていた。窓を開ける理由などまったくないのだし、大体にしてぼくはそれを望んでさえいなかった、ぼくは人生の新しい状況をはっきりと意識し、そして恐ろしいことだが、旅の目的はただ思い出を確認するためだけではなかったと気がついていたのだ。この旅はありうる未来に開かれていて、それが何かをできるだけ早く明らかにしなければならない。ぼくにはそれを考えるために何年か残されていた。何年か、何ヶ月か、はっきりとは知らないが。

　スパ・デュ・ベリルホテルには初めから最悪の印象を抱いた。ありうる選択肢の中で（そして、十二月のバニョル＝ド＝ロルヌには選択肢はたくさんあった）最低のチョイスをしてしまったのだ。ベル・エポックの魅力的な家々が立ち並び調和する湖畔の雰囲気が、この建物のせいでぶち壊しで、ぼくは自分のミニストーリーをフロントに話す気力さえなかった、フロントの女性はぼくが入ってきたので驚き、悪意に満ちた顔つきさえ見せた、確かに、ここで何やってんだ、と自問自答するところだろうが、クリスマスの夜に一人で泊まりに来る客だっているだろう、フロントの人生には何でもありうる、ぼくは不幸な存在の特殊例に過ぎなかったのだ。自分の名も社会的地位も知られていないことにほとんど安堵しながら、ぼくは彼女に部屋の鍵を渡された時、頭をさげるにとどめた。アンドゥイユが二本ある、真夜中のミサはテレビで見ることになるだろう、それほど不平を言う状況ではない。

しかし現実には、十五分後にはバニョル＝ド＝ロルヌに何の用もなくなっていたのだ。かといって翌日すぐパリに戻るのは慎重さを欠くだろう。ぼくは二十四日の垣根を越えたが、まだ三十一日の難関が待っていて、これはアゾト先生に言わせれば別の意味でもっとハードなのだから。

過去にぼくたちは潜り込む、そして潜り込み始めると首まで浸かり、あとは飲み込まれていく一方のようだ。エムリックのところを訪ねてから数年間近況を知らされていたが、近況は主に子供の誕生にとどまっていた。最初はアンヌ＝マリー、その三年後にセゴレン。農場の状況については全く触れなかったので、状態は相変わらず良くないんだな、もしかするとさらに悪化しているのかもしれないと想像した、ある程度の教育を受けている人の間では、便りがないのは悪い便り、ということになるのだ。もしかしたらぼくもまた、良い教育を受けた不運なカテゴリーに属していたのかもしれない。カミーユと会ったばかりの頃、ぼくは情熱に溢れたメールをエムリックに送っていたが、別れてからは彼に話すのをやめてしまった。それから交流はまったく絶えてしまったのだ。

環境科学生命工学学院の卒業生のサイトは現在はインターネットでアクセス可能で、エムリックの人生に何か変わったことが起きたようには感じられなかった。彼は相変わらず同じ職業に就き、同じ住所、同じメールアドレス、同じ電話番号だった。でもぼくは、彼の声を聞いてすぐに、「何か」が変わったと感じた。疲れ切った声でノロノロと話し、まともに話を終えることもできていなかった。いつでも来ていいし、今晩だっていい、泊まるのも問題ないし、宿泊状況は変わったけど、それについては説明する、とのことだった。

バニョル＝ド＝ロルヌとカンヴィル＝ラ＝ロックの間には、オルヌ県からマンシュ県までとても時間のかかる道のりが続いていて、人気《ひとけ》がなく霧深い県道に沿って行かなければならず、もう一度言い添えておくが、その日は十二月二十五日だった。ぼくは度々車を停めた。どうしてここにいるのか思い出そうとしたが、なかなかうまくいかなかった、霧の帯が草の上を漂っており、乳牛は一頭も見えなかった。ぼくの旅を「詩的」と呼ぶこともできたかもしれないが、その単語は不愉快な軽さ、儚《はかな》さを醸し出してしまうだろう。ぼくは、暖房が心地良い暖気を送り、この走りやすい道路の上でモーターの音を静かに立てるメルセデス4WDのハンドルを握りながら、はっきり意識していた。悲劇的な詩だって存在するのだ。

十五年ほど前ぼくが最後に来た時から、オロンド城に目立った崩壊は訪れていないように見えたが、家の中は別の話だった。かつては暖かな雰囲気を醸し出していたキッチンは、寂しく汚く、嫌な匂いのする空間に成り果てていて、そこここに、ハムの包装紙とソース入りのカネローニの缶詰が転がっていた。「何も食べるものがないんだ……」これが、ぼくを迎えた時エムリックが開口一番言ったことだった。「残り物のアンドゥイユでいいなら」とぼくは答えた。こんな風にして、かつての、そして今でもある意味では（他に呼びようがないので）親友である男との再会は始まったのだった。

「何か飲むかい」と彼は続けて聞いた。反対に飲み物についてはありすぎるほどのように思えた、ぼくが着いた時、彼はズブロッカのボトルを開けていたところで、ぼくはシャブリにとどめておいた。エムリックは、テレビドラマで見た記憶によればアサルトライフルと思われる銃の部品に油を塗って再び組み立てていたところだった。「これはシュマイサーS4、レミントン223口径だ」と彼は必要もないのに細かに説明した。この雰囲気を和らげようと、ぼくはアンドゥイユを何枚か切った。身体的にも彼は変わっていた。丸みをおびた赤ら顔になり、もっと恐ろしいのはその視線で、からっぽで死んだ目つき、そして放っておけばすぐに空虚を見つめる眼差しになった。どんな質問をしても彼には無駄なように思えた。ぼくはすでに本質的なところは理解してしまったが、それでもなんとか会話を続けなければならず、むしろ黙っていたほうがいいという思いが重くのしかかり、疲れ切ったぼくたち四十代二人は、頭を軽く揺すりながら彼はウォッカ、ぼくはワインを手酌で定期的に注いだ。「明日話そう」と最終的にエムリックは結論付け、ぼくの気まずい思いにけりをつけた。

彼はピックアップトラックの日産ナバラを運転し先鞭を付け、ぼくは、手入れのされてない、車がかろうじて交差できるくらいの狭い道路を五キロほど付いていった。棘のある灌木《かんぼく》がぼくたちの車のタイヤをひっかいた。それから彼はエンジンを切って降りた、ぼくはそれに続いた。ぼくたちは斜面に向かって半円形に広がっている敷地の上にいて、斜面には雑草が生え、緩やかに海へと向かっていた。遠くに大洋の水面が見え、満月が波を輝かせていたが、バンガローはほとんど見えなかった。規則的に斜面に建てられ、各バンガローの間は百メートルほどあるはずだった。エムリックは言った。「バンガローは全部で二十四棟あるんだ。城をオテル・ド・シャルムに改造するための補助金は下りなかった、ブリックベックの城があるからマンシュ県北部にはそれで十分だっていうんだ、それでぼくたちはバンガローのプロジェクトにしたんだよ。まあそこそこうまくいっている、ぼくの仕事で金になるのはバンガローぐらいで、五月の連休に人が入り始め、七月には満室だったこともある。もちろん冬にはまったく誰もいないけど……あ、そんなこともないか、今バンガローが一棟借りられている、時々、奇妙だけど、一人で来てるドイツ人客で、鳥の観察に興味があるんじゃないかな、望遠レンズと双眼鏡を持って草原にいるのを見るから。君の邪魔をしたりはしないだろう、到着してから一度もぼくに話しかけてこないんだ、すれ違うとただ頭を下げて挨拶をして、それで終わり」

近くから見ると、バンガローはほとんど直方体のブロックで、ワックスのかかった松の木の板で覆われていた。内部もまた黄味がかった木造りで、部屋は比較的広かった。ダブルベッド、カナッペ、テーブルと椅子が四脚、いずれも木で、ミニキッチンと冷蔵庫があった。エムリックは電気のブレーカーを上げた。ベッドの上には、小さいテレビがアームで壁掛け設置されていた。「これに子供の二段ベッドの寝室が付いているタイプも一部屋ある。それから、二段ベッドの寝室が二部屋付いているタイプも。ヨーロッパの人口統計を見る限り、それでおおよそ足りるだろうと思ったんだ。残念ながら、Ｗｉ－Ｆｉはないけど……」と彼は残念げに言った。ぼくは、別にかまわないよ、という口ぶりで返事をしたが、彼はそれでもこう続けた。「これで客がかなり減ってしまうんだ、最初に聞いてくるのがそれだっていう客がいくらでもいる、ど田舎に高速の接続を期待されても、マンシュ県ではそうスムーズにはいかないよ。少なくとも暖房は効いてる、この点について不満が出たことは一度もない、建物を建てる時に断熱には気を使ったんだ、一番大事な点だからね」

彼は電気ヒーターを指差してそう言うと、不意に口を閉ざした。セシルのことを話そうとしているのだと感じ、ぼくもまた黙ったまま待っていた。「また明日話そう、おやすみ」と彼は押し殺した声で言った。

ぼくはベッドに横たわってテレビをつけた。ベッドはふんわりして快適で、部屋はすぐに暖かくなった、彼の言う通り暖房はしっかり機能している、ただ一人ぼっちでいるのがちょっと残念なだけだ、人生は単純にはいかないものだ。窓はとても大きく、ほぼ全面ガラス張りだと言えた、おそらく大洋に向けた眺めを楽しむためだろう、満月が照らし続けている水面は、ぼくがここに着いた時より少し近づいているように見え、これはおそらく潮の満ち引きのせいだろうがぼくはそういったことには無知なのだ、ぼくは思春期をサンリスで暮らしヴァカンスは山で過ごしたし、それから、両親がジュアン＝レ＝パンに別荘を持っている女の子と付き合った、信じられないくらいヴァギナを締められるヴェトナム人の子だった、ああ確かに、そんなに不幸なことばかりでもなかったじゃないかぼくの人生は、でも潮の満ち引きについての自分の経験はとても限られている、静かに陸地を覆っていく大量の水の塊を感じるなんて不思議なことだ、テレビでは「寝るには早すぎる」[*1]をやっていた、トークショーは白熱していて、潮がゆっくり満ちてくるのと異常なほどのコントラスト

＊1　フランスで人気の長寿番組で、毎回三時間を超える討論が行われる。

を見せていた。討論参加者が多すぎ、全員が大声で話し、この番組の音量は全体として極度に大きかったのでぼくはテレビを切ったがすぐに後悔した、今や世界の現実に何かが欠けているように思ったのだ、歴史から自分が身を引いているようだった、そしてぼくに欠けているのはおそらく本質的な何かだった。番組の登壇者のキャスティングには文句のつけようがなく、「重要人物」が登壇していることには間違いない、窓から外を眺めて、ぼくは水位がますます上がっているのを確認した、ちょっと心配になるくらいだ、一時間後には海に飲み込まれてしまうのではないか。そうだとしたら、今のうちに楽しんでおいたほうがいい。でも最終的にぼくはカーテンを閉めた、そしてミュートにしてテレビをつけ、すぐにこれが正しい選択だと気がついた、これなら大丈夫、テレビが消えると虚しい気持ちに襲われるが、番組で話されていることが聞こえないと結果として明るい印象になった、ちょっと馬鹿げてるが感じはいいメディア界の人形のように見えたからだ、この人形たちがぼくに眠気をもたらしてくれるだろう。

眠りはやってきたが質は良くなく、ぼくは一晩中陰々滅々とした夢に悩まされた、時折エロティックなのもあったが大方は暗澹《あんたん》たるもので、今となっては夜が怖かった、コントロールのきかない精神が動き出すのだ、というのもぼくの精神は今や自分が死の方に向かいつつあることを知っていて、機会を捉えては思い出させようとしていたからだ。夢の中でぼくは横たわり、半ば粘土質の白っぽい斜面の地中に身体が埋まっていた。この風景からは何も分からないものの、頭では、自分が山がちの地帯にいることを知っていた。ぼくの周りには見渡す限り、やはり白っぽくふわふわした空気が広がっていた。ぼくは何度も、弱々しい声で、同じ調子で呼びかけたが、どこからも返事は返ってこなかった。

朝九時ごろぼくは城の扉を叩いたが、返事はなかった。ちょっと迷ってから牛舎に向かったが、そこにもエムリックはいなかった。通路を抜ける間、乳牛はぼくを珍しそうに目で追っていた。ぼくは牛の鼻づらに触ろうと柵の向こう側に手を伸ばした。それは温かくて、湿っていた。彼らの視線はキラキラしていて、牛たちは丈夫で健康に見えた。困難に見舞われているにせよ、エムリックがまだこの動物たちの世話をできていると知って安心した。
オフィスは開いていて、コンピュータがついていた。メニューにはFirefoxのアイコンがあった。インターネットに接続しなければならない理由がそれほどあったわけではない。理由は、ただ一つだけだった。

環境科学生命工学学院の卒業生の場合と同じく、メゾン゠アルフォール獣医学校の卒業生の住所録は今ではネット上でアクセス可能で、カミーユのページにたどり着くには五十秒もあれば足りた。彼女は自営業で、診療所はファレーズにあった。バニョル゠ド゠ロルヌから三十キロのところだ。ということは、ぼくたちが別れてから、彼女は両親の元で暮らすようになったのだ。思っていた通りだった。
情報としては診療所の住所と電話番号があっただけで、個人情報は何も書かれていなかった。ぼくはそれをプリントアウトして四つ折りにするとピージャケットのポケットにしまった。これをどうするつもりなのか、また正確には何かする勇気があるのかは分からなかったが、自分の人生の残りがここにかかっていることは十分に意識していた。

バンガローの方に戻ると、ドイツ人の鳥類学者に出くわした、というか出くわしかけた。彼は三十メートルくらい手前からぼくを見つけるとたちまち固まり、数秒間動かずにいたが、突然坂道を左の方に上がっていった。リュックを背負っていて、大きな望遠レンズがついたカメラを斜めがけにしていた。彼は早足で、どちらの方に行くのかを見ようとぼくは立ち止まった。彼は傾斜のきつい斜面のほとんど上まで登ると、それから斜面沿いに一キロほど歩き、自分のバンガローの方に再び斜めに降りていった。彼のバンガローはぼくのと百メートルほど離れていた。つまり、ぼくと話すのを避けるために十五分ほど遠回りをしたわけだ。

鳥の観察は魅力的だろう、ぼくにはそれまでなかった考えだった。十二月二十六日だから、店は開いているに違いない。クータンスのハンティングウェア専門店で、ぼくは高倍率の双眼鏡を買った。シュミット・アンド・ベンダーのもので、ゲイで可愛らしい店員、ちょっと中国人みたいなアクセントがあるのが愛嬌の青年が熱心に言うには、「今市場デ出回ってるものの中デハ最良です、比べものになりません」。レンズはシュナイダー・クロイツナッハ製で、例外的な解像度を誇り、効率的に光度を倍増してくれる機能を持っていた。夜明けでも、夕暮れでも、厚い霧の中でも、ぼくは難なく五十倍の倍率を維持することができるのだ。

ぼくはその日の残りを、機械的にカツカツ歩いている海岸の鳥を観察するのに費やした（潮は今や何キロも引き、遠くにわずかに見えるくらいで、その代わりに巨大なグレーゾーンが広がり、時折黒っぽく見える水の塊があって、本当のことを言うとなかなか陰惨な風景だった）。この、自然と戯れる午後はなかなか興味深く、少し学生時代を思い起こさせた、その頃は特に植物に興味を持っていたのだが、鳥類だっていいではないか。鳥には三種類あるように思えた。真っ白なの、白と黒、それから、白くて尾が長く、嘴《くちばし》の形がいいもの。ぼくは、これらの鳥の名前を、属名も学名も知らなかった。反対に、彼らの行動はこれ以上ないほど明快だった。湿った砂を嘴で盛んにつつき、人間であれば「潮干狩り」と呼ばれる行動に熱心にとりかかっていた。少し前に読んだ観光客用の情報パネルによると、潮が引いたすぐ後では、砂や水たまりの中から、ビュロ貝、タマキビ貝、マテ貝、海アーモンド貝、そして時には牡蠣《かき》やカニを簡単に見つけることもできるらしかった。二人の人間（双眼鏡でズームしてみて分かったのでもっと正確に言うと、二人のずんぐりした五十代の女性）がやはり熊手とバケツを手に海岸を歩き回っていて、鳥たちと餌を漁り合っていた。

　ぼくは城のドアを十九時ごろに再びノックした。今度はエムリックはいて、酔っていただけではなくトリップも入っているようだった。「大麻をまた吸ってるの」とぼくは聞いた。「そう、サン＝ローにディーラーがいるんだ」と彼は答えてウォッカを冷凍庫から出した。ぼくの方はシャブリにとどめておくことにした。今晩彼は肘掛け椅子にもたれかかり、アサルトライフルを解体してはいなかったが、先祖の肖像画を出してきていた。どっしりして、角ばった輪郭、髭を綺麗《きれい》に剃り、目つきは悪く鋭く、金属の甲冑《かっちゅう》を窮屈そうに纏《まと》っていた。片手には胸の高さまで来る巨大な剣、もう片手には斧《おの》を持ち、全体として、屈強で、桁外れに野蛮な人間という印象を醸し出していた。「ロベール・ダルクール、アルクール家六代目の家長で、『剛の者』というあだ名が付いていた……。征服王ギヨーム[*1]のずっと後、獅子心王リシャール[*2]に付いて第三回十字軍に参加したんだ」と彼はコメントした。ぼくは思った、なんてったって、ルーツがあるっていうのはいいもんだな。

「セシルは二年前に出て行ったんだ」と彼は口調を変えずに言った。そらきた、やっとこの話題に触れることになる。「ある意味ではぼくのせいなんだ、あまりにも働かせすぎた、農園の経営だけでも負担なのに、バンガローと来た日には、もう気違い沙汰で、ぼくは妻をいたわり、気を配ってやるべきだったんだ。ぼくたちがここに移り住んでから、ヴァカンスなんて一日も取れたことはなかった。女っていうのは、ヴァカンスが必要なのに……」彼は、自分に似ているがよくは知らない種類の生き物について話すようなとらえ所のない語り方をした。「それにここの文化的娯楽のレベルを見たろう。女っていうのは、文化的娯楽が必要なのに……」彼はそれが意味することについて正確に話すのを避けたいような曖昧な仕草をとった。それから、ショッピング面ではここは富と悪徳の街バビロンのように繁栄してはいないし、ファッションウィークをカンヴィル＝ラ＝ロックに移転するには程遠いと付け加えた。同時にぼくは、それだったら、他の男と結婚すればよかったじゃないかゲス女、と心の中で言った。

「それかまたは何か、そう、素敵なものを買うとか……」彼は再び大麻を吸った、ぼくの見たところ、少し話の焦点を見失っているようだった。彼は、セックスをしなくなっていたと付け足してもよかっただろうし、そうすれば話にももっと信憑性が出た、それが問題の中心なのだ、女性たちは見かけより即物的ではないのだ。例えばアクセサリーなら、時々アフリカの安物ペンダントでも買えば済むだろうが、もしもセックスしなかったら、もし欲望さえも抱かなくなったら、深刻な事態になる、エムリックはそれをよく知っていた、セックスがあれば何事も解決できるが、セックスがなければ何一つうまくいかないのだ、でも彼は何がきっかけであれその話はしないだろう、ぼくにさえも、というより特にぼくには話さないだろう、もしかして女性にだったら話したかもしれないが、本当のことを言うと話しても何の役にも立たないし、生産的でさえない、傷口に塩を塗るのは良い解決策ではない、ぼくはもちろん奥さんが出て行ったことを前の日すでに理解していたし、昼間、それに対して建設的な返事、ポジティヴなアイディアを練り上げる時間があった、でもまだそれを話すときではなかったので、ぼくはタバコにまた火をつけた。

「男と出ていったんだ」とエムリックは長い沈黙の後で付け加えた。「男」と言った後で、思わず

＊1　ウィリアム一世、十一世紀のイングランド王兼ノルマンディー公。
＊2　リチャード一世、十二世紀のイングランド王。

苦しげな短いうめき声が漏れた。それに対しては何も答えることはなかった、一番辛い場面、男の屈辱が生々しく表れ、ぼくの方でも苦悩に満ちた呻きで返すしかなかった。彼は続けた。「ピアニストだったんだ、それも有名な。世界中でコンサートをしてて、ＣＤも出してる。ここには休息に、休みに来てて、それから妻と一緒に出ていったんだ……」

新たな沈黙があったが、この沈黙を埋める方法はいくらでもあった。シャブリをもう一杯飲むとか、指を鳴らすとか。エムリックはややあってやっと口を開いた。あまりにも低い声だったので心配になるほどだった。「ぼくは本当に馬鹿だった、気がつかなかったんだ……。城にはとてもいいピアノがあってね、ベーゼンドルファーのグランドピアノで、先祖の女性の一人が所有していた、彼女は第二帝政の時代にサロンの一種を企画していた、うちの家族は、ノアイユ家みたいにメセナだったことはあまりないんだけど、彼女はサロンを開いていて、ベルリオーズもこのピアノを弾いたことがあるらしい、それでもしよかったら弾いてみませんかって勧めたんだ、もちろん調律の必要もあって、それでだんだん多くの時間を城で過ごすようになり、今では二人ともロンドンに住んでるってわけさ、彼が世界中でコンサートを開いているから、韓国や日本や、色々なところを旅行して……」「それで娘さんは？」ぼくはベーゼンドルファーの話を忘れた方がいいと思った、娘の話に移ったところで状況はさしてましにはならないだろうけど、ベーゼンドルファーの話は致命的な細部、文字通り相手を自殺に直行させる話題で、頭からすぐに叩き出す必要があった、娘たちについてならまだ話の持って行きようがあるだろう。

「もちろんぼくには親権があるけど、娘たちはロンドンにいて、もう二年も顔を合わせてないよ。だってここで、五歳と七歳の二人の娘とどうしろっていうんだ」

ぼくは食堂を一瞥《いちべつ》した、カスーレとカネローニの空いた缶詰が床に転がっていて、倒れた食器棚からは陶器の皿が飛び出て粉々になっていた（おそらくエムリック自身が、アルコールのせいで理由のないむかっ腹を立てて食器棚をひっくり返したのだろう）。彼に非はない、男たちがどれほど簡単に落ちぶれていくかは驚きだ。ぼくは前の晩、エムリックの服がはっきり言って汚く、少し匂ってもいるのに気がついた。環境科学生命工学学院時代、すでに彼は毎週洗濯物を母親のところに持って行って洗ってもらっていた、まあぼくも同じようなものだったが、それでも、学生寮の地下にある学生用の洗濯機を使うことを覚え、数回は使ってみた、彼は一度も使ったことがない、多分洗濯機があることさえ知らなかったのじゃないかと思う。もしかしたら娘たちについては諦めて本質的な部分に集中した方がいいのかもしれない、子供はまた作ることができるのだから。

彼はまたウォッカをなみなみと注ぎ、一気飲みしてから簡潔にこう言った。「ぼくの人生はもうおしまいだ」ここでぼくは引き金のような何かが引かれたのを感じ、内心の微笑みを隠した、最初から、話はここに収束するだろうと分かっていたし、時折話が途切れて沈黙が支配する間、どう返事をしようか考える時間があった、海鳥を眺めながら午後いっぱいこっそり練り上げていた反撃、建設的なプロジェクトだ。ぼくは快活な口調でこう切り出した。

「君の根本的に間違っていたところは、自分と同じ社会階級の人間と結婚したことだよ。ロアン＝シャボ家やクレルモン＝トネール家（どちらもフランスの貴族の名前）なんかの娘どもを見ろよ、今どうなってると思う？　文化欄に力を入れてる週刊誌やオルタナティヴなデザイナーのところで研修生になるためならなんでもするっていうはすっぱたちじゃないか（ぼくは知らなかったのだが、偶然にも適切な例を挙げていた、というのもセシルはフォーシニー＝ルサンジュ家の娘で、貴族として同じレベルの家柄だったのだ）。どちらにしても、農家の女じゃない。一方、君が絶対的な理想の男性を代表しているって思うに違いない女性は、数百人、数千人、数百万人（ぼくは勢いに乗って我を忘れていた）。モルダヴィア人を見つけろよ、または、カメルーン人、マダガスカル人とか、ラオス人でもいいけど、あんまり金持ちじゃなくて、まあ貧乏と言ってもいい、ど田舎育ちの女を、彼女たちは他の世界をまったく知らない、そんな世界があるってことさえ知らないんだ。そこに君が現れる、壮年で、見た目だって悪くない、四十代のがっしりして見栄えのする男だ、それにこの地域の半分を牧草地として所有してる（ここでぼくは少しばかり誇張したが、まあ大体は間違ってない）。もちろんそれらの土地がもたらす金は雀の涙ほどだが、そんなことは分かりっこないんだし、それに決して理解できやしない、彼女たちにとって土地と家畜が富の表象なんだから、ビジネスを投げ出したりはしないよ、仕事となれば懸命に、決して諦めず、朝五時には搾乳のために起きてるだろう。それにそういった女の子たちは若くて、貴族のアマよりもずっとセクシーで、四十倍はセックスもうまいと思う。君はウォッカの量だけ少し制御すればいいんだ、でないと彼女たちの出自を思い出させてしまうから、特に東欧諸国の女ならね。どちらにしてもウォッカの量を減らして悪いことは何にもないよ。彼女たちは五時には起きて乳搾りをするだろう、それから君にフェラチオをして起こし、その上朝ごはんはできてるってわけさ！」ぼくは自分の論に自分でもますます確信をもって熱を入れて話した。モルダヴィア人の女のイメージまで浮かんでいた。

ぼくはそれからエムリックを一瞥した。それまで彼は注意深くぼくの話を聞いていると確信していたが、彼はうたた寝をしていた、ぼくが来る前、午後早くからすでに飲み始めていたに違いない。「君のお父さんもぼくと同意見だと思うよ……」とぼくは話を終え、ここで論拠の種は尽きていた。最後の点についてはあまり自信がなかった、エムリックの父親には一度しか会ったことがない、実直そうだが少し堅苦しい人間に見えた、一七九四年からフランスに起こった社会的変容は彼には目に入ってないようだった。歴史的にはぼくは間違っていないと分かっていた、貴族階級は、衰退の明らかな徴《しるし》が見えた場合、群れの遺伝子を再生させるために洗濯女や衣類整理女を娶《めと》ることを厭わなかった、現在では少し遠くまで探しにいかなければならないだけのことだ、でもエムリックは貴族にとってのその常識を示せる状態にあるのだろうか。それから、もう少し一般的な、生物学的な疑いが生じてきた。年老いた負け犬を救って何になるというのだ。ぼくたち二人は、それぞれに運命は異なっていたが、だいたい同じ状況にあり、終わりも似ていたのだ。

彼は本気で眠りについてしまった。もしかしたらぼくの話は無駄ではなかったのかもしれない、モルダヴィア人の女が夢の中に入り込んでいるかもしれない。彼はソファーに座り、目を大きく開けたまま眠っていた。

翌日もその後何日間かもおそらくエムリックに会わないだろうと分かっていた。彼は自分の告白を後悔しているだろう、三十一日には会うことになるだろうが、それは三十一日の晩に「何もない」なんてありえないからで、まあぼくには何もしない大晦日も過去には何度もあったが、ぼくは彼とは違い、規則を曲げることにこだわらないからだろう。ということは、四日間一人で過ごすことになるわけで、ぼくはすぐに、鳥だけでは時間を潰せないだろうと感じた、テレビと鳥は、二つ合わせても別々でも、十分ではないのは確かで、その時ぼくはドイツ人の男のことを思い出したのだ。二十七日の朝からぼくはシュミット・アンド・ベンダー製の双眼鏡の焦点をドイツ人男に合わせた、本当のところぼくは警官になりたかったのだと思う、他人の人生に入り込み、秘密に触れること。ドイツ人男については、何もワクワクするようなことを期待してはいなかった。ぼくは間違っていたのだ。午後五時ごろ、一人の少女が彼のバンガローのドアを叩いた。少女と言っても、十数歳だろうか、まだ幼さの残る顔立ちの、褐色の髪の少女で、その歳にしては背が高かった。彼女は自転車で来ていた、すぐ近くに住んでいるのだろう。ぼくはすぐに小児性愛者の疑惑を抱いた。

十代の少女が人間嫌いで陰気な四十代の、しかもドイツ人の家のドアを叩く理由が他にあるだろうか。シラーの詩の朗読をするためか？　彼が自分のペニスを見せるためだという理由の方がより現実味があった。大体にして、この男はいかにも小児性愛に耽《ふけ》っていそうなタイプだった、四十代の、教養はあるが孤独で、人と関係を築くことができず、女性とはもっと無理。そう考えてから、ぼくについてもまったく同じことが言えると気がついた、ぼくも同じカテゴリーに入る者として描写されうると思うとイラつき、気を落ち着けるためにバンガローの窓に双眼鏡を向けたが、カーテンが引かれていて、その晩はそれ以上のことは分からなかった。分かったのは、少女がほぼ二時間後にバンガローを出て、自転車に乗る前に携帯を確認したことだけだった。

次の日も彼女はほぼ同時刻に戻ってきたが、今回彼はカーテンを引くのを忘れていたので、三脚にビデオカメラが設置されているのを認めることができた。ぼくの仮説は証明された。惜しいことに、少女が着いてからすぐに、彼はカーテンが開いているのに気がつき、窓に近寄ってぼくの視界から部屋の様子を隠してしまった。この双眼鏡は素晴らしく、彼の表情を完璧に把握することができた。彼は極度に興奮していて、少しよだれを垂らしているようにさえ見えた。彼の方では、ぼくが観察しているなど思いもよらなかったことは確かだ。少女は、前の日と同じように、二時間足らずで小屋を出た。

同じシナリオがその次の日も繰り返された。少し違うのは、その日はTシャツ一枚で尻を丸出しにしている少女を部屋の奥の方にちらりと見た気がしたことだった。でもあまりにも短い時間でぼやけていたので、ぼくは男の表情に焦点を合わせた、はっきりと分からないのは忌々しかった。

三十日の朝やっと状況に風穴が空いた。ぼくは十時ごろ彼が外出するのを見た。この小児性愛者は（ぼくは指摘しなかったが、彼はいかにもドイツ人の大学教員といった風貌で、病気で長期休暇を取っているとか、もっとありうるのは研究休暇を取っているとか、その手のタイプだ、彼は、ホッキョクアジサシをコタンタン半島の北西とかアーグ岬に観察しにきているのだろう）、４ＷＤの（ディフェンダーのヴィンテージもの、多分一九五三年か何かで、このアホは単に人間嫌いでおそらく小児性愛者であるだけでなく、最悪のスノッブでもあるというわけだった、どうして他の皆やぼくのようにただのメルセデスの４ＷＤで良しとしないんだろう、このつけはとても高くつくぞ）、トランクを開けてアイスボックスを置いた、中にはドイツ人だけが美味しさの秘密を知っているバイエルンのビールが入っているに違いない、それから、サンドイッチがいくつか入っているのだろうプラスチックの袋も置いた、この様子では午前中は外出していそうだ、おそらく午後五時のいつもの約束の時間の少し前に戻ってくるのだろう、今こそ行動に移り、秘密を解き明かす時だった。

ぼくはそれでも確実を期して一時間待ってから、ゆっくりと、散歩でもするようにバンガローの方に向かった。緊急時の道具一式を持ってきていた、メルセデスのトランクにいつも入れているやつだ、でもドアは閉まってさえいなかった、人々が抱いている信頼とは不思議なものだ、マンシュ県に足を踏み入れると、霧に囲まれ平和に満ち、人が通常気にかける事柄から離れ、悪から身を引き離せたように思ってしまう、それが人がここに抱くイメージなのだ。それでもコンピュータの電源は入れなければならなかった、この男はスリープ状態のコンピュータが消費する電力にも敏感なのだろう、おそらくエコロジー感覚に優れているらしいが、パスワードが必要なかったのは驚きで、今日誰でもパスワードは持っているものだ、六歳の子供だってタブレット型コンピュータのパスワードを持ってるのに、こいつは一体なんなんだ？

ファイルは年代と月別に分けられていて、十二月のフォルダには「ナタリー」というタイトルのビデオが一本入っているだけだった。ぼくは小児性愛ビデオを見たことは一度もない、存在は知っているがそれ以上ではなく、アマチュアの下手くそなカメラワークを我慢させられることになるのだろうと、すぐに感じた。のっけから男はカメラを突如風呂のタイルに向けた、続いて化粧している少女の顔に向けたりしていた。少女は唇に真っ赤な口紅を厚く塗っていたが、塗りたくりすぎではみ出たりしていた、それから彼女はアイシャドウを塗ったが、それも不器用で、たっぷりと瞼にくっついていた、鳥類学者はそれがすこぶるお気に入りのようで、「ぐ……ぐ……」と呻いているのが聞こえ、それがこの時点までで唯一不愉快な要素だった。それから、彼は後方に向かってトラヴェリングを試みた、というか単に後ろに下がっただけなのだが、それで少女が風呂の鏡の前にいるのが分かった、デニムのショートパンツを穿いているほかは裸で、それは彼女がバンガローに来た時に穿いていたのと同じものだった。少女にはほとんど胸はなく、かすかな膨らみ、期待のようなものが垣間見えるだけだった。彼が分からない言葉を何かつぶやくとすぐに彼女はショートパンツを脱いで風呂のスツールに座り、股を広げて中指をヴァギナに当てた、形の良い小さなヴァギナでまったく毛はなく、ここで男は真剣に興奮し出したのだと思う、息遣いがだんだん荒くなり、カメラが少し揺れた。

そこで突然構図が変わり、少女は居間にいた。タータンチェックの超ミニスカートに網タイツを穿き、ガーターベルトで止めていたが、彼女にはどれもが少しずつ大きすぎた、大人用の服なのだろう、XSのサイズか、なんとか穿くことができているという風だった。それからやはりタータンチェックの布を胸の高さのところに巻いて、背中で結んでいたが、ぼくは、彼女は正しいと思った、胸がまだないにしても、それで目印にはなるというものだ。

それからしばらくの間、準備のようなシーンが続き、その間男はカセットを探してカセットレコーダーに入れた、まだそんなものがあるとは知らなかったが、ディフェンダーと同じくヴィンテージものなのだ。少女はその間腕をぶらぶらさせながらおとなしく待っていた。ぼくは、少女がカセットの歌に反応した時に嫌な気持ちになった、七〇年代終わりか八〇年代初頭のディスコ音楽で、多分コロナ[*1]だろう、少女は音楽にうまく乗ってくるくると回り、踊り出して、そこでぼくは気持ちが悪くなった。ビデオの内容ではなく、カメラワークのせいでだ、男はローアングルから少女を撮るためにしゃがみ、老いぼれヒキガエルみたいに周りを飛び跳ねていたのに違いない。少女は真剣にダンスに熱中しているようで、リズムに乗って時折ミニスカートが翻り、鳥類学者に小さい尻をちらりと見せる、また時折彼女はカメラの正面で立ち止まり、股を広げて指を一本か二本入れたり、その指を口に入れて長いこと吸ったりする、男はどんどん興奮し、カメラの動きは正直カオス的になり、いい加減うんざりし始めていた頃、男は落ち着き、カメラを三脚の上に置いてソファーに腰をかけた。少女はしばらくの間音楽に合わせて踊っていて、その間男は少女を熱愛する目で眺めていた。男は、頭の中ではすでにイッているようだったが、肉体的な次元が残っていて、すでにモノをしごき始めていたのだと思う。

　カセットの音楽はカチッという音とともに突然止まり、少女は小さくお辞儀をして、皮肉な笑いを顔に浮かべた、それから、ドイツ人男に近づくと、股の間に跪いた——彼はズボンを下ろしていたが、脱いではいなかった。男はカメラを三脚から外さなかったので、ほとんど何も見えない状態になり、それは、アマチュアビデオも含めて、ポルノビデオのコードからは外れていた。少女は、その年齢にもかかわらず自分の仕事を効率よく行っているようだった、鳥類学者は時折満足げなうめき声を上げ、時々「マイン・リープヒェン《いい子だね》」のような優しい言葉をかけ、この少女に随分入れ込んでいるようだったが、それはこれほど冷酷そうな男からは到底想像できないことだった。

　ビデオがほぼ終わりにさしかかり、もうすぐ射精しそうだというところで、砂利の上を歩く足音が聞こえた。ぼくは飛び上がり、同時に他に出口はないことに気がついた、男と対面するのは避けられず、そうなると致命的だ、彼はぼくを殺して逃げようと思うことだってできた、勝算の薄い考えだったがそう思うことはできたのだ。男はバンガローに入ると体をこわばらせ、ついで身体中を震わせ跳ね上がった、ぼくは一瞬、彼が気を失ってくれるといいなと思ったがそんなことは起きず、彼はしっかりと立ち、顔はひどく真っ赤になっていた。「警察に突き出したりしませんから！」とぼくは叫んだ、叫ばなければならないと感じていた、叫ぶことで唯一この状況から逃れられるかのように、それからすぐに、男が「突き出す」という言葉を知らないのではないかと思い、声をかぎりに叫んだ。「話しませんから！　誰にも何も言いません！」そしてぼくは何度も叫びながら、ゆっくりとドアの方に近づいた。「話しませんから！　誰にも何も言いません！」叫びながらぼくは腕を上げて大きく広げた、自分の無実を示すかのように。彼には身体的な乱暴を加える習慣はないに違いないというのが唯一期待していいことだった。

　ぼくはゆっくりと歩きながら低い声で繰り返した、これが耳について離れないリズムであることを祈りながら。「話しませんから。誰にも何も言いません」そして彼との距離が一メートル以下に縮まった時、おそらくぼくは彼の個人的な身体領域に入ったのだろう、定かではないがとにかく彼は飛び上がって退き、ぼくにドアへの道を開いた、ぼくは出口に駆け寄り、道をひたすら走り、ものの一分もしないうちに自分のバンガローに着いていた。

＊1　九〇年代のユーロダンスグループ。

ぼくは洋ナシのリキュールをなみなみと注ぐとすぐに理性を取り戻した。危険だったのは「彼」であってぼくではない。仮釈放なしの三十年の実刑を言い渡されたかもしれないのは「彼」であってぼくではない。彼はここに長いこと留まってはいないだろう。そして実際に、五分と経たないうちに、男がディフェンダーのトランクに荷物を積み込むのを確認することができた——この双眼鏡の性能は特筆すべきだ——彼は運転席に乗って知られざる運命へと消えていったのだった。

三十一日、朝の目覚めは心穏やか、ぼくは落ち着いた眼差しでバンガローからの景色を一望した。バンガローに宿泊しているのは今やぼくだけだった。鳥類学者が順調に運転を続けていれば、今頃はマイエンヌかコブランス辺りまで行き着いているに違いない、そして、幸せをかみしめていることだろう、大きな不幸を逃れた時に抱くつかの間の幸せだ、その後またもや日常の不幸に対面することになるのだが。ここのところドイツ人男にかかりきりになってはいたが、ぼくは、潮干狩りをする人たちが今週ぞくぞくと現れたのもちゃんと目にしていた、考えてみれば世間はヴァカンス期間中なのだった。ウェスト＝フランス出版刊行のよくできたガイドブックがあり、ぼくはそれをサン＝ニコラ＝ル＝ブレアルのスーパーUで買い求めたのだが、そこには潮干狩りがどれだけ大規模に行われているかが書かれ、取れる貝の種類が列挙されていた。様々な甲殻類やバカ貝科の貝、ナミマガシワ貝やアサジ貝、それからニンニク入り刻みパセリでソテーして食べるニッコウ貝も忘れちゃいけない。潮干狩りには和やかな雰囲気が漂っているに違いない、ぼくはその手のライフスタイルをTF1局で紹介しているのを見た、フランス2局ではその手の番組は少ないかもしれないが。

家族や友人同士で集まり、焚き火でマテ貝やハマグリを焼き、それに合わせてミュスカデを飲むがたしなむ程度、ここでは、野蛮な食への欲求は潮干狩りの時点で満たされるので、一段と高い民度が保証されているのだ。ガイドブックでは、生き物との出会いにはリスクが伴うこともあると単刀直入に書いてあった。ハチミシマは小さいが耐え難い痛みを与えうる、一番手ひどい目にあわされる魚なのだ。ナミマガシワ貝を採るのは簡単だが、アサジ貝の場合には忍耐と素早さが必要だ。トコブシは長いフックを利用しなければ採取できない。それから知っておかなければならないのは、ハマグリを見つける目印になるものはないということ。このような高い文化レベルにはぼくは今まで到達したことはなく、ドイツ人の小児性愛者にいたってはその可能性はさらに低いだろう、彼は今頃ドレスデンの近くまで行っただろうか、もしかしたらポーランドまで行ったのかも、あの国では犯罪人の引き渡しの条件は複雑だからだ。十七時ごろ、いつものように、少女は自転車を鳥類学者のバンガローの前に止めた。そして長いことドアを叩いてから、カーテン越しに中を覗こうと近づいた。その後ドアの方に戻り、さらに長く叩いていたが、最後には諦めたようだった。彼女がどんな表情をしていたか見定めるのは難しかった、それほど寂しそうではなく（まだ、というべきか?）、どちらかというと驚き、イラついているようだった。その時、ぼくは、男がお金を払っていただろうかと自問した、真実を知るのは難しかったが、ぼくが出したのは、おそらく払っていたという答えだった。

　十九時ごろぼくは城の方に向かった、今年におさらばする時が来ていた。エムリックはいなかったが、前もって準備をしていたようで、広間のテーブルにはハム類が並べられていた、ヴィール[*1]のアンドゥイユとハム屋の手作りブーダン、イタリアのハムやサラミ、それからチーズ、飲み物に関してはいつだって何かしらあるので、この点に関してはまったく心配はいらなかった。

夜になると、牛舎は心安らぐ場所になる、三百頭の牛たちが立てる優しい息遣いや軽い鳴き声、藁《わら》がカサカサ言う音とか――そう、牛舎は藁敷きになっていたのだ、すのこにすれば楽だっただろうが、エムリックは自分の畑に使う堆肥づくりにこだわっていた、昔ながらの方式で仕事をするのが彼の目的だったのだ。経営面から言うと彼の仕事はもう引導を渡されたも同然だと思い出し、一時打ちのめされた気分になったが、それから、牛たちの穏やかな鳴き声や、堆肥の決して嫌ではない匂いなどを嗅いでいてまた違った考えが湧いてきた、世界に位置を占めるといえば大げさだが、動物の群れ、一種の有機的な連続体に自分が連なっている感覚がわずかの間だがやってきたのだった。

エムリックがオフィスとして使っていた小部屋には明かりが付いていて、彼はヘッドセットをつけてコンピュータに向かっていた。彼はスクリーンに映っているものにすっかり気を取られていて、ぼくが入ってきてもぎりぎりまで気がつかなかった。そして、突如立ち上がり、まるでぼくからコンピュータの画像を隠そうとするかのような身振りをしたけどそれは意味がなかった、どちらにしてもぼくの方からは見えっこなかったからだ。「気にしないで、続けてて、ぼくは城に戻るから……」と手で適当な仕草をして（無意識に刑事コロンボの真似をしていたのかもしれない、刑事コロンボはぼくらの世代が若かった時に並々ならぬインパクトを与えたのだ）道を引き返した。そしてその言葉に合わせて腕を上げた、昨日ドイツ人の小児性愛者相手にしたように、でも困ったことに今晩の問題は小児性愛よりなお悪い、彼は大晦日に是非ともロンドンとスカイプをしたいと思っていたのだろうとぼくは確信していたのだ。もちろんセシルとではなく、彼の娘たちとで、少なくとも週に一度はスカイプで娘たちと話しているに違いなかった。「パパ、元気？」ぼくは自分が立

＊1　ノルマンディー地方、カルヴァドス県の街。

ち会っているかのように会話を想像できた、それから彼の娘たちの立場も、クラシック音楽のピアニストが男らしい父親のイメージを与えられるかといえばその可能性はまったくなく（ラフマニノフくらい？）、せいぜいロンドンのおカマといったところだろう、一方彼女たちの実の父親は成牛相手の仕事なのだ、一頭が少なくとも五百キロはあるでっかい哺乳類だ。とはいえエムリックは娘に何か話すことなどあっただろうか、どうしようもないことばかりに決まっている、元気だよ、とでもあのおめでたい男は言ったんだろう、少なくとも元気でだけはない状態なのに、娘たちの不在、愛の不在にくたばりかけているところなのに。そう、十中八九彼はオダブツだ、とぼくは中庭を再び横切りながらひとりごちた、彼はこの悲劇から立ち直ることはなく、死ぬまでそのことで悩むだろう、ぼくが出したモルダヴィア女のくだらないアイディアなんてなんの役にも立たない。ぼくは機嫌が悪かったので、彼を待たずにウォッカをグラスになみなみと注ぎ、職人手作りのブーダンを何枚もむさぼりながら、他人の人生にもたらせるものなど何もないんだなと思った、友情も、同情も、心理学も、場を読む能力も大した助けにはならない、人は自ら不幸のメカニズムを組み立て、ゼンマイを限度いっぱいまで巻き上げ、そうするとメカニズムは必然的に回り続ける、失敗もあるかもしれないし、病気が加われば弱るかもしれないが、メカニズム自身は最後まで回り続ける、最後の一秒まで。

エムリックは十五分ほど後に現れた、先ほどの場面を忘れて欲しいと言わんばかり、わざと明るく振舞っていたが、それで尚更ぼくの確信は深まり、自分の非力を一層感じることになった。でもぼくはまだ落ち着きを取り戻したわけでも諦めたわけでもなかったので、のっけからデリケートな主題に切り込んだ。ぼくは至って静かに、無関心を装って聞いた。

「それで、離婚するのかい」

彼は文字通りソファーに崩れ落ち、ぼくはウォッカをグラスいっぱいに注いで渡したが、彼がそれを口に運ぶまでには少なくとも三分間はかかり、ぼくはある時点で彼が泣き出すのではとさえ思ったくらいだった、そうなれば事態は厄介になったことだろう。彼の話はさして彼特有のものではなく、人はそもそも傷つけ合うのだし、傷つけ合うのに特有の理由などまったくないのだ。もちろん、自分が愛し、夜や目覚め、時には病気や子供の健康についての心配などを分かち合った人間が何日かで女吸血鬼に変身し、金の亡者、ハゲタカになるのに立ち会うのは耐え難く地獄の責め苦のような経験で、そこから完璧に立ち直ることはできない。でもある意味では健全な部分もあり、離婚の手続きを踏むことがおそらく愛に決着をつける唯一の効率的な手段なのだ（もちろん、愛の終わりが健全でありうると捉えた場合にだが）、もしもぼくがカミーユと結婚し、その後離婚していれば、ひょっとしたらぼくは彼女を愛するのを止められたかもしれないのだ。そしてまさにエムリックの話を聞きながら、初めてうっかりと、建前もごまかしもない、ある痛ましく致命的な事実を自分の意識に上らせてしまったのだ。それは、自分がまだカミーユを愛しているということだった。まったく、この大晦日はひどい夜になりそうだった。

エムリックの場合、事態はなお悪かった、セシルへの愛が消えたところで何の助けにもならないだろう、まだ小さい娘が二人いるのだから、完璧な罠にはまっていたのだ。そして、離婚の場合には無論珍しくないパターンだとはいうものの、特に金銭的な面で気がかりな点がいくつかあった。結婚後に得た財産が夫婦二人のものになるのは通常の制度であるが、彼の場合、それがかなりの額に上っていた。まず農場、新しい牛舎、農業機械（農業は重工業と同じで、重要な生産資本を維持しなければならないのに、収入は少なく、無収入の場合もあるし、エムリックの場合は赤字になっていた）、その資産の半分はセシルのものになるのだろうか。彼の父親は、訴訟の際の奸策、弁護士連中や法全体に対する嫌悪感をできるだけ抑え、意を決してジョッキークラブの人脈で勧められた弁護士を雇った。その顧問が最初に出した結論は、少なくとも農場については比較的安心できるものだった。地所はエムリックの父親のもので、牛舎や農業機械など農場に施された改修なども全面的に彼に属していた。法的には、エムリックはこの地所の管理者の一種でしかないという主張を通すことができた。バンガローについてはことは異なり、宿泊事業、建築の全体がエムリックのものので、地所だけが父親に属していた。もしもセシルがバンガローの価値の半分をあくまでも要求したら、彼らは会社更生法の適用を受け清算に入らざるをえないだろうし、買い手がつくまでにはおそらく何年もかかるだろう。離婚訴訟の手続きが取られるにつれて誰もが陥る精神状態、絶望と嫌悪の混ざった調子でエムリックが言うには、弁護士と公証人の交渉や裏取引や提案、それに対する反対などが続き、この離婚にカタがつくにはまだまだ時間がかかるだろうとのことだった。

「それに、父にとっては、バンガローが建てられている海側の地所を売るなんて言語道断で、そんな覚悟は絶対できないだろう……。ぼくが何年か前から帳簿の帳尻を合わせるために地所を切り売りするのを、父は自分の責任だと感じ悩んでいて、そのせいで身体にも悪影響が出ているくらいなんだ。彼が属する伝統的な貴族階級にとっては、一族の領地を後世に残すこと、所有地を可能なら広げはしても減らさないのが肝心で、でもぼくはのっけからそうしてばかり、家族の領地を減らしている、他に乗り切る方法がないんだ、当然父親はそれに嫌気がさしていてぼくに事業を投げ出して欲しいと思ってる、最後に話した時には父ははっきりとこう言ったんだ、『アルクール家の使命は決して農家になることではなかったのだから……』彼はそんな風に言ったんだよ、もちろんそうかもしれないが、宿泊事業を行うのが使命だったわけでもないだろうし、奇妙なことに父はオテル・ド・シャルムを経営するというセシルのプロジェクトは割と気に入ってたんだ、多分それは単に城を改修する機会になったってだけだろうけど。バンガローの方はどっちでもいいと思ってる、明日バズーカ砲で壊されたところで痛くも痒《かゆ》くもないと思う。傑作なのは、父のように人生で有益なことをほとんど何もしなかった人間が——結婚式や葬式に参列し、猟犬を使ってハンティングを時々、ジョッキークラブでたまに一杯やり、多分愛人も何人かいたと思うがはめは外さなかったと思う——アルクールの資産に手をつけずに残したってことなんだ。ぼくは事業を起こし、へたばるほど仕事をして、夜は会計に時間を取られ——それで結果としては、一家の財産を食いつぶすことになってるんだから……」

彼は長い間話し、この晩は何から何まで話したと思う、それで、ぼくが音楽をかけようと提案した時には、夜零時にならんとするところだった。ずっと前から、音楽をかけるくらいがぼくたちに唯一できること、現状においてただ一つ可能なことだったので、彼はありがとうと言って頷き、ぼく自身もかなり酔っ払っていたのでエムリックが何の音楽をかけたのかはっきりは覚えてない、ぼくは酔っ払って絶望していた、カミーユのことをしばし考えただけで打ちのめされてしまったのだ、その直前までぼくは強く賢く、友を慰められる男であるかのように感じていたのに、突然あてどなくさまようダメ男でしかなくなってしまったのだ、彼はこの場で最良の音楽をかけたと思う、一番愛着を感じていた音楽を。ぼくが正確に覚えているただ一つの曲は「チャイルド・イン・タイム」の録音で、一九七〇年にデュースブルクで録音された海賊版、クリプシュホーンは類稀な音質で、美の観点からいえばこの晩がぼくの人生の中で一番美しい時間だったのかもしれない、美が何らかの役に立てばの話だが、とにかくこの曲を三十回か四十回かけ、ぼくたちはそのたびに心を奪われた、ジョン・ロードの穏やかで、でもテクニックに長けた演奏の上に、イアン・ギランが言葉を歌に乗せて時折鳥のように飛び立ち、その歌は叫びになり、それからまた言葉へと戻ってきて、イアン・ペイスの貫禄あるブレイクがそのすぐあとに続く、ジョン・ロードは効果的かつ格調高くそれを支えていたがそれにしてもイアン・ペイスの演奏は見事で、おそらくロック史における最も美しいブレイクではないか、そしてギランが戻ってきて第二部が始まった、イアン・ギランは再び言葉を歌に乗せて飛翔し、それから純粋なシャウトへ、そしてそのあとしばらくしてこの曲は残念なことに終わってしまうので、レコード針をまた元に戻す、こうやって永遠に生きていくことができただろう、永遠はおそらく幻想だろうが美しい幻想には違いない、ぼくはエムリックとディープ・パープルのコンサートに行ったのを覚えている、会場はパレ・デ・スポールだった、いいコンサートだったけどデュースブルクほどではない、歳を取るとそういった時間は稀になっていくだろうが、世を去る時にこれらすべては戻ってくるだろう、彼の思い出もぼくのも、ぼくの場合カミーユも戻ってくるだろう、多分ケイトも、ぼくはどうやって自分がバンガローに戻れたのか覚えてない、手作りブーダンを帰りがけに一切れつまんで、四駆を運転しながら長いこと噛《か》んでいたのを覚えている、もう味などはほとんど感じないまま。

元日の朝は世界のすべての朝と同じように、ぼくたちの問題多い実存を照らしながらやってきた。ぼくも起き上がって、今朝の様子を相対的に注意深く眺めた——霞がかかっていたが、濃霧ではなく、朝の霞だった。新年の特別ヴァラエティ番組をどこの局でもやっていたが、どの女性歌手も知らず、見ていると、ラテン系のセクシーガールは人生を憂う面持ちのケルト系女性歌手に地位を譲ったように思われたが、ぼくはこの分野については断片的で曖昧な見解しか持っていなかった、それはおおよそ楽観的で、視聴者は神様だ、というものだった。十六時ごろ、ぼくは城に向かった。エムリックはいつもの状態、つまり、陰気でかたくなな絶望した男に戻っていた。彼はシュマイサー製のアサルトライフルをどこか機械的に解体したり組み立て直したりしていた。その時ぼくは、射撃を習いたいと彼に言ったのだ。

「射撃って、どんな風に? 護身のために、それともスポーツとして?」エムリックは、ぼくが具体的で技術的な質問をしたので喜び、とりわけ、昨晩の話題をまた振られなかったのでほっとしているようだった。

「多分その両方かな……」鳥類学者と相対した時、リボルバーを持っていればあれほど気が動転しなくてすんだだろうと感じていたが、それだけではなく、ずっと前から、射撃競技にはどこか惹かれるところがあったのだ。

「自衛の手段なら、スミス&ウェッソンの短銃を渡しておくよ、長銃身より正確さはないが、持ち歩きに便利だからね。357マグナム弾で、十メートルの距離だったら問題なく相手を死に追いやれる、使い方も極めてシンプルで、五分で説明できるくらいだ。スポーツ射撃用には……」彼の声はさっきより通るようになり、もう何年も前から見られなかった情熱さえ感じられた、ぼくたちが二十代の時以来だ。「スポーツ射撃は本当に好きで、知っているように、何年もやってたんだよ。まったくもってよくできていて、的に照準を定めると、頭はからっぽになって悩みをすべて忘れられるんだ。農場を始めてから最初の何年かは本当にきつかった、自分が想像していたのよりずっときつかったので、射撃講座がなければ自分が保てなかったと思う。今は、もちろん……」彼は右手を水平に上げ、するとわずかではあるが確実に彼の腕は震え始めた。「ウォッカだよ……。この二つはまったく両立不可能なんだ。どちらかを選ばなければ」彼には選択肢はあったのだろうか。他の誰にとっても、選択肢はありうるのだろうか。その点はぼくには定かではなかった。

「スポーツ射撃用としては、ぼく自身がとても気に入ってた型がある、シュタイヤー・マンリヒャーのHS50だ、貸してあげてもいいけどまずはチェックしておかなきゃ、ここ三年は使ってなかったから徹底的にメンテナンスする必要がある、今晩やっておくよ」

彼は銃置き場に向かいながら軽くよろめいた、入り口には引き戸が三つあって、その裏には二十数丁の銃が並んでいた。小銃からカービン銃、拳銃まであり、カートリッジが十数箱積んであった。シュタイヤー・マンリヒャーには驚かされた、一見まったくカービン銃には思えなかったからだ、ダークグレーの鋼鉄のシリンダーが一つ付いているだけの、シンプル極まりない見かけだった。「もちろん、他の部品があって、組み立てなきゃならない……。でも銃身の機械加工の正確さが一番重要なんだ、本当に……」彼はぼくがこの銃をじっくり眺められるように、ひととき銃身を光にかざした。それはただのシリンダーにしか見えなかったが、完璧なシリンダーだということはぼくにも納得できた。彼はそれ以上銃についての話を続けることなく、こう言った。「まあ、手入れしておくよ……これは明日君のところに持っていくから」

そして実際、翌日の朝八時にすでに彼はバンガローの前にピックアップトラックを停めていた、本当にいつになく興奮しているようだった。スミス&ウェッソンについてはすぐに説明は済んだ、こういった銃はあっけないほど使用が簡単なのだ。シュタイヤー・マンリヒャーに関しては別で、彼は車のトランクから頑丈なポリカーボネートの保護用ケースを出してきて、慎重にテーブルの上に置いた。中には、ダークグレーの鋼鉄製のエレメンツが四つ、それぞれ緩衝材で仕切られたパーツにぴったりと収まっていた。極度に正確に加工が施され、それぞれのパーツだけ見ていると武器の一部だとは思えないほどで、ぼくの前でそれを何度も組み立てたりばらしたりしてくれた。それは銃床のついた銃身、挿弾子、それからバイポッドでできていた。全体を組み立ててもやはり通常の意味でのカービン銃という印象はなく、どちらかというと一種のメタリックな蜘蛛、人殺し蜘蛛のようで、美的な装飾は何一つ許されず不必要な部分は一グラムもない、そこで彼がどうしてこれほど銃に熱を上げているか理解し始めた、ぼくはテクノロジーの産物でこれほど完璧さを感じさせられるものを見たことがないと思う。彼はこのメタリックな部品の組立の仕上げに照準器を取り付け、こう説明した。「これはスワロフスキーDS5で、スポーツ射撃の世界では評判が良くなく、競技ではまったく禁止されているくらいだ。頭に入れておかなければならないのは、弾道は直線ではなく、必然的に放物線を描くということで、スポーツ射撃協会はそれも競技能力の一部に入るとみなしている、選手が放物線による偏向を考慮し、中心から微妙に上方に照準を合わせることに慣れなければならないと。スワロフスキーはレーザー距離計を内蔵していて、標的との距離を計算し自動的に調節するので、射撃手は何も考えず中心に照準を合わせればいいんだ、そう、中心に。スポーツ射撃の世界はどちらかといえば伝統に捉われているから、必要のない複雑な細部を付け加えるのが好きで、それでぼく自身はすぐに競技に参加するのをやめてしまったんだけど……。とにかく、この持ち運び用のケースを注文した時に、スワロフスキーをしまう場所を作ったんだよ。でも重要なのはもちろん武器の部分だ。外に出て試してみよう……」

彼はクローゼットから毛布を取り出した。「伏せ撃ちの狙撃手の姿勢からすぐに始めてみよう、これは最も正確な射撃を可能にする王道の姿勢だから。でも地面に伏せるときには居心地の悪い状況を作ってはいけない、寒さと湿度から身を守る必要がある、でないと震えが伝わることがあるからね」

ぼくたちは海に向かって下りている斜面の上で車を停め、彼は草の生えた地面に毛布を敷き、そこから百メートルほどのところにある、砂に埋まった小舟を指差した。「船の側面にある船舶番号が見えるかい？　BOZ－43ってやつだ。弾をOの真ん中に当てるようにしてごらん。あれはだいたい直径二十センチほどだろう。シュタイヤー・マンリヒャーだったら、上手な狙撃手は千五百メートルの距離からでも問題なく当てるだろうが、まあ、まずはここから始めてみよう」

ぼくは毛布の上に横になった。「自分にとって最適な姿勢を探すんだ、時間がかかってもいいから……。動く必要がまったくないという姿勢を。呼吸の他には、もう動く理由がまったくない、というポジションをね」

ぼくは難なくそのポジションを取ることができた。銃床は斜面に置かれていたので肩のくぼみに当てるのは容易《たやす》かった。

「禅かぶれみたいな奴らは、本質的なのは標的と一体になることだとか言うだろうけど、ぼくはそういったたわごとは信じていない、それに日本人はスポーツ射撃はまったくダメで、一度も国際的な競技で勝ったことなどないんだ。反対に、選ばれた射手のすることは確かにヨガに似ている。自分自身の呼吸と一体になるんだ。どんどん呼吸を遅くする、できる限り深くゆっくりと呼吸するようにする。そして、準備ができたら、標的に照準を合わせるんだ」

ぼくは一生懸命それを実践してみた。「どう、準備はできたかい?」ぼくは頷いた。「そうしたら知っておかなければならないことは、絶対不動の状態を躍起になって探しても無駄だということ、それは不可能だから。息をしている限りどちらにしても動いてしまうからね。そうではなくて、とてもゆっくりした動き、自分の呼吸によって、標的の中心のあちらとこちらを行ったり来たりする規則的な動きに至ること。その動きが獲得できた、よし、と思った時点で、中心に照準を当てて引き金を引けばいいんだ。ほんのちょっと引くだけでいい、それだけで反応するようにできているからね。HS50はボルトアクション方式だから、次の射撃のためには装塡《そうてん》が必要だ。だから狙撃兵は実戦ではこのモデルをあまり使わない、彼らは何よりも効率を求めている、人を殺すためにいるのだから。ぼくは個人的に、チャンスは一度だけっていうのはいいことだと思う」

ぼくは一瞬目を瞑って、チャンスが一度だけなのが正しいのかどうか、考えないようにした。射撃はうまくいった、彼が言ったように、BOZという文字がゆっくりとぼくの照準を通ってはまた戻ってきて、ちょうどここだと思った瞬間に引き金を引いた、ごく弱く、軽いポーンという音がした。それは確かに比類のない経験だった、ぼくは数分の間、時の外部で過ごしたのだ、純粋な弾道の空間で。体を起こすと、エムリックがちょうど双眼鏡で小舟の方を見ているところだった。「なかなかいいじゃないか、いい線いってるよ」と彼はぼくの方を向いて言った。「中心には当たらなかったけど、Oの文字に弾が当たってる、あと十センチで命中していたな。百メートルの距離からの初めての射撃にしては上出来だよ」

その場を離れる前、彼は、動かない標的で十分練習してから「動く標的」に移るようにとアドヴァイスをしてくれた。船舶番号は理想的で、正確に的を狙う助けになるだろう、と。ぼくが、でも、と言いかけると、小舟にはいくら弾を当てても構わないよと彼は答えた。彼は持ち主を知っていて(余談だが、筋金入りのバカらしい)、あの船が海に出ることはもうないだろうとのことだった。そして五十発の弾丸が入ったカートリッジを十箱残してくれた。

それに続く何週間か、ぼくは毎朝少なくとも二時間は狙撃訓練をした。「悩みをすべて忘れられるんだ」というほどではない、それは言い過ぎだが、確かに毎朝ぼくは静かな、比較的穏やかなひとときを過ごした。それに毎日のアルコールの量も控えめにしていたし、キャプトリクスが助けになったのは間違いない。その上、限度より多少軽めの十五ミリグラムの服用で済んでいると確認できるのは安心だった。欲望も生きる理由もなく（大体にして、この二つの用語は等価なのだろうか。これは難しい問題で、はっきりと表明できる意見をぼくは持たなかった）、ぼくの絶望は耐えられるレベルに保たれている、絶望しながら生きることはできる、大方の人はそのように生きているのだ、それでも彼らは時々、希望の息吹を入れられないかと思うことがある、少なくともそう自問自答はするのだが、答えは否なのだ。

射撃はかなり早く上達した、自分でも意外なくらいだった。二週間も経たないうちにぼくはOの中心に弾を当てられるようになっていただけではなく、Bの内部の二つの穴、4の三角形の中にも弾を打ち込めるようになっていた。この時点でぼくは「動く標的」について考えるようになった。

海岸には探すまでもなく多くの生き物がいて、一番すぐに思いつくのは海鳥だった。

ぼくは人生で動物を殺したことは一回もない、そういう機会がなかったからだが、原則においてはまったく反対というわけではなかった。工業的畜産には吐き気を催したが、狩猟に反感を抱いたことはまったくなかった、動物はあるべき自然環境にいて、走るのも飛ぶのも自由なのだ、食物連鎖で自分より上にいる捕食者に殺されるまでは。シュタイヤー・マンリヒャーHS50のおかげでぼくは食物連鎖の上位に立つ捕食者になった、これは間違いない。ただ、銃で動物を捕らえたことが一度もないだけなのだ。


ある朝ぼくは心を決めた、時刻は十時を少し過ぎていた。斜面の一番高い場所にいて、毛布の上に伏せ、空気はひんやりして気持ちがよかった、標的には事欠かなかった。

ぼくは一羽の鳥を長い間照準の中心に定めていた、カモメでもゆりかもめでもない、よく知られている鳥ではなくて、これと同定できない、脚の長い小型の鳥、ぼくは海岸で何度もこの鳥を見た、海岸のプロレタリアみたいなものだ、実際は頭がからっぽ、目が据わっていて意地の悪い鳥、長い脚で移動する小さい機械的な殺し屋、決まりきって予想しやすい足取りは、獲物を見つけた時しか止まることはない。鳥の頭を吹き飛ばすことでぼくはたくさんの腹足綱の命を救うことができる、頭足類などもだ、食物連鎖にわずかな変化をもたらすというわけ、この陰気なスズメはおそらく食用には堪えないだろうから、ぼく自身はこの鳥に興味はなかったが。ぼくはただ、自分が男、領主、主君で、世界は正しい神によってぼくの都合の良いようにできているのだと思い起こせばいいだけだった。

心の葛藤《かっとう》は何分か続いた、少なくとも三分間、おそらくは五分か十分ほど、それから手が震え始め、ぼくには引き金を引けないと分かった、ぼくは救いようのないフヌケのカマ野郎で、馬齢を重ねているだけなのだ。「殺す勇気のない者には生きる勇気もない」このフレーズが頭の中をぐるぐる回り、円く苦悩の溝を掘っていた。ぼくはバンガローに戻ると十数本の空のボトルを取り出し、行き当たりばったりに斜面に置き、二分足らずで皆粉々にした。

ボトルを皆割った後、ぼくはカートリッジのストックがそろそろ切れることに気がついた。ほぼ二週間エムリックに会っていなかったが、年が明けてから様々な客が彼を訪れていることに気がついていた。四駆やピックアップトラックがよく城の中庭に止まっていて、エムリックが、彼のような仕事着、彼ぐらいの歳の男たちを車のところまで送るのも目にしていた、恐らくこの辺の農家の男たちだろう。

城の前に着いた時、エムリックは五十代の男と一緒に外に出てくるところだった。二日前に見かけた男で、頭は良さそうだが陰鬱で寂しげな顔をしていた。彼らは二人とも暗色のスーツに合わせて紺色のネクタイを締めていた。ぼくは、エムリックがもう一人の男にネクタイを貸したところなのだろうと確信した。エムリックはぼくのことを、「バンガローを借りている友人」と紹介し、かつて農業食糧省で働いていたことには触れなかったので、ぼくは彼の気遣いをありがたく感じた。「フランクはマンシュ県の組合長なんだ」そう言ってから何秒か後、エムリックはこう付け加えた。「農業者組合のね」フランクの方は、曖昧に頭を振ってからこう言った。「時々、わたしは、農業者組合は農村組合と合併した方がいいんじゃないかって思うんですよ。確信しているわけじゃないんですけど、今のところ確信できることなんて何もなくてね……」

「ぼくたちは葬式に参列するところなんだ」とエムリックが言葉を引き取った。「カルトレに住んでいた同僚が二日前銃で自殺したんだ」

「今年に入ってから三件目だ」とフランクが続けた。彼は二日後、日曜の午後に組合の会議を開くことにしていた。ぼくにも、もしよかったらどうぞおいでください、とのことだった。「どちらにしても何か手を打たなければ。牛乳の卸《おろし》価格の新たな値下げを受け入れるわけにはいかない、もしここで条件を呑んだらわたしたちはもうおしまいなんです、最後の一人までおしまいだ、だったら今から廃業したほうがいいくらいだ」フランクのピックアップトラックに乗る前、エムリックは申し訳ないという目つきをぼくに投げかけた。ぼくは彼に自分の恋愛問題についてはまったく話さず、カミーユについては一言も口にしていなかった。今になってそのことに気がついたが、一般的に言って、多くを語る必要はないのだ、物事は自ずから知れるものだし、ぼくにとっても状況はまったく良くなく、酪農家の運命に同情できる場合ではないと彼は気がついていたのだろう。

ぼくが夜七時ごろ戻ってきた時、エムリックはすでにウォッカの瓶を半分空けていたところだった。葬式は想像していた通りだった。自殺した男は家庭を持っていなかった、結婚相手は見つからず、父親は死に母親はまだらボケで、時代は変わったのだと繰り返しては泣くばかりだった。「フランクには、少し説明する必要があったんだ……」とエムリックは申し訳なげに言った。「君が農業業界について状況を知っているって告白せざるをえなかった。でも彼は君を恨んではいないよ、心配はない、公務員が介入できる部分は少ないって知っているから……」

ぼくは公務員ではなかったが、だからと言ってぼくの介入できる余地はまったく大きくはなかった。ぼくもウォッカに移ろうと思った、ぼくたちの精神的苦痛をこうして引き延ばす必要がどこにあるのだ？　でも何かがぼくを押しとどめ、白ワインを一本開けてくれるようにエムリックに頼んだ。彼は頷き、ボトルを開け、この仕草は久しぶりだとでも言うように匂いを嗅いでからぼくに注いだ、最も幸せだった時代の名残《なごり》のように。「日曜日は来るかい」と彼はほとんど気軽な調子でいった、友人同士の楽しい会の話をしているかのように。ぼくは判断に迷って多分行くと答えた、でもその会議で何か解決するつもりなのかな、何か議決される予定なの。多分そうだと思う、生産者たちは真剣に腹を立てているから、少なくとも協同組合や企業に牛乳を卸すのをやめるだろう。ただ、ほら、何日かすればポーランドやアイルランドからミルクタンクローリーが届くだろう、そうしたらどうする？ 銃を持って道路を封鎖する？ 同時に、状況がそこまで追い詰められたとして、今度はミルクタンクローリーが保安機動隊の護衛を伴って来た場合どうする？ 銃をぶっ放すのか？

「象徴的な行動」という考えが浮かんだが、言いかけた言葉を終えないうちに恥ずかしくてぼくは固まってしまった。エムリックは言葉を引き取った。「ヘリコプターで牛乳をカーンの県庁前広場にぶちまけるとかだろう……。もちろんできるよ、でもせいぜいメディアで一日話題になるくらいで、それ以上じゃないし、よく考えると、それがしたいことでもない。ぼくは、二〇〇九年にモン＝サン＝ミシェルの湾岸にタンクからミルクを流したグループに属してるが、苦い思い出しか残らなかったよ。毎日のように搾乳し、タンクを満たして、それをまるで何の価値もないもののように全部流して捨てるなんて……。銃を持ち出す方がまだマシだ」

城を出る前、ぼくはカートリッジを何箱かもらった。武装対決にまで状況が進むとは考えていなかった、もちろんそもそも何も考えてはいなかったのだが、彼らの対処の仕方には何かしら気がかりなところがあった、多くの場合何も起こらないが時として何かが勃発することがあり、すべてに対応できていることはありえないのだ。どちらにしても、もう少し射撃の訓練をしておくに越したことはないだろう。

組合の会合は「カルトレ」で行われた、正面にあった駅にちなんでつけられたのだろうテルミニ《終》ュス《点》広場に面した巨大なブラッスリーで、駅の方は現在は廃駅になり雑草に一部覆われていた。メニューとしては、「カルトレ」は主にピザ類を提供していた。ぼくはかなり遅れて到着し、スピーチは終わっていたが、まだ百数十名の農家の人間がテーブルについていて、大方はビールか白ワインを飲んでいた。彼らはほとんど会話をせず——会合の雰囲気には陽気なところは何もなかった——エムリックとフランクが並んでいるテーブルに進んでいくと警戒に満ちた視線を投げかけられた。テーブルには他にも三人の男がいたが、エムリックたちと同じく理性的で悲しげな顔つきで、学のある人間に見えた、少なくとも農業専門学校は出たという風体で、やはり組合活動家なのに違いない、彼らもまた口数は少なかったがそれも当然で、牛乳の出荷価格値下げ（ぼくはこの間『マンシュ・リーブル』紙を読んで情報を収集していた）は今回は容赦なく、しかも寝耳に水の出来事で、彼らがどうやって交渉の（その機会があるとしたらだが）ベースを定められるのかさえ考えつかなかった。

「すみませんよそ者が……」ぼくは軽い口調を取ろうと試みた。エムリックはちょっと困ったようにぼくを一瞥した。

「いや、まったく構いません……」とフランクは答えたが、前回見たときよりさらに疲れ果て、打ちのめされているようだった。

「何か行動をとることにしたんですか」ぼくはどうしてこの質問をしたのか分からない、答えを知りたくもなかったのに。

「色々考えているところなんですよ……」フランクはそう言いながらぼくに奇妙な視線を向けた、上目遣いの、かすかに敵意の混じった、でも何より考えられないほど悲しげな、絶望の目つきと言ってもいい眼差しで、深淵の向こう側からぼくに話しかけているようだった、その時ぼくは本当に気まずさを感じ始めた、ぼくの居場所などここにはないのだ、ぼくは彼らと団結していなかったのだから、団結できず、彼らと同じ生活をしてもいない、ぼくの人生だってそれよりましではないのだが同じ生活ではない、つまりそういうことだ。ぼくはそそくさと暇を告げた、五分かそこらいただけだったが、外に出た時、事態は今回本当に悪化する危険性があるとすでに理解したのだった。


それに続く二日間、ぼくはバンガローに閉じこもり、最後の食べ物の備蓄を使い果たし、番組をザッピングして過ごした。二回、ぼくは自慰を試みた。水曜日の朝、風景は見渡す限り広大な霞の湖に溺れ、バンガローから十メートル先は何も見えなかった。でも食べ物を買い出しに行かなければならなかった、少なくともベルヴィル＝カルトレのカルフール・マーケットには行かなければ。時速四十キロを超えないように極力慎重に運転したので三十分かかり、時折、ぼうっとした黄色っぽい暈《かさ》が現れ、他に車がいることが分かった。カルトレ市は普段は、小洒落た海水浴場に典型的な光景を提供していた、マリーナやヨット用具関係の店、湾岸で採れるオマール料理を提供する高級レストランなどだ。でも今日は霧の襲撃に遭い、ゴーストタウンのようだった、ぼくはスーパーマーケットに着くまで車一台、人一人にもすれ違わなかった。カルフール・マーケットの売り場もがらがらで、かつて人類がいたことを示す、文明の最後の遺跡のようだった。ぼくはチーズ、肉、赤ワインを買った、自分が包囲網を支えなければというまったく理性的ではない感覚にずっととらわれながら。

それから一日の残りの時間、海岸沿いの道を歩いた、地面近くに溜まっている霧の帯をいくつも通り抜けながら、綿に包まれたような沈黙が支配し、その間、下の方に大洋はまったく見えなかった。ぼくの人生もこの風景と同じくらい形を持たず不確かに思われた。

翌日の朝、城の正門の前を通った時、ぼくはエムリックが少人数のグループに銃を渡しているのを見た、彼らは十数人で、パーカーとハンティングジャケットを着ていた。それから彼らはそれぞれ自分の車に乗り、ヴァローニュの方に向かっていった。

午後五時ごろもう一度そこを通ると、エムリックのピックアップトラックが中庭に止まっていたので、ぼくは直接広間に向かった。彼はフランクともう一人の男と一緒にいて、紹介されたその男はバルナベと言い、いかつい赤毛、とっつきにくそうな雰囲気だった。彼らは見たところ着いたばかりで、銃を近くに置き、ウォッカのグラスを手にしていたがまだコートは脱いでいなかった。その時ぼくは、部屋の中がひどく寒いことに気がついた、エムリックは暖房を入れるのを放棄したのだろう、寝る時に服を脱いでいるかどうかも確かではなかった、彼はどうも多くのことを投げやっているように思われた。

「今朝、ぼくたちはル・アーヴルの港から来たミルクタンクローリーを何台か停めた……アイルランドかブラジルの牛乳だと思う。武器を持った男たちと対面するとは思ってなかったのだろう、ゴタゴタ言わずに引き返していったよ。ただ、その後すぐ警察に向かったのは間違いない。明日彼らが保安機動隊を引き連れて戻ってきたらどうする？　このあいだから状態は変わっていない。ぼくたちはギリギリのところにいるんだ」

「踏みとどまらなければ。彼らはおれたちに向かって引き金は引けないだろうから」と赤毛の大柄な男が言った。

「確かに、相手がこちらを攻撃して武装解除させようとするだろう、抗争は避けられない。問題は、ぼくたちが撃つかどうかだ。抵抗すれば、どちらにしてもその晩はサン＝ローの留置場で過ごすことになるのは間違いない。でももし負傷者や死者が出たら、話はさらに別だ」

ぼくは信じられないという視線をエムリックに投げかけたが、彼は黙ったままグラスを回していた。自分の殻に閉じこもり、陰鬱に、ぼくと視線を合わせるのを避けていた。そこでぼくは、今こそ自分が介入するときだ、まだ可能なら何か言わなければ、と感じた。「エムリック！」とぼくはついに大きな声を出したが、その後に何を言いたいのかは自分でも分からないままだった。

「何だい……？」とこのとき彼は頭を上げてぼくをまっすぐに見つめた。それは、ぼくたちが二十代だった時と変わらぬ真摯で正直な視線だった。この眼差しのために、ぼくは彼をすぐに気に入ったのだった。「フロラン、聞かせてくれよ」とエムリックは静かな声で続けた。「君の考えを、君が思ってることを聞こうじゃないか。俺たちはもうおしまいなのか、それともまだできることがあるのかってことを。まだ何かしなけりゃならないことがあるのか。それとも、親父のように、農場を売り飛ばして、ジョッキークラブの会員証を更新し、隠居人生に入るべきなのか。思っていることを聞かせて欲しいんだ」

ぼくたちは最初から話をここまで詰めるべきだったのだ。ぼくが、二十年以上前にエムリックの元を初めて訪ねた時から。その時彼は酪農業を始めるため実家に戻ったばかりで、ぼくはもっと平凡な管理職の仕事に就いたところだったけれども、その時この話をしなければいけなかったのに、二十年以上も先延ばしにしてきたのだ。今こそそれを語る時だった。他の二人は突然黙った。ぼくとエムリックが話し合う時が来ていた。

エムリックは、まっすぐ、曇りのない目で見つめたまま、ぼくが何か言うのを待っていた。そしてぼくは、自分が何を話しているのかもはっきりしないまま沈黙を破った。斜面を滑り降りている心持ちで、めまいがし、気持ちが悪くなるようだった。生の現実に飛び込むときにはいつだってそうなのだが、しかしそういう機会は人生に何度もあるわけではない。「君も知ってるように、時折工場が閉まったり、生産ラインが地方に移ったりして、例えばそれで七十人くらいの労働者がクビになる。ストをしたり車のタイヤを燃やしたりするのがBFM局のルポで流されたりして、地元の政治家が視察に行き、それは時事ニュースの一つ、興味深いニュースになる。ヴィジュアル的にもインパクトが強い映像が撮れるし、製鉄業や下着の工場の時もそうだったが、いい絵になるんだ。ところが農業の方は、毎年何百人もが農場を閉めたり仕事を辞めたりする」

「または頭に銃弾の一発もお見舞いする……」とフランクが簡潔に言った。それから、会話に割り込んですまなかったとでも言うように首を振り、悲しげに心を閉ざした顔つきになった。

ぼくは同意した。「そう、頭に銃弾をお見舞いする。農業に従事する人の数はフランスではこの五十年間に激減したけれど、まだ十分なところまで減ったわけではない。ヨーロッパの水準、デンマークやオランダの水準に合わせるためには、まだこの半分か三分の一になる必要がある。もちろんこれは酪農業のことで、果樹農業であればモロッコとかスペインの水準に、ということになるだろうけど。今は六万人強の酪農家がいるが、あと十五年で残るのは二万人だとぼくは思う。つまり、今フランスで起こっているのは、途方もない社会改革で、それは目下密かに、目に見えない形で実施され、人々は団体ではなく一人ずつひっそりと姿を消していくから、それがテレビ番組で取り上げられることはないんだ」

エムリックは満足げに頷いたが、その様子で、彼がぼくには何も期待していないのだと分かった。エムリックはただ事態の深刻さを客観的に肯定している人が欲しかっただけで、ぼくの方では、せいぜいモルダヴィア女とかの戯言《ざれごと》のほかに彼に提案できることはまったく何もなかったのだ。それにもっと悪いことには、ぼくの話はまだ終わっていなかった。

「農業従事者の数が三分の一になったところで」とぼくは続けながら、自分が職業人生において完全に失敗した、その核心をついていると感じていた、新しいフレーズを口に出すごとに自分で自分をズタボロにしている、同時に、では私生活で何か成し遂げられたのか、女性を幸せにしたとか、せめて飼い犬を幸せにしたとか、それさえもないのだ。「やっと欧州の基準に達したところで、それですべてが良しというわけではない、ぼくたちはそれでも決定的な敗北の入り口にいる、だってグローバル市場と直に争わなければならず、世界的な酪農生産との戦いにおいてはぼくたちの勝利はありえないからだ」

「ということは、何らかの保護政策はありえないと考えてるんですか。それはまったく不可能に思われるんでしょうか」フランクは、まるで地方の奇妙な迷信について話を聞くかのような、他人事のような調子で話した。

「まったく不可能です」ぼくはためらわず結論を下した。「思想的な規制があまりに強いからです」過去の仕事、そこでの何年かのことを思い返し、ぼくは、実際のところ、特権階級の奇妙な迷信と対決していたのだと気がついた。ぼくがコンタクトを取っていた相手は、自分たちの利益や、自分たちが守らなければならないとされていた利益のために戦っていたのではなかった、そう信じるのは間違いだ。彼らは思想のために戦っていたのだ。何年もの間、ぼくは、自由市場のためなら死ぬ覚悟がある人たちと対決していたのだ。ぼくは再びエムリックの方を向いた。

「だから、ぼくの意見ではおしまい、本当におしまいなんだ、言えるのは個々人がこの状況から逃げるにこしたことはないということだけ、セシルはとんでもない性悪女だ、ピアニストにヤらせておけ、娘は忘れて、農場を売り飛ばして引っ越せよ、すべてすっかり忘れるんだ、今すぐに手を打てばまだ人生をやり直すチャンスが少しは残ってる」

今回ぼくははっきり物を言えたと思う、これ以上直接的に物を言うのは難しかっただろう、でもぼくはここに数分いただけだったのだ。立ち上がってその場を去ろうとする時、エムリックはぼくの方を奇妙な様子で見た、ほとんどこの状況を楽しんでいるようにも読み取れたが、もっとありえたのは、狂気が混ざった眼差し、ということだったのだろう。

翌日、ぼくはBFM局で抗争の続きを追うことができた。短いルポが流れていたのだ。彼らは最終的には抵抗せずに封鎖を解くことにし、ル・アーヴルから来たミルクタンクローリーはメオティスとヴァローニュの工場に向かうことができた。フランクは一分間近くもインタビューを受けていて、そこで彼は、具体的な数値と共に、ノルマンディーでの酪農がいかに不可能になったかについて、ぼくに言わせれば大変明快で総合的、納得のいく主張を展開していた。そして、戦いは始まったばかりであり、農業者組合と農村組合は団結して次の日曜日に大きな行動を起こすよう呼びかけていると話を締めた。エムリックはそのインタビューの間彼の隣にいたが何も言わず、自分のアサルトライフルの撃鉄を機械的に弄《もてあそ》んでいるだけだった。ぼくはこのルポ番組を、一時的なものかもしれないが奇妙に楽観的な気持ちで見終わった。フランクの話はわかりやすく、節度があり明晰だった——一分間のインタビューで可能な限りの出来だった——ので、この状況を考慮に入れないのは難しい、これに対して交渉を拒否するのはありえないと思えた。それからぼくはテレビを消し、バンガローの窓越しに外を見た——夕方六時少し過ぎで、霧の渦は次第に夜の気配に場を譲っていた——そしてぼくは、自分もまた、十五年間、自分が書いた総合評価書は「常に」正しかったことを思い出した、地元の農家の見解を支持し、ぼくは「いつでも」現実の数値に依拠し、穏当な保護案、経済的に実現可能な地産地消を提案した、しかしぼくは一介の農業技師、専門家でしかなく、結局のところ「いつでも」間違っていると判断され、物事は「常に」最後の時点で自由貿易の勝利に終わったのだ、ぼくはワインのボトルを空けた、今や夜の光景が支配していた、「終わりなき夜」、世界の動きに何か変化をもたらせると信じ込んでいたなんて、自分を何様だと思っていたのだろう。

ノルマンディーの酪農家は日曜正午にポン＝レヴェック市の中心街に集まる予定になっていた。BFM局のニュースでそれを知って、最初は、メディアにデモを取り上げさせるための象徴的な選択ではないかと思った——このチーズの名前はフランスでも他国でも大体知られているからだ。実際は、この一連の行動の続きがその後に示したように、ポン＝レヴェックが選ばれたのは、この街が、ドーヴィルからの高速132号とカーン＝パリ間をつなぐ13号が重なるところに位置していたからだった。

朝早く目をさますと、西風は霞をすっかり吹き払い、大洋は穏やかな波に揺れながら見渡す限り輝いていた。晴れ上がった空は純粋に澄んだ青のグラデーションを見せていた。水平線に初めて島の岸を認めることができるように思えた。ぼくは双眼鏡を手に外に出た。距離からすればちょっと考えられなかったが、確かに、ジャージー島の東岸に違いない柔らかな緑がなだらかに盛り上がっているのが見えた。

このような天気の時に、何もドラマチックなことは起きないに違いないと思えたし、農業従事者たちの不安を目の前にする状況にはあまりいたくなかった。4WDの運転席に腰掛けた時、ぼくはフラマンヴィルの崖を見に行くか、それともジョブールの端まで行ってみようかと何となく考えていた。こんな日には、オルダニー島の岸まで見ることができるだろう。ぼくは鳥類学者のことをちらりと思い出した。もしかしたら彼は出口の見えない探求のせいでさらに先、暗いゾーンに足を踏み込んでしまったかもしれない、今頃彼はマニールの監獄に吹き溜まっているかも、他の囚人たちがすでに彼の面倒を見て、殴られ血まみれの体はゴキブリの波に覆われ、歯の欠けた口を閉じることもできず、ゴキブリたちは次々と喉に入り込んでいることだろう。この不快なイメージがこの日の朝起こることに最初にケチをつけた。その次の嫌な予感は、エムリックが農業機械をストックしていた納屋の前を通った時にやってきた。彼はピックアップトラックと納屋を行ったり来たりして荷台に石油缶を載せていた。どうして石油缶を？　良い予感はどこにもなかった。ぼくはエンジンを切ったが迷っていた、話をしに行ったほうがいいだろうか。でもなんと言えばいいのか。このあいだの夜の議論に付け加えて何か言えることなんてあるのだろうか。人は他人の忠告を聞くことはせず、忠告を求めるのはまさにその忠告に従わないためで、外部の声によって自らの意思を強固にし、負と死のスパイラルに自ら巻き込まれるためなのだ、そんな時に与える忠告はその人たちにとってギリシャ悲劇のコロスの役割しか果たさず、英雄に、自らが破壊とカオスの道をとったことを確信させるのだ。

それなのにこの日の朝は本当に美しく、ぼくはそんな予感をまだ本当には信じてはいなかった。しばし迷ってからフラマンヴィルの方向にハンドルを切った。

崖の散策は残念だが失敗だった。陽の光がこれほど美しかったことはなく、空気がこれほど爽やかでエネルギーに満ち満ちていたことはなく、草原の緑がこれほどみずみずしかったことはなく、和《な》いだ波に照り輝く陽光の反射がこれほど人を魅了することもなかっただろう。それでいながら、これほど不幸だったことはなかったと思う。ぼくはジョブールの突端まで走り続けたが事態は一層悪く、ケイトのイメージは否応無しに戻ってきて、空の青はさらに深く、光はなお澄み、北の地方に特有の日差し、ぼくは最初ケイトがシュヴェリーン城でぼくの方を振り向いた時の眼差しを思い出した、優しく寛容な眼差し、すでにその時ぼくを許していた眼差しだ、それから他の思い出が戻ってきた、それより何日か前のこと、セナボーの砂丘を一緒に散策したのだ、そう、彼女の両親はセナボーに住んでいて、その朝の陽の光はまったく同じだった、ぼくは数分車の運転席に戻って目を閉じた、身体を奇妙な震えが貫いていたが泣いてはいなかった、もう涙は涸《か》れてしまっているのだろう。

午前十一時ごろ、ぼくはポン＝レヴェックに向かった。市に入る二キロ前から、県道の真ん中にトラクタが陣取り道を塞いでいた。それが中心街まで数百台あり、保安機動隊が見えないのは少し意外であったが、農家の人間の方も車の近くでビールを飲みピクニックに興じていて、どちらかというと落ち着いて見えた。ぼくはエムリックの携帯に電話をしたが出なかったので、何分か歩いてみて、明らかなことに気がついた。これだけ人がいたら、どれだけ探しても彼を見つけることはできないだろう。ぼくは車に戻り、ピエールフィット＝アン＝オージュの方角に戻って、高速を見下ろす小高い丘の方向に曲がった。車を止めて二分もしないうちに事態は急速に進んだ。エムリックの乗っている日産ナバラを含めた十数台のピックアップトラックが13号に入る連絡道路を集団でゆっくりと下りていった。最後の一台は、ジグザグに進みながらクラクションを鳴らしてゆっくりと進み、パリへのアクセスを遮断した。彼らは適切な位置を選んだ、直線になってから少なくとも二キロはあり、見晴らしはよく、車のドライバーにはブレーキを踏む時間が十分にあった。この午後の初め、交通はまだスムーズに流れていたが、すぐに渋滞が始まり、最初はクラクションが時折鳴ったものの次第に稀になり、その後パタリと静かになった。

攻撃部隊は二十人ほどの農民から構成されていた。そのうち八人はピックアップトラックの後方に陣取り、高速を通る車に銃を向けていて、最も近い車までは五十メートルほどの距離だった。エムリックは中央でシュマイサー製のアサルトライフルを手にしていた。彼はリラックスし、くつろいでさえいるようで、大麻らしきものを悠々と吸っていた——実を言うと、彼が他の何かを吸っているのは一度も見たことがなかった。フランクはエムリックの右手にいて、彼よりずっと神経を高ぶらせているように見えた。単なる狩猟用の銃らしきものを両手にぎゅっと抱えていた。他の男たちはピックアップトラックの荷台に積んであった石油缶を降ろし始め、彼らの五十メートルほど後ろまで運んで行って、道路を遮るように置いた。

彼らが大方準備を終えた時に、保安機動隊の装甲車が視界に入り始めた。彼らの介入が遅かったことは、その後多くの点で論議の対象になった。ただ、ぼく自身が証人として言うと、彼らが道をかき分けて行くのは相当難しかった、サイレンをしきりに鳴らしていたが、ドライバーたちは（その多くが急ブレーキを踏み、かなりの数の車同士が衝突していた）単にそれ以上動くことができなかったのだ。隊員は装甲車から降りて徒歩で進まなければならなかった、決断できることはそのくらいだった、ぼくに言わせれば、部隊の長に対してできる批判は正直そのくらいだっただろう。

彼らが抗争現場の近くに着くのとまったく同時に、農業機械が二台連絡道路を下りてきた。それはとてつもなくでかいコンバインとコーンハーベスタで、連絡道路とほぼ同じ幅があり、運転手は二人とも地面から四メートルの高さにいた。二台の機械は石油缶の間に重々しく停まり、それきり動かなかった。運転手たちは運転台から降りてきて彼らの同志に合流した。ぼくはやっと彼らがしようとしていることを理解したが、到底信じられなかった。これらの農業機械を調達するのに、彼らはおそらくカルヴァドス地方の農業機械使用組合に連絡したに違いない。その組合は農業森林地方局から数十メートルのところにあり、イメージが頭に上ってきた、受付の女性（離婚した不幸な独り身の中年で、セックスをまだ諦めていず、そのせいで目を覆いたくなるいくつかのエピソードの種になっていた）まで目に浮かんだくらいだ。(どんな理由をつけたのだろう。穀物をサイロに入れる季節ではなかったし、収穫の季節でさえなかったのだ）彼らは少なくとも身分証明書を提出したはずだ、他には考えられない、これらの農業機械は何十万ユーロもするのだから、そして彼らは刑法上責任を取らされるだろう、こうなったらお先真っ暗、もうだめだ、彼らは出口のない道に乗り上げてしまったのだ、自殺への近道だぞ、兄弟よ。

それからは何もかもが驚くほどの速さで進んだ、長い間完璧にリハーサルされたシーンのように。農業機械の運転手たちが他の男たちに合流すると、体格が良く赤毛の男（おそらくバルナベだったと思う、少し前にエムリックの家で見かけた男だ）が自分のピックアップトラックの後部席からロケット弾発射筒を取り出し、ゆっくりと起こした。

ロケット弾は二発、農業機械の燃料タンクの方向に向かって発射された。タンクはすぐに発火し、大きな火炎が空に二束上がり、それが一つに合わさると黒く大きな煙雲に重なった、ダンテの作品にでも出てきそうな光景で、農業用の燃料がこれほど黒い煙を上げるとはまったく思ってもいなかった。その何秒かの間に撮影された写真がその後世界中の新聞に掲載されることになった、特にエムリックが載っている写真は、『コリエーレ・デッラ・セーラ』紙から『ニューヨーク・タイムズ』紙まで多くの一面を飾ることになった。ただでさえ彼はこの上なく美しく、落ち着いてこの状況を楽しんでさえいるように見え、顔のむくみは不思議なことに消え去っていて、風が何秒か吹くとブロンドの長い髪が揺れた。唇の端には相変わらず大麻をくわえ、シュマイサーのアサルトライフルを天に向けて構えていた。彼の後ろには抽象的で完全に暴力的な光景が広がり、炎の柱が黒い煙をバックにねじれながら上がっていた。しかしこの瞬間エムリックはほとんど幸せそうでさえあった、少なくとも彼は自分のいるべき場所にいるように見え、彼の視線、リラックスした姿勢からは何より圧倒的な矜持が表れていて、反乱の永遠不滅のイメージの一つになっていた、だからこそ多くの新聞や雑誌が世界中でこの写真を掲載したのだろう。それから、これを理解したのはぼくと数少ない人間だけだったと思うけど、エムリックはこの時でも自分が知っているあの優しいエムリックのままで、心底優しく、善意に満ちていた、彼は単に幸せになりたかっただけなのだ、彼は田舎で質の高く良心的な農業をするという夢に賭けたのだ、セシルに対しても同様な夢を抱いていたのに、彼女は社交界好きなピアニストとロンドンでの生活を夢見たとんでもないあばずれということがバレてしまった、そして欧州連合だってあばずれなのだ、牛乳の割り当ての話がいい例だ、エムリックは物事がこんな風に終わるとは思ってもいなかったに違いない。

そうだとしてもぼくには分からない、どうして物事がこんな風に終わってしまったのか、もっと容認できる人生の組み合わせがまだあったはずなのに、ぼくはモルダヴィア人の女の話が大げさだったとは思わない、ジョッキークラブとだって両立できたはずだ、モルダヴィアにだって貴族はいるに違いない、だいたいどこにでも貴族はいるのだ、そう、何か他のシナリオを急ごしらえにでも作れたかもしれないのに、エムリックはある時銃を掲げ、射撃体勢をとり、保安機動隊の列を正面に見据えたのだ。

彼らには戦闘可能な陣形を構成する時間があった。その間にもう一台の装甲車がやってきて、何人かのジャーナリストを手心を加えずに追いはらい、ジャーナリストたちはもちろん抗議したが頭に警棒を食らわせるぞというマッチョな恫喝を受けただけで引き下がり、銃口を向ける必要さえなかった、腰抜け相手は楽なものだ、とにかく彼らは闘争現場の後ろの方に引き下がった（件《くだん》のジャーナリストたちは報道の自由の侵害について抗議のツイートをしていたが、それについては保安機動隊の仕事ではなく、広報担当者が相手になるだろう）。

ともあれ保安機動隊の列は、ぼくが見たところ農民たちから三十メートルほど離れたところにいた。密度を高めて固まり、軽くカーブを描き、強化アクリル樹脂の盾で防御した合理的な陣形だった。

ぼくはあるときまで、自分がここで起きていることの唯一の証人だと思っていたが、実際は違った、高速の斜面の灌木の中にBFM局のカメラマンが隠れていて、保安機動隊の検挙から逃れて事態の始終を完璧にクリアな映像で撮影し、これは二時間放映された。その後、局は映像のアーカイブを削除し謝罪したが時すでに遅し、そのシーンはSNS上で流され、すでに百万回以上視聴されていた。テレビ局の物見高さはこの時もまた公然と非難されたが、それももっともなことだった。確かにこのビデオは捜査に役立てるためだけに使われるべきだったのだ。

アサルトライフルを腰の高さに掲げ、エムリックは保安機動隊の一人ずつに狙いを定めるかのようにゆっくりと見回した。彼らはフォーメーションをさらに狭め、列は少なくとも一メートルは縮まり、アクリル樹脂の盾はぶつかり合ってかなり大きな音を立て、その後静寂が訪れた。他の農民たちも各々自分の銃を手にしてエムリックの前に進み、彼らもまた銃口を相手に向けていた。しかし彼らには狩猟用の銃しかなく、保安機動隊はもちろん、エムリックのシュマイサー223口径が唯一自分たちの盾を破り、防弾チョッキを貫けることを知っていた。そして後になって考えてみると、エムリックの極度にゆっくりした動きが悲劇を生んだのだが、彼の表情には「どんな覚悟もできた」風が奇妙に表れていて、「どんな覚悟もできた」男たちは幸い多くはないが重大な被害をもたらしうるのであり、カーン常駐のありふれた保安機動隊がそれを知っていたのは頭の中だけであって、その危険に対面する覚悟はできておらず、国家憲兵隊治安介入部隊や国家警察特別介入部隊ならもっと冷静さを保てたのだろうし、その点を内務省は批判されたのだが、同時にそんな想定をどうやってできたというのか、国際的なテロ事件ではなく、当初は単に農家のデモだったのだから。エムリックはこの状態を心から楽しみ、嘲笑もしているようだったが、心ここにあらずで、遠くにいるように見えた、ぼくはこれほど「遠く」にいる人間を今まで見たことがないと思う、それを覚えているのは、一瞬斜面を駆け下りて彼の方に走っていこうかと思ったからで、その考えを思いついた時、それは無駄なことで、友情も人間的な何かもこの最後の段階では彼を変えることはできないだろうと理解したのだ。

エムリックはゆっくりと左から右に体を向けた、盾の後ろにいる保安機動隊の一人一人に照準を合わせながら(彼らの方から襲撃を始めることは何があってもできないとぼくは確信していた。しかし現実には、自分に確信できたのはそれだけだった)。それから彼は同じ動作を逆の方向、右から左へと行った。それからもっとゆっくりと、正面に戻り、五秒ほど動かずにいた。それから、彼の表情に、何か違った要素が表れた、まるで全身に苦痛が走ったかのようだった。エムリックは銃身を逆向きにして、銃口を顎《あご》に当てて引き金を引いた。

彼は後ろに倒れ、ピックアップトラックの金属の荷台に激しく体がぶつかった。血や脳みそが飛び散るといった類《たぐい》のことは何も起こらず、何もかもが不思議にあっさりと、音もなく終わったのだ。しかしぼくとBFM局のカメラマン以外はその時起こったことを目にしていなかった。フランクは彼の二メートル前にいて、叫び声を上げ、保安機動隊に向けて照準も合わせず引き金を引き、他の農民たちも同じようにした。それらすべては捜査の間、ビデオを見ることで明らかになった。エムリックの同僚たちが思い込んでしまったように、保安機動隊がエムリックを殺したのではなかった、保安機動隊は四、五発の銃弾を受け反撃にかかったが、問題は、その反撃が——これはもっと真剣な論議の的になったのだが——中途半端ではなかったことだった。農家の側では九人の死者が出た。そして十人目はカーンの総合病院でその晩のうちに亡くなった。保安機動隊の方では死者が一人、全部で犠牲者は十一人だった。これはフランスでは長いことなかったことで、特に農家のデモでは一度もなかったに違いない。そういったことすべてを、ぼくは何日か後になってニュースで知った。ぼくはどうやってその日のうちにカンヴィル＝ラ＝ロックに戻ったのかさえ覚えていない。運転には無意識に行う動作がある。だいたい何にでも、無意識の動作はあるものなのだ。

次の日ぼくはとても遅く目を覚ました。吐き気がして、起こったことが信じられず痙攣さえ起こしそうな勢いで、何もかもありえず、リアルでないみたいだった、エムリックが銃で自殺するなんて、こんな終わり方になるはずはないのだ。ぼくは一度、ずっと前に、LSDのバッドトリップで同じ現象を経験したことがあるが、これに比べたらまったくささやかなもの、誰も死ぬわけじゃなく、ただアヌスに突っ込んでもいいと言ったかどうか忘れた女の話があった、まあ若い時特有の話だ。ぼくはコーヒーメーカーのスイッチを入れ、キャプトリクスを一錠飲み、フィリップモリスのカートンの包装を開け、テレビをつけてBFM局に合わせた。すぐにすべてが目の前に突きつけられた。ぼくは昨日のことを夢に見たわけではないのだ、すべてが現実だった、BFM局はぼくが想起するイメージそのままを放送していた、そこに適切な政治的コメントを付け加えながら、どちらにしても昨晩の出来事は実際に起こったので、マンシュ県とカルヴァドス県の酪農家たちの周りの騒動は悲劇となって固定化してしまった、地方の衝突だったはずが重大な犠牲を伴う一連の事件となって現実化してしまった、そこに歴史的な文脈が小さな物語《ミクロヒストリー》を伴って構築された。その文脈は地方のものだったが、おそらくもっと大きな反響を伴うだろう。ニュース専門局では徐々に政治的なコメントが場所を占め始め、その一般的な扱い方はぼくを驚かせた。誰もが決まって暴力を批判し、悲劇と何人かのアジテーターたちの過激思想を嘆いていた、しかし同時に、政治家の間には一種の戸惑い、例外的な気まずさが漂っていた、誰もが、あるところまでは、農業事業者たち、特に酪農家の困窮と怒りを理解しなければならなかったと力説していた、牛乳の割り当ての廃止をめぐるスキャンダルは考えられないこととして何度も口にされ、批判され、誰一人としてこの問題を厄介払いできなかった、ただ国民連合だけがこの問題に対し明確な意見を持っているようだった。スーパーセンターが小生産者に与えている圧力もまた恥ずべき主題で、おそらく共産党以外には誰もが――この機会にまだ共産党が存在し、議席もあることを知った――皆問題に触れないようにしていた。エムリックの自殺には政治的なインパクトがあるだろうと気づき、ぼくは狼狽《ろうばい》と嫌悪のないまぜになった感覚に襲われた、自殺でもしなければこれほどのインパクトが与えられないとは。ぼくに関してははっきりしていた、ここを出て、新しい住まいを探さなければならないだろう。ぼくは牛舎のインターネットのことを思い出した、ネット接続はしているだろう、そうでない理由はない。

城の中庭に警察の小型トラックが止まっていた。ぼくもまた中庭に入っていった。警官が二人いて、一人は五十歳前後、もう一人は三十代半ばというところだろうが、エムリックの武器庫の前で立ち止まり、一人がもう一人に銃を渡しては注意深く調べているところだった。彼らは見るからにこの武器庫にすっかり心をとらわれているようで、低い声でなにやらその道の専門家らしいコメントを交わしていた、何と言ってもそれが彼らの仕事なのだ。ぼくは彼らに気がついてもらえるように大きな声で「おはようございます」と言った。年嵩《としかさ》の警官がぼくのほうを向いた時、ぼくはちょっとしたパニックに陥った、シュタイヤー・マンリヒャーのことを思い出したからだが、すぐに理性を取り戻した、彼らがエムリックの武器を見るのはこれが初めてに違いない、一丁足りないとは思いもしないだろう――正確にはスミス&ウェッソンと合わせて二丁だが。もちろん、彼らが銃の所持許可を調べ突きあわせを始めたら問題が生じるだろうが、明日の話は明日に任せておけばいい、「伝道の書」にはいかにもそう書いてありそうだ。ぼくはバンガローに住んでいると説明したがエムリックを知っていると付け加えるのは控えていた。心配はしていなかった。彼らにとってぼくは重要性のない要素で、一種の観光客、ぼくに関わって仕事を増やす理由は一つもない、すでにして捜査は困難なのだから。この県は穏やかな場所で犯罪はほとんど存在せず、エムリックはここらの人は日中留守をするときドアを開けっ放しにしておくと言った、そんなことは田舎だからといってそうそうありうることではない、つまりこのような状況に直面したことはまずないと言っていいのだった。

「ああ、そう、バンガローね……」年上の方が、長い夢から覚めたかのように答えた、それまでバンガローがあることも忘れていたに違いない。

「もう行かなきゃならないんです、今できることはそれだけで」とぼくは続けた。

「そうですね、出たほうがいい、今あなたがすることはそれだけですね」と年上の警官が頷いた。

「ヴァカンスだったんでしょうに、残念ですね」と年若の警官が続けた。

ぼくたちは三人とも頷いた、お互いの読みが重なったことに満足して。「すぐ戻ります」ぼくは少しばかり不器用に話を終えた。ドアを開けて振り返ると、彼らはすでに銃とカービン銃の検証に再び入っているところだった。

牛舎では、牛たちの不安げで不満げな長い鳴き声に迎えられた。そうか、この子たちは朝餌も与えられていないし搾乳もされていない、それに多分昨晩も餌をやらなければならなかったのだ、牛たちが定期的に食事をとるのかどうかぼくにはまったく分からなかったが。

ぼくは城に戻って武器庫の前にいる警官たちに合流した。彼らは相変わらず砲弾や技術的な点に関する、不可解な点についてあれこれ考えているらしかった。もしもこの辺りの農業従事者たちが同じくらい武器を備えているのであれば、本格的な抗争が起こった際には困難に見舞われるだろうと言い合っていたのだろう。ぼくは警官たちに牛の現状を伝えた。

「ああ、そう、牛ね……」年上の方が愚痴っぽい調子で言った、「牛に関してはどうしたらいいのかねえ」ぼくも知らないけど、餌をやるとか、誰か世話をしてくれる人を呼ぶとか、どちらにしても彼らの問題でぼくの問題じゃないのだ。「もう行きます」とぼくは続けた。「ああ、もちろん、もう行ってくださ い」と若い方が、それがなされるべきことのように、そしてぼくが出て行くのを望んでいたかのように言った。思っていた通り、心底これ以上問題を増やしたくないと警官は言いたげで、確かに彼らは事件の大きさに完璧に茫然自失しているようだった、彼らの上司が、新聞が言い習わし始めたように「農民の大義の犠牲になった貴族」についての報告書をどれほど注意深く分析するかについても困り果てているらしく、ぼくはそれ以上会話を交わさず四駆に戻った。

牛の哀れな鳴き声を聞きながらインターネットで宿泊地を探す気力はぼくにはなかった、正直に言えば何をする気力も大してなく、それで行き当たりばったりに何キロか進んだ、その間頭の中は文字通り真っ白で、最後に残された知覚能力はホテルを見つけることだけに費やすことにした。最初に目にしたのはロステルリ・ド・ラ・べという名前で、村の名前さえ目にも留めなかった、ホテルの主人はのちにこの場所がルニエヴィル＝シュル＝メールという名だと教えてくれた。ぼくは虚脱状態でそのホテルの部屋に二日間宿泊し、キャプトリクスは相変わらず服用していたが起きることも、体を洗うことも、荷物を解くことさえできなかった。これからについて考えることができず、過去について考えることも、現在についてだってできなかったが、目下問題になっているのはこの後すぐどうするかということなのだった。ホテルの主人が警戒するのを避けるために、ぼくは、自分はデモで殺された農家の男の一人と友人で、事件の時現場にいたのだと説明した。どちらかというと愛想の良いこの主人の表情は突然曇った。見るからに、この地域の住民誰もがそうであるように、彼も農家の味方なのだった。「私は、彼らはよくやったって思いますよ、このままじゃ続かないのははっきりしてるんだから、受け入れられないことだってありますよ、行動しなけりゃならない時も……」と彼は力強く肯定した。ぼくも心の底ではだいたい同じように思っていたので、反対する気にはならなかった。

二日目の晩、ぼくは起きて食事をしに行った。村を出たすぐのところに、シェ・マリヴォンヌという小さなレストランがあった。ぼくが「アルクールさま」の友人だったという噂は村中を駆け巡ったらしく、女主人に好意と敬意をもって迎えられた、彼女は食事中何度も、他に何かお持ちしますかとか、外気が入ってきて寒くないですかとか聞いてきた。お客の数は少なく、他にはバーで白ワインを飲んでいるこの界隈《かいわい》の農家の人間がいるのみで、食事をしているのはぼくだけだった。時折彼らは低い声で言葉を交わし、「保安機動隊」という言葉が怒りと共に発せられるのを聞いた。ぼくは、このカフェで自分の周りに、アンシャン・レジームの頃のような不思議な雰囲気が漂っているのを感じていた、まるで一七八九年が表面的な足跡しか残さなかったかのようだ、農民がエムリックの話をするのを聞いていると、今にも「領主様」と呼びかねないと思ったくらいだった。

翌日ぼくは霧に溺れながらクータンスに向かった、大聖堂の尖塔が見えるかどうかという深い霧で、とはいえとても優雅な建築に見えた、街は全体に落ち着き、木々に覆われ、美しかった。ぼくはキオスクで『フィガロ』紙を買い、タヴェルヌ・デュ・パルヴィに入って読み始めた、大聖堂の広場に面している大きなブラッスリーで、レストランとホテルも兼ね、内装は一九〇〇年代風、椅子は木と革製で、アールヌーボーのランプがいくつかあり、明らかにクータンスでは「マスト」な場所だった。ぼくは中身のある分析、または少なくとも共和党の公式見解の表明を読みたかったのだが、その手の記事は何一つなく、ただエムリックに関する長い記事が掲載されていて、それによると葬式は昨日の夜、バイユーの大聖堂で、「ぎっしり集まった、故人の思い出に浸っている」参列者の下で行われたと新聞は述べていた。見出しの「フランス名家の悲劇的な最期」は大げさに思えた、彼には姉妹が二人いて、爵位の継承について問題は生じないだろうと思えたがその辺はぼくの知識を超えていた。

ぼくは二つ先の通りにインターネットカフェを見つけた、あまりに似ているので双子ではないかと思うような二人のアラブ人が経営していたが、そのルックスがあまりにもイスラームのウルトラ過激派に似ているのでおそらくかえって無害の男たちなのだろう。二人とも独身で一緒に住んでいるのだろう、そうでなければ双子の姉妹と結婚して隣同士の家に住んでいるのだろうと想像した、どちらにしてもそういった状況に違いない。

インターネットのサイトは膨大にあった、今では何についてもウェブサイトがあるのだ、ぼくは「貴族.org」だか「貴族階級.net」だか忘れたが、そこで答えを見つけることができた。エムリックの家系が歴史ある家柄だとは知っていたが、これほどだとは思わず、圧倒された。アルクール家の創始者はベルナール・ル・ダノワという人物で、ヴァイキングの長ロロに随伴し、九一一年、サン＝クレール＝シュル＝エプト条約によりノルマンディーの地域を支配することになった。その後、アルクール家の三兄弟、エラン、ロベール、アンクティルはウィリアム征服王側についてイングランド征服の戦《いくさ》に参加した。その報酬として彼らはイギリス側にもノルマンディー側にも広大な領地の宗主権を譲り受け、その結果第一次百年戦争では難しい立場に置かれることになった。しかしながら彼らは最後にはプランタジネットではなくカペー側についた。例外は「びっこ」のあだ名がついたジョフロワ・ダルクールで、彼は一三四〇年まで曖昧な立場を保ち、シャトーブリアンはいつもの誇張法でそれを批判しているが、その例外を除けばアルクール家はフランス王家の忠実なしもべであり続けた——この家は多くの大使、高位聖職者、軍の指揮官を輩出したのだ。ただこの家はイギリス側に分家もあった、家訓の「良い時代が来るだろう」というのは今日の状況にあまり適していなかったが。エムリックが日産ナバラの荷台の上で突然の死を遂げたことはこの家の本願にかなっているとも言えるし背《そむ》いているとも言えた。ぼくは、彼の父親がどう思ったかについて考えた。彼はフランスの農民の大義を守るために武器を手に亡くなったのであり、それは常に貴族の使命であった。同時に、彼は自殺したのであり、それはキリスト教徒の騎士の最期にはふさわしくないのじゃないかとも考えられた。それらすべての要素を鑑《かんが》みるに、彼が保安機動隊員を二人か三人殺していた方が良かったように思えた。

こういった検索には時間がかかり、兄弟の一人がミントティーを持ってきてくれた時にぼくは辞退した。ぼくはミントティーを好きだったことはなく、その代わりに炭酸飲料を受け取った。スプライト・オレンジを飲みながら、ここに来た目的は、できるならば今晩にでもこの地域に住む場所を探すことだったと気がついた。パリに戻る元気があるとは思えなかったし、戻らなければならない義務もなかった。正確に言うと、ファレーズの辺りに民宿を借りるのが目的だった。その後一時間ほど検索を続けてから、適当な場所が見つかった。フレールとファレーズの間にある、ピュタンジュという変な名前の村で、パスカルの文章をつい真似して、「女は天使《アンジュ》でも娼婦《ピュット》でもない」などと言いたくなってしまう。「人は天使になろうとして娼婦になる」、こんな言い回しには意味がないとはいえ、パスカルの元の文章がなんだったかも忘れてしまった、パスカルはなんて言おうとしていたんだっけ。ぼくにはセクシュアリティがないから天使に似ているかもしれない、それが少なくとも天使学についてのぼくの浅い知識が告げたことだったが、だとしたら何をしたら獣になるのか？　ぼくには分からなかった。

民宿の主人とはすぐに連絡が取れ、場所も空いていていつまで滞在してもいいとのこと、もしよかったら今晩からでも構わない、ただ、ここにたどり着くのは難しいですよと忠告してくれた、森の中にある一軒家だとのことで、ぼくたちは十八時にピュタンジュの教会の前で待ち合わせることにした。

森の中の一軒家なのだとしたら、食料の備蓄が必要だろう。クータンスで見かけた色々なポスターによれば、この街にはルクレール（フランスでも有数のスーパーセンター）があり、ルクレール・ドライヴイン、ルクレール・ガソリンスタンド、ルクレール・カルチャーセンター、それに旅行会社もあるとのことで、これもまたルクレールの経営だった。ルクレール葬儀社はまだなかったが、サービスとして唯一欠けているのはそのくらいだったろう。

ぼくはこの歳になるまでルクレールに足を踏み入れたことはなかった。ぼくは目が眩《くら》んだ。これほど商品の豊富な店が存在するとは想像したこともなかった、この手の店はパリでは考えられないだろう。ぼくは古くさくブルジョワ的である意味では時代遅れでさえある街、サンリスで子供時代を過ごし、両親は死ぬまで、近所の商店街で買い物をすることで彼らを支援するというのがモットーだった。メリベルについては問題にさえならない、人工的に拵《こしら》えられ、世界的な商業の正統的な流れからは遠く離れた、まったくもって観光客用の茶番そのものの街だった。クータンスのルクレールはそれとは違って、これは本物のスーパーセンターだった。あらゆる大陸からの食品が終わりを知らない商品棚に沿って並んでいて、それに必要なロジスティクス、どこかを航海している巨大なコンテナ船を思っただけでめまいがしそうだった。

ごらん、あれらの運河に
船が眠っているのを
放浪の気分に揺れて
あなたのどんなささやかな願いも
叶えるため
世界の果てからやってきたのだ[*1]

一時間ほどあちこち見て回って、ショッピングカートを半分以上いっぱいにしたところで、再びモルダヴィア女のことを考えずにはいられなかった、エムリックは彼女を幸せにできるかもしれなかったのに、彼女はもう今となっては故郷モルダヴィアのぱっとしない場所で死ぬんだろう、こんな天国が存在するとは思い至りもせず。秩序と美、それが少なくとも言えることだった。豪奢《ごうしゃ》、静けさ、そして悦楽と言ってもいい。可哀想なモルダヴィア女。そして可哀想なエムリック。

＊1　ボードレール『悪の華』の、「旅への誘い」からの引用。

民宿はサン＝オーベール＝シュル＝オルヌにあった。ピュタンジュ村に属する集落だったが、どのカーナビにも出てくるわけではないと宿の主人は説明した。彼はぼくと同じく四十代で、ぼくと同じ白髪交じりの髪を剃るくらいに短く刈り、ぼくと同じくどちらかといえば陰気なタイプに見えた。ぼくは少し恐ろしくなった。彼はメルセデスGクラスに乗っていて、中年男の間で会話の口火を切るにはちょうど良かった。なおいいことに彼はG500でぼくはG350に乗っていたので、ぼくたちの間には受け入れ可能な小さなヒエラルキーが確立されていた。彼はカーン出身だった。彼は何の職業に就いていたのだろうかと自問自答したが、うまく想像することができなかった。建築家だったんですよ、と彼は言った。それから、失敗した建築家ですね、と付け加え、大抵の建築家がそうなんですが、と言い添えた。彼は、カーン北部地方の郊外開発地帯のアパルトシティの建築責任者で、そこはカミーユがぼくの人生に本当に入ってくる前に一週間住んだところだった。自慢するようなことは何もないんですよ、と彼は解説した。確かに、自慢するようなことは何もなかった。

彼は、当然のことだが、どのくらいの滞在を希望かと聞いてきた。さあそれが問題だ、三日だって三年だってありえるのだ。ぼくたちは手っ取り早く一ヶ月の賃貸契約を結んだ、どちらかの変更がなければ自動的に契約が更新されるという方式で、ぼくは月初めに家賃を払うことにした。小切手でもいいですよ、自分の会社の経理を通すから、税金を節約するためでさえなくてね、と彼はいかにも嫌悪を交えていった、ただ税金申告が非常に面倒なだけで、家賃をBZの欄かBYの欄か、どちらに記入したらいいかも分からないし、何も書かないのが一番簡単なんです。ぼくはさして驚かなかった、何かを面倒くさがる傾向を自営業の人たちからすでに感じたことがあったからだ。彼自身はこの家に来ることはなく、多分ここにはもう戻らないだろうと感じ始めていた。二年前に離婚してから不動産に対するモチヴェーションをかなり失い、他のことに対してもそうだった。ぼくたち二人の人生はあまりに似ていたので一種のプレッシャーさえ感じるほどだった。

宿泊客は少なかったが、どちらにしても夏までは誰も見こめないので、サイトから告知を外します、夏も、どちらにしても、それほど人が入るわけではないし、とのことだった。彼は突然不安げに言った。「ネット接続がないんですよ、ご存じかと思いますが、広告に記載していたはずですので」ぼくは、知ってますよ、それで構いませんと答えた。その時、彼の目にわずかだが不安がよぎるのを見た。抑鬱体質の人間で、森の中で何ヶ月か一人きりになり、「自分と向き合い」たいという人たちは少なくないだろう。でも不特定期間インターネット接続がなくても眉《まゆ》をひそめず了解するのはまずい状況に陥りつつある徴《しるし》で、ぼくは彼の不安げな視線にそれを読み取った。「自殺したりはしませんから」ぼくは無邪気を装った微笑みを浮かべて言ったが、実際には胡散《うさん》くさく見えたのじゃないだろうか。「というか、すぐにはしないと思います」ぼくは妥協策を差し出すように言った。彼は口の中で何かつぶやきながら、家の具体的な説明に努めていたが、それはとてもシンプルだった。電気の暖房機はサーモスタットで調節され、自分が望む温度にダイヤルを回せば済むだけ、温水はボイラーから直接供給されるので、何もする必要はなかった。もし望めば暖炉に火を入れることもできた。彼は焚付けと薪の場所を教えてくれた。携帯はプロバイダによって接続具合が異なり、SFRはまったくつながらない、ブイグテレコムは割とよくつながり、オランジュがどうだったかは家主は覚えてないという。そうでなければ固定電話があったが、彼はタイマーを設置していなかった、客を信用したいと思っているので、と腕で大きな仕草をしたが、それは彼自身の態度を皮肉っているようでもあった、毎晩日本へでも電話しなければいいだけの話で。「日本へはありえません」と彼の言葉を遮ったが、それは自分でも考えてもいない不躾《ぶしつけ》な言い方で、彼は眉をひそめた、ぼくは、彼が何か尋ねて、それ以上知りたがっていると感じたが、しばらくして彼は諦め、彼の4WDの方に引き返していった。ぼくはその時まで、また彼に会うかもしれない、これはもしかしたら知り合う最初のきっかけなのではと思っていたが、車を出す前に、彼は名刺を渡して言った。「家賃は、こちらの住所に……」

そういうわけで今やぼくはこの世に、ルソーが書くように、兄弟も、身寄りも、友人も、社会もなく、ただ自分だけになっていた。そこまでは対応していたが、類似はそこで終わっていた。次の文章で、ルソーは自分が「どんな人より社会的で情がある」と表明していた、ぼくはそのケースには入らなかった。ぼくはエムリック、そして何人かの女性の話をしたと思うが、リストは決定的に短かった。ルソーと違って、ぼくは「全員一致の同意により人類社会から追放された」とも言えなかった。人類がぼくに対して反対同盟を結んだことはない。単に、反対も何もなく、ぼくの世界への関わりは最初から限られていて、それはほとんどなくなり、その地滑りを何一つ止められなくなっているということなのだ。

ぼくはサーモスタットの設定温度を上げて眠ろうとした、少なくともベッドで横たわろう、寝るのはまた別の問題だが、今は真冬で、日は長くなり始めていたが、夜はまだ長く、森の中では夜が絶対を占めるだろう。

ぼくはやっとのことで眠りについたが、それまでにはクータンスのルクレールで買い求めたカルヴァドス・オーダージュに何度も頼らなければならなかった。夢の浅瀬にたどり着くことなく、夜更けに、何かが肩に触れたか撫でたかした感触があって突然目覚めた。ぼくは身を起こし、落ち着こうと部屋を歩き、窓辺に来た。月がまったく隠れている時期なのだろう、でも雲が厚かったので星も一つも見えなかった。朝二時で、夜はまだ半分しか経っていず、修道院であれば朝課の時刻だった。ぼくは部屋の照明をすべてつけたが、心から安心することはできなかった。カミーユの夢を見たのだ、間違いない、カミーユがぼくの夢で肩を撫でたのだ、何年か前、毎晩そうしていたように、いや、もっとずっと何年も前に。もう幸せになれる希望はほとんどなかったが、まだ単純に狂気からは逃れたいと切望していたのだ。

ぼくは再び横になり、部屋をひとわたり見回した。寝室は完璧な正三角形をなしていて、壁の二辺が天井の中心の梁《はり》のところで繋がっていた。そこで、ぼくは自分が罠にはまったのに気がついた。付き合って最初の三ヶ月、ぼくはクレシーで、まったく同じタイプの寝室で毎晩カミーユと寝ていたのだ。その合致自体は驚くべきことではない、ノルマンディーの家は多かれ少なかれ同じスタイルなのだし、今いるところはクレシーから二十キロしか離れていないのだから。でもぼくはその点を前もって考えなかった、外から見ると二軒の家は似ていなかったからだ。クレシーの家はハーフティンバーで、こちらの家は大きめの石造りだった。おそらく砂岩だと思う。ぼくはさっと上着を羽織って食堂まで降りていった、凍りつくような気温で、暖炉の火はつかなかったようだ、ぼくは暖炉にうまく火をつけられた例《ためし》がないのだ、薪と小枝をどのように重ねたらいいのかまったく分からず、それはぼくと、模範的な男――そうだな、ハリソン・フォードとでも言っておこう――を分けている多くの点のうちの一つで、そういう男になりたいと思っていたが、いや、今の問題はそれではない、ぼくの心は苦悩に痙攣し、思い出は続けて戻ってくる、人を殺すのは未来ではなく過去なのだ、あなたを刺し貫き、蝕み、しまいには殺してしまう。キッチンもぼくたちが三ヶ月間夕食をとっていた空間とまったく同じだった、そう、カミーユと、クレシーの肉屋や八百屋、職人の焼いているパンや菓子屋、野菜の生産者たちのところでの買い物の後、彼女は「厨房に入る」のだった、健気な様子で、その様を今思い出すと心が疼く。ぼくは石の壁の優しい輝きに反射して銅鍋が並んでいるのを認めた。胡桃《くるみ》の木の一枚板の食器棚は透し彫りの模様が入り、並べられたルーアン製のカラフルでシンプルなモチーフの陶器が映えていた。ぼくは樫《かし》の木の台付きの壁時計があるのも見た、時計は過去のある時間で止まっていた。息子や、身内が死んだ時間で止める人もいる。一九一四年の、ドイツがフランスに宣戦布告をした時点で止めている人もいる。また、ペタン元帥が権力を握った時点で止めた人もいる。

いつまでもそこにとどまるわけにも行かなかったので、離れの扉を開ける金属製の大きな鍵を摑んだ、建築家の家主は、今のところ離れは人が住むには向いていないとあらかじめぼくに言った、暖房が入っていないのだそうだ、でももし夏までいるなら使うこともできるだろう。開けてみるととても広い部屋で、かつては家の中心となる空間だったに違いなく、今は、ソファーや庭用の椅子が雑然と並んでいたが、壁の一辺はまるまる本棚になっていて、驚いたことに、『マルキ・ド・サド全集』があった。十九世紀のものだろう、本革装丁で、表紙や天地には金付けが施され、こいつはひどく高価に違いないぞとぼくはさっと書物をめくりながら一人ごちた、本文中にも多くの銅版画があり、挿画のあるページで手を止めたが、奇妙なことにぼくにはまったく理解できず、様々な体位が表象され、多くの登場人物を描き出しているのに、その中で自分が登場人物の一人だったらどんな役割につけるか見当がつかず、そんなことを考えても意味はなかったのでぼくは中二階に上がった、そこはきっともっと快適で過ごしやすい空間だったのだろうが、穴が開き黴《かび》の生えたソファーが床に転がっているだけだった。そこにはレコードプレーヤーと特に四十五回転のレコードのコレクションがあり、ぼくはしばしためらってからツイストのレコードだろうと見当をつけた。それは特にジャケットのダンサーたちのポーズから推測できたことで、歌手や音楽グループの方はもうすっかり忘却の彼方《かなた》に去ってしまっていた。

　この家を見学している間、建築家は気詰まりな様子で、様々な器具の使い方を説明するのに必要な、せいぜい十分ほど留まっていたのみで、それから何度も、公証人などの書類があれほど面倒でなく、何より買い手に出会うチャンスがあれば、こんな家は売ってしまった方がいいのだがと繰り返していた。実際この家には何かしらの過去がありそうで、マルキ・ド・サドとツイストの間でそれが何だかはっきりさせるのは難しいが、とにかく呪縛を解かれる必要がある過去には違いない、そうしなければ彼に未来は開かれないのだが、この離れにあったものに、ぼくがクレシーの家で見たものを思わせるものは何もなく、これはまた別の病気の兆候、もう一つ別の物語で、ぼくはほとんど安堵して再び床についた、自分の生きている悲劇の中にいながらも、他の悲劇があるのを知った時、そしてそれからは逃れられたと分かった時、人は平静を取り戻すものなのだ。

翌朝、三十分ほど散歩をすると、オルヌ河岸に着いた。散歩道は、枯葉が腐食土に変わるプロセスに関心を持っているのでもなければ大して面白みもなかった——二十年以上前のぼくはそういうことに興味を抱いていて、森を枯葉が覆う度合いに応じて腐植土ができる量の様々な計算を行ったりもしたのだ。学生時代の、他のぼんやりとした思い出のかけらのようなものが戻ってきた。多分この森は手入れがされていないとその頃のぼくであれば指摘しただろう——蔓性の植物と寄生植物の密度が高すぎ、木々の伸びが遮られているに違いない。自然に任せて放っておけば素晴らしい樹林になると考えるのは間違っている、汎神論《はんしんろん》的な信の感情を喚起しうる力強い木々が、大聖堂にも比する空を切り取る樹林になると思うのは。自然はそのままでは不定形でカオス的な雑木林しか生み出さない、様々な植物から構成されるが最終的に見栄えはしないのだ。それがオルヌ河岸までの散歩の間おおよそ自分が見ていた風景だった。

ぼくの家主は、もし鹿に遭っても餌を与えないようにとぼくに忠告した。野生動物の威厳に反する行為だからではなく（彼は、それが馬鹿げていると反論するかのように、苛立たしげに肩をすくめた）、子鹿は多くの野生動物と同じく無節操な雑食動物だからで、あいつらはだいたい何でも食べる、ピクニックの残り物にありつくのは一番の楽しみで、穴の開いたゴミ袋にしても同じこと。単純に、ぼくが餌をやり始めたら鹿たちは毎日戻ってくるだろうし、そうなれば解放される術はない、鹿ってものは、一旦何かを始めたら糊《のり》の瓶くらいベタベタと執着するので大変なのだ。しかしながら、鹿の可愛らしいギャロップに心動かされ、動物的な感情にとらわれたら、チョコパンでもやるといいですよと彼は言った。鹿はびっくりするほどチョコパン好きで、その点では狼とはまったく違う、狼の場合好物はどちらかといえばチーズだが、どちらにしても狼はいない、彼らがアルプス山脈を越え、またはジェヴォーダン[*1]からであっても、ここまで来るにはまだ何年もかかるだろうから、今のところ鹿には何の心配もいらないのだ。

ぼくは鹿には一頭も出くわさなかった。それだけでなく、この森の中の一軒家にぼくが存在することを証明してくれるものには何も出会わず、その時ポケットに入れた手がほぼ運命的にカミーユの獣医科診療所の住所と電話番号をメモした紙に触れたのだった。エムリックの牛舎の隅に設置されていたオフィスのコンピュータで検索したのだが、その時のことはすでにずっと遠くのことに思われた。ほとんど前世のことみたいだった、実際には二ヶ月も経たないのだが。

ファレーズまでは二十キロほどしかなかったが、たどり着くにはほぼ二時間かかった。ぼくは長い間ピュタンジュの大きな広場に車を止めたまま、リオン・ヴェール《青刈り飼料のライオン》ホテルを取り憑かれたように眺めていた。とはいえ、その変わった名前の他には特に立ち止まる言い訳がつかない建物なのだが——リオン・ヴェール《緑のライオン》だったら良かったというわけではないだろうが。そのあと、バゾッシュ＝オ

＊1　十八世紀、人を襲う獣がジェヴォーダン地方に出没した。

ー＝ウルムで車を止めたが、ここはさらに寄り道する必要のない場所だった。その後ノルマンディーのスイス地方と起伏のある道のりを離れ、ファレーズに向かう最後の十キロは完璧な直線で、ぼくは斜面を滑っていくような感覚に陥り、無意識に時速百六十キロまで上げていたことに気がついた、馬鹿げた誤りで、まさにこういった場所にレーダーが設置されているのだし、こういった簡単に滑っていく道路は自分を暗い考えに引きずり込んでいくのだ、カミーユは新しい人生を始め、誰か男を見つけたに違いない、もう七年になるのだ、他に何が想像できるというのだ。

ぼくはファレーズを取り巻いている城壁沿いに車を停めた。征服王ウィリアムが生まれた城塞が城下を見守っていた。ファレーズの地図は単純で、ぼくは難なくカミーユの獣医科診療所を見つけることができた。それはドクトゥール・ポール＝ジェルマン広場に面していて、サン＝ジェルヴェ通りのとっつきにあり、見たところここは街で最も人通りの多い道路の一つだった。そのすぐ近くには同じ名前の教会が存在し、基礎になる部分はプリミティブゴシック様式で、フィリップ・オーギュストが町を包囲した際に甚大な被害をこうむっていた。ここまで来たからには、直接診療所に入って、受付係に声をかけ、彼女に会わせてもらっても良かった。他の人だったらそうしただろう、ぼく自身最後にはそうするかもしれない、しても仕方がない躊躇《ちゅうちょ》を何度もした後で。電話をかけるという解決策は最初から除外していた。手紙を書くというアイディアは長い間残っていた、今や人に手紙を書くことはあまりにも稀になっているので、いつだってインパクトがあるのだ、その考えを放棄したのは、ぼくに手紙を書く能力が欠けていると感じたからだった。

ちょうどその正面にオー・デュック・ノルマンというバーが一軒あり、ぼくが最終的にとった解決策はそれだった、自分に再び気力か生きる欲求か、その手のものがやってきて行動をとるのを助けてくれるまでここで待とうと思ったのだ。ぼくはビールを頼んだが、それは最初の一杯に過ぎず、これからその何倍も飲むことになるだろうと感じていた、まだ午前十一時だったのだ。店はごく小さく、テーブルは五つだけで、ぼくはただ一人の客だった。ぼくの座っている場所からは診療所が丸見えで、時々人がペットを連れて——犬だったり、キャリーケースを抱えていたり——入り、適当な言葉を受付と交わしていた。時々人がバーに入ってきた、ぼくから数メートルのところに座り、アルコール入りのコーヒーを頼んでいた、多くは老人で、とはいえ彼らは腰掛けず、カウンターで飲むほうを選んでいたが、ぼくにはその気持ちが理解できた、ぼくだったらそうすると思った、まだ矍鑠《かくしゃく》として、気も若く足腰もしっかりし、年寄りと退けるには早い男たちなのだ。これら恵まれた客が自分たちの体力をひけらかしている間、店主は、祭司さながら悠々と『パリ＝ノルマンディー』紙を読んでいた。

ぼくが三杯目のビールに入っていて、注意力が散漫になり始めた頃、カミーユが視界に入ってきた。彼女は診療室から出てきて、受付の女性としばし会話を交わした——昼食の休憩時間だったのだ。彼女はぼくから二十数メートルのところにいて、それより近づきはしなかったが、まったく変わっていなかった、見た目もまったく変わっていなかったのは信じられないくらいだった、もう三十五歳を過ぎているはずだったが、今でも十九歳の若い娘の雰囲気を漂わせていた。ぼく自身の方は身体的に変わり、老けた徴がそこここに表れていたのに、ぼくは鏡で自分の顔を見てそれに気がついていたが、満足することも苦々しく思うこともなかった、それほど不快ではない隣人に踊り場で出くわすのと同じようなものだ。

もっと悪いことに、彼女はジーンズにライトグレーのパーカーといういでたちで、それは彼女がパリの列車から降りた時に着ていたのと同じ服装だった、十一月のある朝、バッグを斜めがけにして、ぼくたちの視線が何秒か、何分か、分からない間お互いに注がれるまで、そして彼女がぼくにこう言うまで、「わたしはカミーユです」、そうして新しい状況のつながり、新しい生存形態の条件が作り出され、ぼくはそこからまだ抜け出しておらず、おそらく抜け出すことはないだろうし出る気もまったくないのだった。ぼくは、この二人の女性が診療所から出てきて、歩道で何か会話を交わしているのを見て一瞬パニックに襲われた。彼女たちはオー・デュック・ノルマンで昼食をとるだろうか。偶然カミーユに出くわすのは最悪の解決策に思えた、失敗確実だ。でも実際はそうならず、彼女たちはサン＝ジェルヴェ通りを登って行く、そして本当のことを言うと、オー・デュック・ノルマンをつぶさに観察し、ぼくは自分の心配が杞憂《きゆう》だったことに気がついた、店主は食事を何も提供していなかった、サンドウィッチさえもだ、昼時の「ラッシュアワー」は彼のスタイルじゃないのだ、彼は相変わらず『パリ＝ノルマンディー』紙を徹底的に読み尽くしていた、あまりにも過剰で病的な関心をこの新聞に持っているかのようだった。

ぼくはカミーユが戻ってくるのを待たず、ビール代を払い、ほろ酔いでサン＝オーベール＝シュル＝オルヌに戻り、寝室の三角屋根と壁に掛けられた銅鍋、そして思い出と対決することになった。グランマルニエの瓶が一本残っていたがそれだけでは足りず、不安は刻一刻と階段を昇るようにつのり、十一時からは頻拍が時折始まり、それに続いて多汗と吐き気が襲ってきた。午前二時頃、ぼくは、この晩から完璧に立ち直ることはないだろうと理解したのだった。

そして実際、ぼくはこの時から自分の行動をコントロールできなくなり、意味がない行動が多くなり、自分が今まで共有していると信じていた一般的な道徳や理性からはっきり距離を取り始めた。今までも十分説明したと思うが、ぼくは強い個性を持った人間ではなく、忘れられない足跡を歴史に残す人間でも同時代の記憶に残る人間でもない。何週間か前から、ぼくはまた読書を始めた、まあ読者としてのぼくの好奇心はそれほど広くないので、読書と言って大げさでなければだが。ゴーゴリの『死せる魂』を一日にせいぜい一ページか二ページ、たくさんは読まず、何日も続けて同じ箇所を読み返すことも少なくなかった。読書はぼくに限りない喜びをもたらした、ぼくは今まで、この少しばかり忘れられたロシアの作家ほど他人と近いと思ったことはない、でもぼくはゴーゴリとは反対に、神が自分に複雑な気質を与えたとは言えないのだ。神はぼくに単純な気質を与えた、ぼくに言わせればこの上なく単純で、どちらかというと周りの世界が複雑になり、自分にとってはあまりに複雑すぎる世界に到達してしまったため、ぼくは自分が飛び込んだ世界の複雑さを引き受けることができず、自己正当化するわけではないが、勢いぼくの行動も理解不可能で不安定になってしまったのだ。

翌日ぼくはオー・デュック・ノルマンに十七時にはいた、バーの店主はぼくがいるのにすでに慣れっこになっていて、昨日は少し不審に思っていたようだが今日はまったくそんなことはなく、注文をする前からビールサーバーのタップに手をかけた、ぼくは同じ場所に座った。十七時十五分頃、十代半ばの若い女の子が診療所のドアを押した、彼女は三、四歳くらいのごく小さい男の子の手を引いていた。カミーユは診察室から出てきて男の子を抱きしめ、くるくる回ると接吻を浴びせた。

子供、彼女には子供がいるんだ。それは俗に言う新しい事実というやつだった。ぼくはそれを見越しておくことだってできたはずだ、女性は時に子供を持つものだ、でも実際、ぼくはあらゆる事態を予測したがこのことには思い至らなかった。そして、本当のところ、ぼくが最初に考えたのは子供自身のことではなかった。子供は普通二人で作るものだろう、と思ったのだ、普通はそうだがいつでもそってわけではない、今では医学的に様々な可能性がある、それについてはぼくも聞いたことがある、それでぼくは、子供が人工授精だったらいいのにと思ったのだ、そうであればある種リアルさに欠けるように思えただろう、でも実際に起こったのはそのケースではなかった、五年前カミーユは「ヴィエイユ・シャリュ・フェスティヴァル」[*1]のチケットと電車の切符を買って出かけた、それで妊娠可能な時期だったのにコンサートで出会った男と寝てしまったのだ——どの音楽グループのコンサートだったかは覚えていないが。別に最初に出会った男に飛びついたわけではなく、男はそれほどダサくもバカでもなかった。商業学校の学生で、一つ引っかかるのはヘビーメタルのファンだったということだが、仕方がない、完璧な人間などいないのだ、そしてヘビーメタルのファンにしては礼儀正しく清潔だった。ことはコンサート会場から何キロか離れた草原に男がしつらえたテントで起こった。素晴らしかったわけでも失敗したわけでもなく、合格点というところか。男相手ではいつもそうだが、コンドーム問題はすぐに退けられた。彼女は先に目を覚まし、「ロディア」のノートの一ページを破って嘘の携帯番号を記し、よく見えるところに置いた。これはほとんど杞憂だったと言えるだろう、彼が電話をする心配はほぼなかったのだから。そこから駅までは徒歩で五キロあり、それだけが不便な点だったが、それ以外は、天気も良く、夏の明るい気持ちの良い朝だった。

彼女の両親は妊娠の知らせを諦めて受け入れた、時代が変わったことを知っていたし、彼ら自身はそれを良しとしているわけではなかったが、どのみち世界は変わったのだ、新しい世代は再生産の義務を果たすために奇妙な迂回《うかい》をしなければならないのだろう。そうして両親は肩をすくめたが、でもその理由はお互いに少しずつ異なっていた。父親にはそれでも恥の感情が残っており、自分の教育が一部間違っていたのではないか、そして何か別の展開がありえたのではないかという感覚があった。母親の方は、内心すでに孫を迎える喜びに溢れており、彼女にはそれが男子だと分かっていた、すぐに確信したのだ、そして実際、生まれてきたのは男の子だった。

十九時ごろカミーユは診療所を出てきた、受付係と一緒だったが彼女はサン＝ジェルヴェ通りに去って行き、カミーユは診療所のドアを閉めて彼女の車、日産マイクラに乗り込んだ。ぼくは彼女の後を付いて行こうと思っていた、日中そういう考えが浮かんだのだが、ぼくは城壁の近くに車を停めていたから遠すぎた、車を取りに行く時間はなかったし、どちらにしてもその気力はないように感じられた、今晩はだめだ、子供もいるのだし、状況を総合的に検討しなおすに越したことはな

＊1　フランスで最大の動員数を誇る夏の音楽フェスティヴァル。

い、今日のところはファレーズのカルフール・マーケットに行ってもう一本か二本グランマルニエを買い足しておいたほうがいいだろう。

次の日は土曜日で、カミーユの診療所は休みではないだろうと思った、一番出入りが多い日だろう、犬が病気になった時、人は時間ができるのを待つのだから、通常人の生活とはそのようにできているのだ。反対に、息子の幼稚園だか保育園だか託児所だかは休みだろうから、おそらく彼女は土曜日にはベビーシッターを頼むのだろう、多分彼女は一人暮らしだろうから、そう考えておいた方がぼくには都合が良かった。

ぼくは十一時半には着いていた、可能性は薄いが、土曜日の午後診療所を閉めるというケースを予測したのだ、店の主人は『パリ＝ノルマンディー』紙を読み終え、今度は『フランス・フットボール』誌を同じくらい舐め回すように読んでいた、そういう読み方をする人間なんだろう、そういう人はいるしぼくも何人か知っている、エドゥアール・フィリップ（フランス共和国現首相）の声明とかネイマールの移籍の大見出しだけでは満足せず、事件を奥まで知りたいと思っている人たちだ、彼らは見識のある世論の土台、代表制民主主義の柱なのだ。

診療所には一定の間隔で顧客が訪れていたが、カミーユは昨晩より早めに診療所を閉めた、だいたい十七時だった。ぼくは今回彼女の車から何メートルか離れた側道に車を停めていた、一瞬彼女がぼくの車に気がついてしまうのではと思ったが、それはありそうになかった。ぼくが二十年前にこの車を買った時、メルセデスGクラスはほとんど知られていず、人はアフリカ横断をしようとかサルデーニャに行こうとかと思った時にこの車を買っていた。今はすっかりはやりの車になってしまい、このヴィンテージ感がいいらしく、郊外の若者のキッチュな車になってしまったのだ。

バヅッシュ＝オー＝ウルムで脇道に入り、車がラボダンジュの方角に向かった時、彼女は息子と二人きりで住んでいるに違いないと確信した。それは、そうあって欲しいという希望が言わせたのではなく、証拠は出せないが強い、本能的な確信だった。

ラボダンジュに向かう通りに車はぼくたち二台だけで、ぼくは速度をぐっと下げて、彼女にかなり先に進んでもらうようにした。霧が降りてきて、彼女の車のバックライトがやっと見えるか見えないかというところだった。

ラボダンジュ湖畔に着くと、太陽は沈みかけていて、その光景は印象的だった。湖は橋の両側に何キロにもわたって続き、樫や楡《にれ》の深い森に囲まれていた。おそらく堰止め湖なのだろう。人間が住んでいそうな徴はどこにもなかった、この光景は自分がフランスで見たもののどこにも似ていなかった、むしろノルウェーやカナダかと思うくらいだった。

ぼくは斜面の上に位置するレストラン兼バーの裏手に車を止めた。そこは冬の間閉店していたが、テラスからは「湖に面したパノラマのような眺め」を楽しめ、宴会料理のご希望にも沿えます、夏にはアイスも常時ご提供しています、とのことだった。カミーユの車は橋にかかった。ぼくはシュミット・アンド・ベンダーの双眼鏡をグローブコンパートメントから取り出した、もう彼女を見失う恐れはなかった、どこに行くかだいたい予測はついていたからだ。橋の反対側、数百メートルのところにある木造の小さい山荘で、家の前面にあるテラスは湖に面していた。森の真ん中の射面に隠れ、山小屋は本当に鬼に囲まれた人形の家のようだった。

実際、橋を越えると、日産マイクラは傾斜のある道に入って行き、テラスのすぐ前で停まった。十代半ばの女の子がカミーユを迎えた。昨晩見たのと同じ子だった。少し会話を交わした後、若い子はスクーターで去って行った。

こんな風にカミーユは、森の中にポツンと建った家に住んでいたのだ、隣人から何キロも離れたところで。もちろんそれはおおげさな表現かもしれない、一キロか二キロくらい北に行ったところにもう少し大きな家が一軒あった、しかしそれはどう見ても避暑用の家で、雨戸は閉まっていた。それからパノラマのような眺めのレストラン、ラ・ロトンドがあって、その裏手にぼくは車を停めたのだった、よく観察したところ、レストランは復活祭のヴァカンスの頃営業を再開するとのことだった（すぐ隣には水上スキークラブがあって、そこも大体同じ時期に活動を再開するらしかった）。レストランの正面玄関は防犯アラームで保護され、暗証番号キーボックスの下方で赤いパイロットランプが点灯していた。しかし下に降りていくと、関係者用の入り口があり配達業者が出入りできるようになっていて、ぼくはやすやすと錠をこじ開けることができた。中の温度はどちらかというと暖かく、外よりずっと過ごしやすかった、おそらくワインセラー管理のためにサーモスタットシステムが働いているのだろう——とても上質のワインセラーで、数百本のボトルが眠っていた。食べ物の方はそれに比べると劣り、缶詰の棚が何段かあったがほとんどは野菜缶と果物のシロップ漬けだった。ぼくは、スタッフ用の部屋に、薄いマットレスが敷かれた小さい金属製のベッドがあるのにも気がついた。シーズン中は、スタッフの休憩時に使われているのに違いなかった。ぼくはベッドを楽々と上階に上げるとこの眺めのいいレストランのホールに設置し、双眼鏡を脇に置いてそこに陣取った。マットレスはお世辞にも快適とは言い難かったが、バーには飲みかけのアペリティフのボトルが山ほどあったし、この状況を全体的に説明することは難しかったが、数ヶ月ぶり、または数年ぶりに初めて、ぼくは自分がいるべき場所を見つけたと感じ、単純に言うと、幸せだった。

彼女は居間のソファーで、息子のそばに座って二人でＤＶＤを見ていたが、それが何なのかはよく分からなかった、おそらく『ライオン・キング』だろう、それから子供は眠りにつき、彼女は子供を抱きかかえると階段の方に向かった。それから少しして、家の明かりはすべて消えた。ぼくの方には懐中電灯しかなく、他には方法がなかった。ぼくは、この距離では彼女から見えないだろうと思ったが、もしもレストランの照明をつければ、何かおかしなことが起こっているのではと疑われるだろう。ぼくはスタッフ用の部屋でそそくさと食事をした、グリーンピースの缶詰と桃の缶詰を一缶ずつ、サンテミリオンのボトルを開けて飲んで、ほとんどすぐに眠ってしまった。

次の日カミーユは十一時ごろに外出し、子供をチャイルドシートに乗せて車を発進させた、橋をこちら側に戻ってきて、車はレストランの客室から十数メートルのところを通った。お昼前にはバニョル＝ド＝ロルヌに着いていているだろう。

あらゆるものは存在する、存在を要求する、そうしていくつもの状況が重なり、強い感情を引き起こす原因になり、ある運命が達成される。ぼくがここに描写した状況はおおよそ三週間続いた。通常十七時ごろここにやってきて、定点観察の位置についた、今や準備もバッチリできていて、灰皿、懐中電灯も置いてあった。時折、厨房の野菜缶に添えるためにハムを持ってきた。一度などはニンニク入りソーセージを携帯したこともある。アルコールについては、まだ何ヶ月でも十分やっていけそうだった。

カミーユは独り身であるだけでなく、恋人もいないことが今や判明した、それだけでなく友人もそれほどいないようだった。この三週間、来客は一人もなかったのだ。どうしてこんなことになってしまったのだろう。どうして、二人とも、こんな状況に陥ってしまったのだろう。そして、共産党のスローガン的に言えば、人はこんな風に生きるものなのか?

答えは、そう、その通り、ぼくはそのことに少しずつ気がつき始めた。また、物事は改善されはしないということにも。カミーユは自分の息子との深く排他的な関係にのめり込んでいる。それは少なくともまだ十年間、下手をすると彼が学校を出るまで十五年はかかるだろう——この子は真面目に勉強するだろうし、母親が注意深く献身的に付き添い、高等教育を受けさせるだろう、その点については何の疑いもなかった。次第に、物事はシンプルではなくなるだろう、彼はガールフレンドを何人も作るだろうし、その中から一人の女性が選ばれるが歓迎されない、カミーユはそうなれば迷惑な、邪魔な存在になるだろう（そしてそれが女の子でなく男の子だったとしても状況が改善されるわけではない、ぼくたちはもう、息子がゲイだからといって母親が胸をなでおろす時代に生きているのではないのだ、あのオカマたちは、母親の支配を逃れてカップルで生活し始めているのだから）。そうなれば彼女は自分の人生の唯一の愛の対象を手元に残しておくために戦うだろうし、状況は厳しくなるばかり、最後には「自然の法則」、自明な事柄に従うだろう。そして彼女は再び自由で一人きりになるが、その時にはすでに五十代で、ことはすでに遅し、ぼくについては問題にならない、すでにかろうじて生きている状態なのだから、あと十五年のうちには死にすぎるほど死んでるだろう。

もう二ヶ月ほどぼくはシュタイヤー・マンリヒャーを使っていなかったが、それぞれの部品は抵抗なくぴっちりとはまった、このメーカーの機械加工は感嘆すべきものだった。ぼくは午後の残りの時間、森の少し離れたところにある廃屋を標的にして訓練した。まだガラス窓が残っていたので、そこに撃ち込んだのだ。ぼくの腕はまったく鈍っていなかった、五百メートルの距離からの正確度は素晴らしかった。

カミーユは、今息子と生きている二人で一人のような完璧な関係を、ぼくのゆえに危機に晒されるなどと考えられるだろうか。そして、彼女の子供は、母親の愛情を他の男と分かち合うなどと考えられるだろうか。この問いに対する答えはかなり明白で、否応無しに出てくる結論は、彼かぼくかを選んでもらう、というものだった。

四歳の子供に対する殺人は必然的にメディアの感情的な反応を引き起こすだろう、ぼくは、かなり大規模な捜査が行われるだろうと予測した。このレストランはすぐに発砲場所として同定されるだろうが、ぼくはいつもラテックスの手袋を嵌めていたので、この建物では指紋を残していないと確信できた。ＤＮＡについては何からＤＮＡを抽出できるのかはっきりとは知らなかった。血、精液、髪、唾液？　ぼくはビニール袋を持ってきていて、タバコを吸うとそこに入れていた。最後にこの場所を去る時には、自分が口をつけた食器類も袋に入れ、用心には用心を重ねておこう、実際のところぼくのＤＮＡは一度も抽出されたことはない、犯罪の場合を除いてＤＮＡを体系立てて抽出の法律は一度も可決されなかった、ぼくたちはある意味では自由な国に住んでいるのだ、それでぼくは身に迫った危険を感じはしなかった。この件が成功するかどうかは、どれだけ早く実行できるかにかかっているだろう。発砲から一分も経たない間に、ぼくはラ・ロトンドを後にできるだろうし、一時間も経たないうちに、パリに向から高速に乗っていることだろう。

ある晩、殺人の様々な要素を頭の中で色々シミュレーションしている時、モルジヌでのある年の大晦日の思い出がふと浮かんできた。それは初めて零時まで起きていてもいいと両親が許可してくれた時のことだ。彼らは何人か友人を呼んでいて、小さなパーティーだったのだろうが、その点については何の記憶もない、反対に、覚えているのは、自分たちがこれから新しい年に入っていくという考えにすっかり酔っていたことで、まっさらな年には、どんなささやかな仕草、例えばネスクイックを一杯飲むという動作も、ある意味初めてなされるということだ、ぼくはその頃五歳かそこらだったろうか、カミーユの子供よりもう少し大きいくらい、でもぼくは、人生は幸福の連続で、幸福は増える一方、将来にはますます多様で大きな幸福が訪れると思い込んでいた、その思い出が戻ってきた時に、ぼくはカミーユの子供の気持ちが分かった気がする、彼の立場になり、そして子供の立場に自分を置くことで、ぼくには彼を殺す権利が与えられるのだ。実際のところ、ぼくが雄鹿だったりブラジルのマカクだったりしたら問題は生じさえしなかっただろう、哺乳類のオスは、メスを手に入れるとそれまでの子供を皆滅ぼしてしまう、それによって自分の遺伝子型の優位が保証されるのだ。この態度は人類の歴史の初期には長い間保持されてきた。

ぼくは今や射殺をめぐる何時間、何分間に至るまで何度でも思い浮かべ直すことができた、自分の人生には、もはや思い出すことくらいしかライフワークはないのだ。ぼくは、自分が殺人へと心を傾けていくのを止めようとする力、反対方向へ向かうエネルギーが、道徳と何かの関係があるとは思っていなかった。それはどちらかというと人類学的な問題で、自分が近代の人類に属するがゆえに、その則《のり》に従っているという、言い換えれば順応主義の問題だった。

ぼくがその限界を超えられたとして、報酬はもちろんすぐには与えられないだろう。カミーユは恐ろしく悲しむだろうし、彼女とコンタクトを取るまでには半年は待つ必要があるだろう。それからぼくは戻ってきて、彼女はまたぼくを愛するだろう、彼女はぼくを愛するのをやめたことなどない、ことはそれほどシンプルなのだ、ただ彼女は他の子供が欲しいと思うだろう、それもすぐに。そして子供はできるだろう。十数年前、ぼくたちはあるべき運命からそれ、道を踏み外してしまったのだ。ぼくが最初に過ちを犯し、カミーユがそれに輪をかけた。今やその過ちを正す時だ、今こそがその時、最後のチャンスで、ぼくだけがそれをできるのだ、運命のカードを手にしているのはただぼくだけ、解決策はぼくのシュタイヤー・マンリヒャーに委ねられているのだ。

翌週の土曜日、午前中に機会が訪れた。時は三月初旬で、優しい春の気配がすでに訪れ、銃身を窓の外に少し出すため湖に面したガラス窓を何センチか開けた時、ぼくは少しも寒気を感じなかった、焦点の安定性を妨げるものは何もなかったのだ。子供はテラスのテーブルでディズニーのジグソーパズルの大きな箱を前に座っていた、双眼鏡で覗くと白雪姫だと分かった、ヒロインの顔と胸の部分だけが今のところできあがっていた。ぼくはライフルスコープを最大倍率に合わせてから銃を設置し、呼吸を少しずつ規則的に、緩やかにしていった。子供は横を向いていて、その頭が射程内に完全に入った。子供も微動だにしなかった、パズルにすっかり夢中になっていたのだ。確かに、パズルは極度の集中を必要とする遊びだ。何分か前、ぼくはベビーシッターが上階に上がって行ったのを見た——この子が読書や遊びにかかると、彼女は上階に上がり、ヘッドフォンをつけてネットサーフィンに興じるのにぼくはすでに気がついていた。そうなれば彼女は何時間かはそうしていて、子供の昼食の時間までは降りてこないだろうと思った。

子供は十分間ほど完璧に動かずにいた、時々パズルのピースが入った箱の中を探るゆっくりとした仕草を除いては――白雪姫の上半身は少しずつできあがりつつあった、彼はぼくと同じくらい動かなかった――ぼくはこれほどゆっくりと深く呼吸をしたことはない、手がこれほど震えなかったことも、銃をコントロールできていると感じ、完璧な射撃が行えると感じた、一度の射撃で自由になれるのだ、人生で最も大事な一発、これまでの何ヶ月もの訓練はこのためにあったのだ。

このようにして十分間が経った、まったく動かないまま、もしかしたら十五分か二十分だったか、突然指が震え始め、ぼくは床に崩れ落ちた、カーペットがザラザラと頬に触れ、もうだめだ、ぼくは撃たないだろうと分かったのだ、物事の流れを変えることはできない、カミーユに再会することもできず、ぼくたちはそれぞれ一人きりで死ぬだろう、不幸で孤独に、それぞれ別の場所で。ぼくは立ち上がったが震えに襲われていた、視界は曇り、ぼくはあてずっぽうに引き金を引いた、眺めのいい客室の大きなガラス窓は粉々に砕け散り、あまりに音が大きかったので、正面の家にまで聞こえたのではないかと思った。ぼくは双眼鏡で子供を覗いた。いや、彼はじっとしていた、相変わらずパズルに集中し、白雪姫のドレスが少しずつ形を見せつつあった。

ゆっくり、本当にゆっくり、葬儀のような緩慢さで、ぼくは常に正確に組み合わさっているシュタイヤー・マンリヒャーを解体し、運搬ケースに入れた。ポリカーボネートのケースを閉めると、銃を湖に投げ捨てようかと一度は思ったが、しかし自分の失敗を明らかに認める行為はまったく不要に感じられた、失敗はどのみち起こってしまい、それ以上に強調するのはこの罪のないカービン銃に対して不当な行為になるだろう、この銃は、使用する者に仕え、正確に精密に目的を達成するためだけにできているのだから。

次に、橋を渡って子供に会いに行くという考えが浮かんだ。ぼくはその考えを数分頭の中で反芻してから、ギニョレ＝キルシュのボトルを空にし、それから、理性、というか理性の一種を取り戻した、ぼくはどちらにしても父親かその代理にしかなれないのだし、子供にとって、父親が存在することが何になるというのだ、どうでもいい父親など必要としているのか？　まったく要らないだろう、ぼくはすでに解けたはずの方程式をまたもや蒸し返しているような気がした、解は自分の敗北と出ていたのだ。前にも言ったように、彼かぼくかで、彼が選ばれたのだ。

第三段階として、ぼくは銃を諦めよくG350のトランクに積み、後ろを振り返らずにサン＝オーベールの方角に引き返した。あと一ヶ月少ししたらレストランが営業開始になり、店が不法占拠されていたことに気がつく、おそらくホームレスのせいだとし、出入り業者用の入り口を保護するために新たな警報を設置するだろう。警察が捜査をし、指紋の採取をするかどうかだって怪しいものだ。

ぼくは自分が退廃の一途をたどっていることを感じていた。ただぼくはすぐにはサン＝オーベール＝シュル＝オルヌの家を引き払わなかった、少なくともその時すぐには、理由は後から考えてみると説明が難しいのだが。ぼくはもう何も期待していなかったし、期待できることは何もないと重々承知していた、現状に関するぼくの分析は完全で確実に思えた。人間の精神には知られていない領域があり、それはあまり開拓されていないからだ、幸いにもその領域を探索する羽目になる人は少なく、その作業を行った人は十分な理性を持たないがゆえに、これなら分かるという描写には至れないのだ。そのゾーンには、実際に思い出せる限りただ一つの表現、「あらゆる希望を超えて待ち望む」という、逆説的で不条理な表現を使うことでしか近づくことができない。それは夜と同義ではない、さらに悪い。そして、個人的に経験はないものの、実際、真の夜、半年続く極夜の中でも、太陽のイメージや思い出は残るのではという気がした。ぼくは終わりのない夜に入りこんでいたが、それでいながら、自分の奥底に何かが残っていた、希望と言っては言い過ぎの、不確実性とでもいうべき何かが。同様に、個人的に勝負に負けて、最後のカードまで出してしまっても、ある人たちには――あくまでも全員にではないが――天で何かがもう一度状況を作り直し、新しいカードを恣意的に配分してくれて、もう一度サイコロを振り直してくれるという気持ちが残っている、神などというものの介入や存在さえ人生で一度も感じはせず、自分に好意的な神の采配に特に値しないと感じていても、そして自分が人生を構築する上で限りなく過ちを重ねてきたとみなし、誰よりもそのような采配を受けるに足らないと気がついていても。

借りていた家はあと三週間分の家賃を払っていたので、ぼくの狂気に具体的な杭《くい》を打つのには役立った――この状況でぼくが数日も耐えられるとは思わなかったが。どちらにしても差し迫った必要があった、それはパリとの往復で、キャプトリクスの服用を二十ミリグラムに上げなければならず、それは自分が生き延びるのに最も基本的な予防措置であり、これを無視するわけにはいかなかった。ぼくは翌々日の朝十一時、アゾト先生に予約を入れた、サン＝ラザール駅に着いてからそれほど待たずにすみ、同時にもしも列車の遅れがあっても間に合うぐらいの余裕があった。

パリまでの旅行は奇妙にもぼくに快適な気分をもたらした、確かに不快ではあるが個人的な問題には属さない様々の事柄に気を紛らわし、気散じすることができたからだ。列車はサン＝ラザール駅に三十五分遅れで着いたが、それはおおよそぼくが予測していた通りだった。二十世紀初頭、駅員たちは伝統的に到着時刻を遵守し、それを誇りにもし、その精神がかなり強固に根付いていたので田舎では列車が通る時刻に時計を合わせていたぐらいだったが、それは今や消えてしまった。フランス国有鉄道は見る影もなく疲弊してしまい、ぼくはそれを目《ま》の当たりにしてきた。時刻表は純粋な冗談としか今日では考えられず、列車内で食事をするという概念も在来線特急では消えてしまったようだし、同様に設備のメンテナンスも、座席の布はボロボロで汚い詰め物がはみ出していたし、トイレは使用不能か、掃除が忘れられ不潔極まりないので入る気には到底なれず、列車の車両間の連結路で用を足した方がマシだと思えた。

全体的なカタストロフィーの空気はいつでも個人的なカタストロフィーを少しばかり和らげるもので、だから戦時中は自殺が稀なのだろう、ほとんど快活な足取りでぼくはアテネ通りに向かった。

しかしながらアゾト先生がぼくに投げた最初の視線で、ぼくは自分の幻想を速やかに捨てた。それは、心配と同情と純粋な職業上の慮《おもんぱか》りのないまぜになったものだった。彼は簡潔にコメントした。「どうも思わしくない状態のようですね……」ぼくは反論できなかった、何ヶ月も彼に会っていなかったので、彼は当然のことながらぼくには欠けている比較材料を持っていたからだ。

彼はこう続けた。「この感じでは、二十ミリグラムを処方することになりますが、十五ミリグラムだろうが二十ミリグラムだろうが、抗鬱剤がすべてを解決してくれるわけでないのは知ってますね」もちろんぼくは知っていた。「それに、知っておいていただきたいのは、二十ミリグラムは市場に出まわっている最大の量だということです。もちろんそれを二錠飲むことだってできる、そうして二十五から三十、三十五と量を増やしていったらきりがないでしょう。正直、それはお勧めしません。二十ミリグラムでの投薬データはありますが、それ以上は存在しないのが現実で、リスクは負いたくありませんから。セックスの方はどうなってますか」

この質問にぼくは開いた口が塞がらなかった。もちろん悪い質問ではないことは認めなければならない、質問はぼくの現状と関係があり、ぼくにとっては遠く、茫漠としていたがそれでも関係はあったのだ。ぼくは何も答えなかったが、おそらく手を広げたか口を軽く開いたかしたようで、それで十分意思の伝達ができたのだろう、先生はこう言った。

「ああ、いいです、分かりました……。一応血液検査をしておきましょう、テストステロン値を測っておきたいから。通常なら値は非常に低いはずです、キャプトリクスにより生産されたセロトニンは、自然に分泌されるテストステロンの場合とは逆に、テストステロン合成を抑制しますから。どうしてなのか聞かないでくださいよ、まだ我々には何も分かってないんです。通常なら、あくまでも通常ならですが、その現象は決定的ではなく、キャプトリクス服用をやめれば元に戻るはずです、もちろん理論上はということで、百パーセント保証はできません、もし科学的に絶対確実だと分かるのを待っていたら薬なんて一つも市場には出せませんから。お分かりですね」ぼくは頷いた。彼はなおも続けた。「とは言いましても……。テストステロン値だけではなく、全体的なホルモン検査をなさるよう用意しておきましょう。ただ、わたしは内分泌学専門ではありませんから、分かりかねる部分もあると思いますよ、専門家の診察を受ける気はありませんか、良い医者を一人知ってますが」

「できれば避けたいです」

「できれば避けたいです、か……。分かりました、その返事をわたしに対する信頼の証《あかし》ととっておきましょう。そうしたら、このまま続けてみることにしましょうか。本当のところ、ホルモンの問題はそれほど複雑ではありません、少しばかり調べれば片がつくことですから、それにわたしは医学生だった時、内分泌学は嫌いじゃなかったんですよ、お気に入りの科目だったと言ってもいい、その分野にまた少しばかり取り組んでみるのも悪くはないでしょう……」彼は懐古的な気持ちに浸っているように見えた、ある年齢からは、学生時代のことを考えるとそのような気持ちになるのが避けられないのだ、ぼく自身生化学がとても好きだったので彼の気持ちは余計に分かった、複雑な分子の性質について学ぶことに不思議な快感を覚えていた、違いは、ぼくはクロロフィルとかアントシアニンなど、植物中の物質の分子に興味を持っていたということだが、ベースは概《おお》む《む》ね同じで、彼が言いたいことはとてもよく分かった。

ぼくはそういうわけで処方箋を二枚手にして診療所を出た、そしてサン＝ラザール駅近くの薬屋でキャプトリクス二十ミリグラムを購入した、ホルモン値分析についてはパリに戻ってからでいいだろう、今やパリに戻らなければならないのははっきりしていた、パリなら、完全な孤独もよりありきたりで、街になじんでいるからだ。

ぼくはそれでも最後にもう一度、ラボダンジュ湖畔に戻った。日曜日の昼間を選んだ、その時間帯ならカミーユはバニョル＝ド＝ロルヌで両親と昼食をとっていて、確実にいないと知っているからだ。カミーユがもしいたら、これきり別れを告げることは不可能だったろう。最後の別れ？　ぼくはそんなものを本当に信じていたのだろうか。そう、本当に信じていた、人が死ぬのも見たし、ぼくもほどなく死ぬだろうし、最後の別れに人はいつでも出会っているのだ、人生のあらゆる時点で、幸運にも短い人生を送るというのでなければ、最後の別れには実際のところほとんど毎日出会っているのだ。天気はおめでたいほどに良く、暖かくまばゆい陽の光が湖の水を照らし、森は陽光を受けてきらめいていた。風がうなることも波が騒ぐこともなく、自然はほとんどぼくの感情を反映してくれず、それはほとんど侮辱的とも言えた。何もかもが温和で、威厳があり静謐《せいひつ》だった。ぼくは森の中に取り残されたこの家でカミーユと二人きりで何年も幸せに暮らすことができただろうか。できた、とぼくは知っていた。ぼくは社会的関係を持つ必要をあまり抱いていなかったし（愛情関係以外の関係を指すとしたら）、その必要は時が経つとともにほとんどゼロに近くなっていた。

それは普通のことだろうか。確かに人類の先祖は何十人かの人々と部族を作って暮らすというあまり気乗りのしない生活を送っていたのだし、その生活方式は、狩猟民族においても農耕民族においても長い間保持されてきた、だいたい一集落のサイズだったのだ。でもそれ以来時は流れ、都市とそれに伴う必然の結果としての孤独があり、それに代わる真の生活スタイルを提供するのはカップルだけで、ぼくたちはもう部族単位の生活には戻らないだろう、知性に欠ける社会学者たちは「ステップファミリー」[*1]に新たな部族の形を見出す、それもありうるかもしれないが、現実にはステップファミリーになんて一度も会ったことがない、バラバラファミリーだったら見たことがある、というかほぼそれしか見たことがない、子供を作る前の次元ですでにバラバラになってしまう多くのカップルの例を除いても、だ。再構成についていては、それが実現されるのを見る機会はなかった、「我々の心はひとたび収穫を終えれば/生きることはただ苦」とボードレールはいみじくも書いていたが、再構成家族の話はぼくに言わせれば聞くに堪えないホラ話に過ぎず、純粋なプロパガンダ、楽観主義でポストモダンで辻褄が合わない、ミドルハイクラスとかハイクラスなどのために作られ、シャラントンのパリ市壁を超えてしまえば通じない話なのだ。そう、ぼくはカミーユと二人きりで暮らせたと思う、この森の真ん中の人里離れた中で、太陽が湖の上に昇るのを見て、ぼくに許された範囲でだが、幸せだったろうと思う。しかしよく言うように、人生は別の運命を用意した。ぼくの荷物は準備できていた、午後早くパリに着くことになるだろう。

*1　再構成家族。離婚、再婚を経て、カップルがそれぞれの子供を連れて同居することになった家族のこと。

ぼくはメルキュールホテルのおなじみのフロントの女性に再会した、彼女もまたぼくのことを覚えていた。「お戻りですか」と彼女は尋ね、ぼくはそうだと答え、少しばかり感動した、というのも彼女が「私たちと一緒にお過ごしになりますか」と言うだろうと分かっていたからだ。でも彼女はすんでのところでその言葉を飲み込んだ、顧客との親密さも度を過ぎてはいけないというはっきりとした線引きがあるに違いなく、それは常連客相手とて同じなのだろう。次の言葉は「私たちの元で一週間過ごされるんですよね」だった、それは何ヶ月か前、ぼくが初めてここに滞在した時に彼女が口にした表現とまったく同じだった。

ぼくは無邪気に、悲しみの混じった感動に満ち足りた気持ちで、ホテルの自分の部屋を開け、その部屋の素晴らしく機能的な配置に再会した、そして翌日から早速、カフェ・オジュールからアベル＝オヴラック通りを通ってカルフール・シティに至り、ゴブラン大通りを登って道が二手に分かれるところでスール＝ロザリー大通りに着くという日課の外出を始めた。しかし全体の雰囲気が何か変わっている、あれからほとんど一年が経ち、今は五月の初旬で、とりわけ暖かく、真の初夏の気配があった。通常なら、若い子たち、カフェ・オジュールでぼくの近くに座り、コーヒーを頼んでお互いの生命保険の比較よりも恋話の方に花を咲かせているのだろう、ミニスカートやぴっちりしたレギンスを穿いた若い女の子たちを見て欲望や欲求の類を感じるべきなのだろう。しかし何も感じなかった、徹底的に何も、ぼくたちは理論的には同じ種に属するはずなのに、ぼくは例のホルモンの問題を解決するべきだった、アゾト先生は検査結果のコピーをラボから送らせるように頼んでいたからだ。

三日後、彼に電話すると、少しばかり困惑しているようだった。「あのですね、結果に少々おかしな部分がありまして……。差し支えなければ、同僚に意見を求めたく思います。一週間後の診察でいいですか」ぼくはそれに対して何も説明を求めず一週間後の受診をメモした。医者が検査結果におかしな部分があるというときには、少なくとも不安にとらわれても良さそうなものだが、それは起こらなかった。電話を切ってからすぐに、せいぜい不安なふりくらいしても良かったんじゃないか、彼の方ではおそらくそれを期待していたのだろうと思った。それから、いやもしかしたら、彼はぼくが今どんな状態にあるかはっきりとは理解しなかったのではと思い直した。それは厄介なアイディアだった。

面会時間は次の月曜日の十九時三十分で、おそらくその日最後の診察なのだと思う、もしかしたら延長してこの時間になっているのかもしれない。彼は疲れ切っていたようで、キャメルに火をつけるとぼくにも勧めた——なんだか死刑囚になった気分だった。ぼくの検査結果の紙の上には、いくつかの計算が走り書きされていた。「そうですね……。テストステロン値はかなり低いですが、キャプトリクスのことがありますからそれは予測のうちでした。問題は、コルチゾール値が非常に高いことで、大変な量ですよ、本当に。それで……単刀直入にお話ししてもいいでしょうか」ぼくは、はい、今までも比較的なんでも正直に言っていただいてたのですから、と答えた。「それなら、ですね……」彼はそれでも躊躇していた、唇を少し震わせてこう言った。「実は、あなたは単に悲しみで死にかけてるんじゃないかと思うんです」

「悲しみで死ぬなんてあるんですか、それにどんな意味があるのですか」それが自分の頭に浮かんだ唯一の答えだった。

「まあ、そう言ってしまえばあまり科学的ではありませんが、物事はあるがままに描写したほうがいいですから。とはいえ悲しみがあなたを直接殺すわけではありません。思うに、あなた、太り始めてるでしょう」

「はい、そう思います、気にしたことはありませんが、そうでしょうね」

「コルチゾール値が高まれば仕方がないんです、どんどん太り始めて、それこそ肥満体になるでしょう。そして一旦肥満になれば、死に至る病気には事欠かないですよ、選択肢がありすぎるくらいだ。今の治療に対する考えを変えさせたのは、コルチゾール値のせいなんです。キャプトリクスを止めたほうがいいと言おうかどうか迷ってたんです、コルチゾール値がさらに高くなったらいけないと思って。でもこの状態では、これ以上高くなりようがないですからね」

「ということは、キャプトリクスを止めたほうがいいということですか」

「それがねえ……それも難しいところで。服用を中止すれば鬱状態が戻ってきて、前よりも一層ひどくなるでしょうから、廃人同然ですよ。一方で、もし服用を続ければ、性欲についてはもう忘れた方がいいでしょうね。必要なのは、セロトニンを適切なレベルに保つことなのですが、今は良好な状態なので、そのままでコルチゾール値を減らし、ドーパミン値とエンドルフィン値が上がれば理想的ですね。説明不足かもしれませんが、理解できますか」

「実を言うと、完全にはできていません」

「それでは……」彼は再び検査用紙を一瞥したが、その視線は少し迷っていて、自分の計算を本当には信じていないように思われた。それから目を上げてぼくを見ながらこう言い放った。「娼婦を試してみようって考えたことありますか」ぼくは開いた口が塞がらず、実際にも口を開けっ放しにしていたのだろう、面食らったとおそらく顔に書いてあったのに違いなく、彼は再びこう言った。

「ああ、今はエスコートガールとかいうのかもしれませんが、同じことでしょう。あなた、経済的にそれほどお困りじゃないでしょう」

ぼくは、その点では、少なくとも今のところはなんとかなっていると答えた。彼はぼくの答えに安堵したようでこう言った。

「それなら……。それほど悪くない子もいますよ、知ってるでしょう。もちろん正直に言えばそういう子は例外で、ほとんどは本音まるだし、こっちをATMか何かだと思っていて、その上欲望と快感、愛といったあらゆるコメディーを演じなければならないと感じているので、若くてバカな男とならうまくいくでしょうが、わたしたちのような男が相手では無理でしょうね（彼はおそらく『あなたのような』と言わんとしていたのだろうが、実際は『わたしたちのような』と言ったのだ、本当にこの医者には驚きだ）。とにかく、我々の場合には絶望がいや増すだけでしょう。それにしても、セックスは、何らかの効果をもたらすので、しかもそれなりにやりがいのある女性だったらなおいい、その辺のところはご存じだと思いますが」

そして彼はこう続けた。

「ともあれ、ここにいくつかメモしておきましたから……」彼はオフィスの引き出しから三人の名前が書かれたA4用紙を取り出した。サマンサ、ティム、アリス。それぞれの名前の後には携帯番号が書かれてあった。「別に私から聞いたって言う必要はないですよ。あ、待って、そう言った方がいいかもしれない、彼女たちは警戒する傾向にあるから、まあそれも分かります。楽な仕事じゃないですからねえ」

驚きを鎮めるまでにはしばらくかかった。一方では理解できた、医学がすべてを解決するわけではない、生きていくため、いわゆる片足を前に出すためには最低限の快楽が必要だ、とは言ってもエスコートガールとは意外極まりなく、ここでぼくは黙ってしまい、彼も話を再び切り出すまで何分かかかった（アテネ通りにはもう車の行き来はなく、部屋の中を完璧な沈黙が支配した）。「わたしは死を良いものだとは思ってないんです。死は、原則的には好きではないんです。もちろん、場合によっては……」（彼はよくある愚鈍な反論を払うかのように忙《せわ》しなく曖昧な手つきをした）、「それが最上の解決策である時もありますが、それはとても稀なケースで、実際に言われてるよりずっと稀です、モルヒネはほぼ百パーセント効く、極端に少ないケースですがモルヒネを使えない人もいて、その場合催眠療法がありますが、それにしたってあなたはまだ五十歳にもなってないじゃないですか！　問題はですね、もしベルギーとかオランダにいて、安楽死を望めば、あなたの抑鬱のレベルだったら問題なく許可されるでしょうが、私は医者なんです。それで、ある男が私にこう言ったとします。『わたしは落ち込んでいて、自殺してしまいたいんです』だからといって『オーケー、自殺してください、手伝いますよ』って言うでしょうか？　答えはノーですね、申し訳ないけど、そのために医者をしているわけではないんで」

ぼくは、今のところはベルギーにもオランダにも行く気はないと答えた。彼は安心したように見えた、確かに、ぼくがその手の願望を持っていることを見越していたのだろう、ぼくはそれほどひどい状態だと傍目《はため》にも分かるのだろうか。彼の説明は大方飲み込めたが、それでも、自分の理解を超える部分が一点あり、説明を求めてみた。性欲を覚えることはコルチゾールの過多な分泌を抑える唯一の方法なのだろうか？

「いいえ、まったくそんなことはありません。コルチゾールは俗にストレスのホルモンと言われていますが、まったく間違いではないのです。例えば、修道士はコルチゾールの分泌がとても少ないと確信をもって言えますね。ただそうなるともはやわたしの専門領域ではありませんが。そう、あなたがストレスを感じているとみなすのはおかしいかもしれない、一日中ほぼ何もしていないのですから、でも数値は確かにここにあるわけです」彼は分析結果の用紙を勢いよく叩いた。「あなたはストレスを感じています、それも恐ろしいほどのストレスを、まるで不労のバーンアウト現象だ、まるで内部から自分が燃え尽きているようです。この手の現象は説明するのは難しいですが。それに、もう時間も遅いし……」ぼくは時計を見た、確かに二十一時を過ぎていた、ぼくは彼の時間を使いすぎてしまったし、お腹も空き始めていた、カミーユといた頃のように、モラールに夕食に行くという考えがちらりと浮かんだが、真の恐れがそのアイディアを追い払った、間違いない、ぼくは真の阿呆者だ。彼は最後にこう言った。

「こうしましょう。キャプトリクス十ミリグラムを処方します、もしも服用を止めようと決めた時は、もう一度言いますが、突然止めないこと。とはいえ、規則を複雑にしすぎるのもなんですから、二週間十ミリグラムを続けてからゼロにしてください。本音のところ、きついと思いますよ、もうかなり長いこと抗鬱剤を頼りにしているのですから。辛いでしょうが、最終的にはそうしなければならないと思います……」

　彼はドアのところで、別れ際にぼくの手を長いこと握った。ぼくは何か言いたかった、コートを着て玄関口まで行く間、感謝と賞賛の言葉を求めて三十秒ほど忙しく頭の中で適切な表現を探していたが、この時もまた、ぼくには言葉が欠けていたのだ。

二ヶ月か、三ヶ月だろうか、ぼくは目の前に、十ミリグラムの処方箋を置き、服用を止めなければと思っていた。同時に三人のエスコートガールの名前が書かれたA4用紙も置いてあった。それでいながら、テレビを見ているばかりで何もしなかったのだ。正午少し前、散歩から帰るとすぐにテレビをつけ、ずっと消さなかった、電力消費節約のエコロジーなシステムがあって、毎時間、OKのボタンを押さなければならず、それゆえ睡眠によってつかの間解放されるまで毎時間ボタンを押し続けていた。朝八時少し過ぎにまたテレビをつけ、「ポリティーク・マタン」[*1]の議論の勢いに後押しされて体を洗った、本当のところこの番組を理解していると言うつもりはまったくなく、いつも共和国前進党[*2]と不服従のフランス党[*3]をごっちゃにしてしまう、実際にこの二つは少し似ていた、両方とも、ほとんど我慢ならないエネルギーを呼び名で醸し出していた、でもまさにそれがぼくの助けになったのだ。グランマルニエのボトルを直接つかむ代わりに、ぼくはボディミトンに石鹸をつけ体に当て、散歩にふさわしい身だしなみを整えられた。

そのあとの日課はもう少し曖昧で、ぼくはゆっくりと酔いに浸り、時折番組のザッピングをし、全体的の印象としては料理番組から別の料理番組へと移っていて、料理番組がこのところかなり増えたのに対し、エロティシズムはほとんどどの局からも消えていた。フランス、そして欧州全体がもしかしたら口唇期に後退しているのかもしれない、あのオーストリアの道化の言葉を借りて言うならば。ぼくも同じ道をたどっていることに疑いを入れる余地はなかった、ぼくは少しずつ太っていった、セックスの可能性はもう自分の目にははっきりと入らなくなってきていた。このケースはぼくだけではまったくなく、もちろん色情狂とかヤリマンはおそらくまだいるかもしれないが、それは道楽に成り果ててしまった、マイナーで特殊な道楽で、エリートに限られている（エリートといえばぼくはある朝オジュールでユズのことを最後にちらりと思い出した、彼女はその階級に属していた）、ぼくたちは一種の十八世紀に戻ってしまい、そこでは家柄と富、美を兼ね備えた寄せ集めの貴族階級だけに放蕩は許されているのだ。

おそらく若者たちもいるだろう、とは言っても、ただ若いというだけで美の貴族階級に属する若者たち、そして後何年か、二年、五年、十年まではいかないが、若いままでいられると信じている若者たちだ。今は六月初旬で、毎朝カフェに行くと、ある明白な点に気がつかざるをえなかった。若い女の子たちのせいではない、彼女たちは今も存在していたが、三十代と四十代の女性はもうずっと前に土俵から降りてしまい、「シックでセクシー」なパリジェンヌはもはや中身を伴わない神話に過ぎない、とはいえ西欧のリビドーの消失の中心には若い女の子たちがいて、おそらく抵抗し難いホルモンの衝動に従って男性に種の再生産を思い起こさせ続けているが、客観的にも彼女たちの

＊1　国民議会が毎朝テレビで放送している政治番組。
＊2　現大統領エマニュエル・マクロンが二〇一六年に創設した政党。
＊3　二〇一六年に創設されたフランス左翼の党。

せいにすることはできない、女の子たちはオジュールの席に座ってぼくから数メートルのところで適切な時に足を組み、ピスタチオとバニラのコーンのアイスを舐める時など、甘美な見せかけに興じることさえある、つまり彼女たちは求められている以上に人生に官能性をもたらし、きちんと存在していたが、すでに存在していなかったのはぼくで、彼女たちにとっても誰にとっても存在せず、存在するつもりももうなかったのだ。

この夕べ、「チャンピオンへの質問」（テレビのクイズ番組）をやっている頃、ぼくは自己憐憫の辛い思いに駆られた。ぼくは再びアゾト先生のことを考えた、彼はどの患者にも同じように接しているかどうかは分からなかったが、そうだとしたら聖人だ、そしてエムリックのことも考えたが物事は変わったのだ、ぼくはすっかり歳を取り、アゾト先生を家に呼んでレコードをかけたりはしないだろうし、ぼくたちの間には友情が生まれることはないだろう、人間関係がありうる時代は、ぼくにとっては過ぎ去ってしまったのだ。

こうして陰鬱だがほぼ安定した状態にあった頃、フロントの女性が悪いニュースを運んできた。月曜の朝で、ぼくはいつものようにオジュールに向かおうと準備をしていた、ぼくは快活ですらあり、新しい週を迎えるという考えにある種の満足さえ抱いていたが、その時彼女が「すみません……」と控えめに声をかけてきたのだ。ぼくに知らせたい、というか知らせなければならないことがあり、彼女の仕事であったから当たり前なのだが、それはホテルが近いうちに全面禁煙になるということで、新しい基準なんですとぼくに言った、グループレベルでの決定なので、自分たちだけそれを守らないわけにはいかないいんです。困りましたね、とぼくは言った。新しいアパートを手に入れなければならないでしょうが、もし内覧した最初のアパートを購入したにしても手続きなどに時間がかかるでしょう、現在は、温室効果ガスのエネルギー面でのコストパフォーマンスとか、分からないけど、山ほど点検しなければならないことがあるので、実際に引越しできるまでには何ヶ月か、少なくとも二、三ヶ月はかかると思います。

彼女はぼくの言ったことが分からなかったかのように困惑してぼくの方を見た、そしてもう一度確認を求めた、ホテルにいられないからアパートを買う？　そうおっしゃいました？　そういう状況なんですか？

そう、ぼくはそういう状況にあった、他に何が言えるというのだろう。時には、こんなことを言ったら恥なのではないかという気持ちが保てず、羞恥心がどこかに行ってしまうことがある。ぼくはそういう状況にあった。彼女はぼくをまっすぐ見つめ、ぼくは彼女の顔に同情が浮かんだのを見た、そのせいで表情が少し歪み、ただ彼女が泣き出さなければいいなと思った、優しい子なのは確かだった、彼女のボーイフレンドは幸せだろうな、でも彼女に何ができただろう、ぼくたちに、ぼくたちのままで、何かできることなどあるのだろうか？

上司に掛け合ってみましょう、と彼女は言った。今日の午前中にでも話してみます、何か解決策が見つかると思います。ぼくは外出しがけに彼女に大きな微笑みを向けた、心からの友好的な微笑みだったが、同時に、大丈夫、この状況を乗り越えてみせますよと、悲壮なまでにことを楽観視している印象を与えようとしていた点では、はっきり言って誠実ではなかった。大丈夫じゃない、この状況を乗り越えられはしないだろう、それはよく分かっていた。

ジェラール・ドパルデューがプーリア地方の手作りソーセージの工程を賞賛している番組を見ている間、件《くだん》の上司が電話をしてきた。彼の外見には驚いた、ベルナール・クシュネル[*1]に似ていた、メルキュールホテルの支配人というより人道的活動に励む医者のような趣だった。どうしたら、彼のような職に就きながら表情豊かな皺《しわ》を作り肌を日焼けさせられるのか分からなかった。週末には過酷な自然の中でトレッキングをしているというのがおそらくその理由だろう。件の上司はぼくをオフィスに迎えると、ジタンに火をつけてぼくにも勧めた。「オードレーにあなたの状況は伺いました……」と彼は切り出した。彼女はオードレーという名前だったのか。彼はぼくをどう扱ったらいいか困惑しているようで、ぼくを直視できないように見えたがそれも当然だ、有罪宣告された男に何か言わなければならない場合、どうやって対処したらいいかは分からない、と言うか、男性には決して分からない、女性は分かる時もあるが、例外的だ。彼はこう続けた。

「なんとかいたしましょう。もちろん、わたくしどもも査察を受けることになるでしょうが、直ちにではない、思うに少なくとも半年、もしくは一年はかかると思います。その間に落ち着きどころをお探しになれるでしょうから……」

ぼくは頷き、最長でも、三ヶ月か四ヶ月のうちにはここを出ていけるだろうと確約した。というわけで、これでおしまい、もう何も言うことはなかった。彼はぼくを助けてくれた。ぼくはオフィスを出る前に礼を言い、彼は、大したことはありません、わたくしどもにできる最低限のことですからと言い、彼は、人生を腐らせるバカどもについて毒舌を吐きたいようだったがそれを抑えた、おそらくその毒舌は散々吐かれたのだろう、そしていくら何を言っても何の役にも立たないと知っているのだろう、バカどもは最も強力なのだ。ぼくの方では、ドアを開けて、お邪魔して失礼しました、と、月並みな言葉を発し、その時ぼくは、「邪魔をして失礼しました」というこの表現が自分の人生を要約していることに気がついた。

＊1　フランスの医者、政治家、人道活動家。ＮＧＯの「国境なき医師団」の設立者。

ぼくは、老いさらばえ、死にかけ、致命的な打撃を被った状態にあり、終《つい》の住処《すみか》を探していた。家具の必要は限られていた。ベッド一台で十分、もうそこから出ることはあまりないだろうと分かっていた。テーブルも、ソファーも、肘掛け椅子も必要なかった、それらは余分な備品で、もう社会的な生活がありえないのに、見ればその生活を思い起こし、辛い気持ちにさせる余計なものなのだ。テレビは必要だ、気散じになるからだ。そうなれば自然にワンルームマンションが対象になった、ワンルームと言っても大きめのだ、可能なら少しは動けるほうがいいのだから。

地区の選択はもう少し難しいことが明らかになった。時とともに、ぼくは様々な医者のお世話になっていて、それぞれが、実際に死を迎える前に、過度の苦痛に直面しなくてもいいようにコントロールする役割を果たしてくれていた。彼らはほとんどパリの五区に診療所を構えていた、ぼくは人生の最期、医者のお世話になる人生、つまりリアルライフまでの場所を、自分の学生時代、青春時代、夢の生活を過ごした地区に忠実に合わせていたのだ。今後主要な会話の相手になる医者たちがいる場所に近いところを探すのが当然の成り行きであった、診療所までの道のりは、医者に診てもらうという目的があるため、ある種殺菌され無毒になってくれているようだった。しかし、不動産を探し始めてすぐに、医者たちと同じ地区に住むのは大変な過ちになると気がついた。

最初に見学したアパートは、ラロミグイエール通りにあって、快適そうだった。天井は高く、採光が良く、木々に囲まれた大きな中庭に面していて、家賃は高かったが払えないこともなかった、まあそれは定かではないがとにかくほとんどこの物件にしようと決意しかけた時、この通りからロモン通りに出て、ぼくは、押し寄せる寂しさに打ちのめされ、喉が塞がれやっと息ができる状態で、膝《ひざ》はガクガク震え、最初に見つけたカフェに避難しなければならなかった、事態はそれで好転したわけではなくむしろ逆で、そこが環境科学生命工学学院にいた時にもあったカフェだと気づいた、ここには多分ケイトと来たことがあった、内装はほとんど変わっていなかった。ぼくは食べ物を注文し、ジャガイモのオムレツにレフを三杯飲んだところでようやく気を取り直してきた、そう、西洋は口唇期に後退したのだ、そしてどうしてそうなったかぼくには理解できた、カフェを出た時には最悪の状況からおおよそ逃れおおせたと感じていたが、ムフタール通りに差し掛かるや否やまたもや同じ状態、この道のりは磔刑《たっけい》への道であり、今度はカミーユのイメージが戻ってきた、日曜朝に市場に行く時の子供っぽい喜びよう、アスパラガス、チーズ、珍しい野菜、オマール海老を目にした時のはしゃぎぶり、メトロのプラス・モンジュ駅まで坂を登るのには二十分以上かかり、ぼくは老人のようによろよろと歩く、苦痛に息を切らし、その苦痛は老人にしばしば訪れる理解不能な痛みで、それは人生の重荷以外ではない、ダメだ、五区は選択肢に入れられない、絶対に外さなければ。

そうしてぼくは七号線に沿って次第に南下して行ったが、南下するにつれて地価も下がり、七月初旬のある日、メルキュールホテルのほとんど正面にあるスール＝ロザリー大通りのワンルームを、偶然見学したのだった。ぼくは、オードレーと繫がっていようという、口には出せない思いを密かに抱いていたことに気がつき、このアパートを諦めた。おお神よ、希望とはうち勝つのが難しいものだ、希望は頑固でずる賢い、どんな男たちもこうなのだろうか。

ぼくはなおも南下しなければならなかった、可能な生のあらゆる希望を退けながら、そうでなければこの状況を乗り越えられない、そしてそのような精神状態で、ぼくはポルト・ド・ショワジーとポルト・ディヴリーの間に広がっている高層住宅を見学したのだった。ぼくは、からっぽで真っ白、何も飾りのない空間を探さなければならなかったのだが、周りの状況はほとんど理想的とも言えるくらいその条件にかなっていた、こういう高層住宅に住むのはどこにも住まないのと同じことで、どこにも、というわけではないが、隣人と顔を突き合わせなくていいという意味ではそうだった。それに、一平米あたりの価格は、普通の会社員が多い地区だけに手が出しやすくなっていて、予定していた予算でワンルームどころか、二、三部屋のアパートも手に入れられそうだったが、そうしたところでどうなるのだ、一緒に住む人もいないのに？

これらの高層住宅はどれも似通っていて、アパートも同じように似通っていた、ぼくは一番個性のないビルの、一番からっぽで一番静か、そして一番飾りのないアパートを選んだ、少なくともここでは誰にも気がつかれずに引越しが終わり、近所にあれこれ言われずに済みそうだった——自分が死んだ場合にもまた。隣人は主に中国人で、当たり障りなく、礼儀正しいに違いなかった。窓からの眺めは不必要に広く、パリ郊外南部に広がっていた——遠くにはマシー市、おそらくコルベイユ＝エソンヌまで見渡せた。しかしそれは重要な点ではなかった、ヴェネチアンブラインドが設置されていて、ぼくは、引越しの翌日からずっと閉めておこうと思っていたからだ。ダストシュートがあるのも決定的なポイントだった。ダストシュートと、アマゾンの食品デリバリーの新しいサービスを使えば、おおよそ完璧な自立状態を達成できたからだ。

メルキュールホテルとの別れはおかしなほど辛い瞬間だった、特に可愛らしいオードレーは目に涙を浮かべていて、だからと言ってぼくに何ができたというのだ、もしもこの程度の別れが辛いのであれば彼女は人生で何にも耐えられないだろう、せいぜい二十五歳かそこらには違いなかったが、それだって、もう少し心をかたくなにする必要があるだろう。それでぼくは頬にキスをし、一度、二度、それから四度、彼女は本当に心を開いてキスしてくれているようで、一瞬ぼくを抱きしめもしたが、それですべては終わった、ぼくの呼んだタクシーがホテルの前に着いたからだ。

引越しは簡単だった、家具はすぐに見つかり、前と同じインターネットのプロバイダ、SFRと契約をした、ぼくはこのプロバイダをずっと忠実に使っていた、死ぬまで忠実であること、それが人生がぼくに教えてくれたことだった。しかしSFRのスポーツ番組のプログラムに前よりも興味を抱かなくなったことに何週間か経って気がついた、それも当たり前で、歳をとってスポーツにはあまり関心がなくなっていたのだ。それでも、SFRのプログラムの中には小粒だが質のいい番組があり、それは特に料理番組で、ぼくは今では年寄りのデブ男に成り果てていた、快楽主義《エピキュリアン》の哲学者か、悪くないな、だいたい、エピクロスの考えなんてそのくらいのものだろう？ とはいえ硬くなったパン一切れにオリーヴオイルをひと垂らしするのではシンプルすぎた、オマール海老と帆立貝のメダイヨンに野菜の付け合わせも必要だった、ぼくはデカダン派で、ギリシャの田舎者のオカマじゃないんだから。

十月中旬になると、ぼくは料理番組にも飽き始めた、番組自体には批判の余地はなかった、つまり自分の方が人生を下り始めていたのだった。社会問題の討論番組に興味を持とうとしたが、その関心は大して満たされないますぐに消えた、登壇者は皆そろってなあなあで、あまりにも同じ箇所で一様に憤慨したり熱くなったりしていたので、彼らのコメントのおおよその内容が予測できただけではなく、一言一句、細部まで見通すことができた、論説委員や権威ある知識人たちは無用な親EU派のくだらないマリオネット人形みたいに次々と現れ、愚か者に別の愚か者が続き、お互いの見解が優れていて学ぶところが多いと褒め合う、彼らに代わってその会話を書くことができたくらいだ、それで最後にはテレビを消してしまうことになった、見続けていたところでうらぶれた気持ちになるだけだったからだ。

ぼくはかなり前から、トーマス・マンの『魔の山』を読むという計画を立てていた、ぼくの勘によればそれは陰鬱な本で、でも自分の現況に見合っていた、今が読み時なのかもしれない。というわけでぼくは読書にかかった、最初は感嘆していたが、だんだんと留保をつけるようになった。この本の広がり、目論見はもっと大きかったのだろうが、作品の最終的な意義は『ヴェニスに死す』とまったく同じだった。老いぼれの痴れ者《しれもの》ゲーテ（ドイツ人の人文主義者で地中海かぶれ、世界文学の中でも最たるごろつき）とどっこいどっこい、『ヴェニスに死す』の主人公アッシェンバッハ（こちらの方がずっと感じがいい）と同じく、トーマス・マン自身も若さと美の魅惑から逃れることができず、それらを知性や道徳などの美質より上、すべてより優位に立たせたのは由々《ゆゆ》しきことだった、彼自身、結局のところ若さや美を前にすると、慎み深さも何も忘れ、恥知らずに振る舞っていたのだ。そうなれば世界中の文化は何の役にも立たず、道徳的な利点も何ももたらさないことになってしまう、同じ頃、まったく同年代に、マルセル・プルーストは「見出された時」において、世俗的な関係のみならず友情も本質的なものは何ももたらさず、結局のところ単なる時間の無駄、世間が思うのとは反対に、自分に必要なのは世間が思うのとは反対に知的な会話ではなく、「花咲く乙女たちとの軽やかな愛」なのだとびっくりするほど率直に結論づけている。ぼくは、論証のこの時点で、「花咲く乙女たち」を「濡れた若いヴァギナ」と言い換えることを強く主張したい。それは論に明快さをもたらすだろう、詩的な部分を損なわずに(濡れ始めたヴァギナほど美しく詩的なものはあるだろうか。ぼくに返答する前に、一旦この点について真剣に考えてもらいたい。屹立《きつりつ》しつつあるペニスか。それもありうる。この世界の他の多くのことと同じように、すべてはどの性的な部分を採用するかにかかっている)。

先ほどの話題に戻るなら、マルセル・プルーストもトーマス・マンも、万国の教養を身につけ、世界中の知識と知性の先端にあるにもかかわらず(ヨーロッパの過去八世紀か、ひょっとするともっと長い時代を総括してしまった印象深い二十世紀初頭において)、そしてそれぞれフランスとドイツの文明の頂点、つまりその時代において最も優れ、最も深遠で最も洗練された文明を代表していたにもかかわらず、彼らはどちらも、濡れた若いヴァギナ——または好みに応じて、猛々しくいきり立ったペニス——のなすがまま、その前に跪くことも厭わなかったのだ。トーマス・マンはその点ではどっちつかずで、プルーストもどっこいどっこいだった。『魔の山』のラストからは、一回読んだだけでは分からない寂寥感がにじみ出ていた。その寂寥感は、当時最も高度の文明を誇る二カ国が、不条理で犠牲者も多く出した一九一四年からの戦争に突き進むことだけではなく、西欧文化のあらゆる思想が用をなさなくなったところからきていた。またその寂寥感は、あらゆる文明、あらゆる文化が終わりを告げ、動物的な見世物が最終的に勝利を告げたことをも意味していた。小娘がトーマス・マンをガチ惚れさせ、リアーナがマルセル・プルーストを発情させることだってできただろう。それぞれの文学において栄冠を授かっているこの二人の作家は、言い方を変えれば尊敬すべき男たちではなく、もっと健康的で純粋な空気を吸うためには、おそらくロマン主義の擡頭しつつある時代までさかのぼる必要があるのだろう。

とはいえ、その純粋さについては議論の余地がある、ラマルティーヌは本当のところ一種のエルヴィス・プレスリーでしかなかったし、彼にはその叙情によって若い娘をメロメロにする能力があったが、少なくとも純粋な叙情の名により女性たちの心を勝ち取り、ラマルティーヌはエルヴィスのようには腰を振らなかったのだ、まあ、多分そうだと思う、当時は存在しなかったビデオ資料を検討しなければならないが、それらは大して重要ではない、どのみちこの世界は死んでいるのだ、ぼくにとっては死んでいるし、ぼくにとってだけではなく、端的に死んでいるのだ。結局もっととっつきやすいサー・アーサー・コナン・ドイルを読みながらぼくはある種の励ましを得た。『シャーロック・ホームズ』シリーズの他にも、コナン・ドイルはびっくりするほどの数の短編をものしていて、どれも一様に読書の楽しみを与えてくれ、はらはらすることも多く、彼は生涯ずっと他の誰よりも「読み始めたら止まらない」本を書き続け、おそらく世界文学史上でも最高クラスではないかと思うのだが、それは彼自身が重きを置いていたところではない、彼のメッセージはそこにはなく、コナン・ドイルの真実は、各ページに、高貴な魂、忠実で良き心の誓いが感じられることなのだ。最も感動的なのは、彼自身の死に対する態度だろう。絶望的な物質主義である医学を学んだことによってキリスト教の信からは隔てられ、一生を通じ、繰り返し起こる近親の残酷な死に直面し、その中にはイギリスの戦争の計略の犠牲になった自分の息子たちも含まれていたのだが、最後の救いとして心霊術に走るしかなかった、それが最後の希望であり、身内の死を受け入れることもキリスト教に帰依することもできなかったあらゆる者がたどり着く最後の慰めなのだ。

ぼくには身内がいなかったので、死の概念を受け入れるのはどんどん容易になっていた。もちろんぼくだって幸せになり、幸福な共同体に到達したかった、人類皆がそれを望んでいるのだ、でもそれはこの時点では本当に問題外だ。十二月初旬にぼくは写真プリンタと十×十五センチのエプソン写真用紙を百箱ばかり買い求めた。ワンルームの四面のうち、一面は天井から半分の高さまで大きな窓に占められていて、ぼくはブラインドを閉めっ放しにしていた、そしてその下には大きな暖房機があった。もう一辺の壁にはベッド、ナイトテーブル、低めの本棚が二本並んでいた。三つ目の壁の右側は浴室、さらには玄関に続くドア、左側は小さいキッチンに通じる開口面以外は何もなく、四つ目の壁だけが一面丸々まっさらだった。最後の二面を使うことにして、ぼくは十六平米の展示スペースを作った。写真の印刷フォーマットが十×十五センチなので、ぼくは千枚ちょっとの写真を展示できた。ぼくのコンピュータには約三千枚の写真が入っていて、それが自分の人生をすべて象徴していた。三枚に一枚を選ぶのは賢明に思えた、賢明そのもの、それで自分の人生も充実していると思えたからだ。

(考えてみれば、ぼくの人生は奇妙な風に過ぎていった。カミーユと別れてから何年もの間、ぼくは、遅かれ早かれ二人はまた出会い直すだろう、それは不可避なことだ、だってぼくたちは愛し合っているのだからと自分に言い聞かせていた、よく言うように、傷が癒えるまで待ったほうがいい、ぼくたちはまだ若くて人生は自分の前に開けているのだから、と。今振り返ってみて、自分の人生は終わってしまい、人生は大した合図もせずに脇を過ぎていったと気がついた、それから人生は自分のカードをそっと優雅に優しく取り上げてしまい、ぼくたちの元から去ってしまったのだ。本当に、よくよく見ると、ぼくたちの人生なんて長くはないものなのだ)。

ぼくはフェイスブックのウォールの一種を作り上げたかった、自分のためだけに、ぼくだけが見るフェイスブックのウォール――それから、ぼくが死んだ後、アパートの資産価値を査定しに来る不動産屋の人間がちらりと見るだろう、少し驚くかもしれないが、そのあとすべてをゴミ箱に捨て、壁の糊の跡を剝《は》がすために清掃業者を頼むのだろう。

現代のカメラの機能のおかげで作業は簡単だった。ぼくの写真には撮られた日時がすべて残っていて、その条件に沿って仕分けをするのは朝飯前だった。歴代使っていたカメラのうち、ナビ機能をオンにすれば、写真が撮られた場所を確実に特定できただろう。しかしそれは本当のところは不必要だった、ぼくは自分の人生で訪れた場所を覚えていた、完璧に、外科手術にも似た不必要な正確さで覚えていた。日付の記憶はもっと不確かだった、日付なんて重要ではないのだ、かつてあったことは永遠の出来事なのだといまでは知っている、でもそれは閉じられていて到達不可能な永遠なのだ。

ぼくはこの物語の中で何枚かの写真の話をした。二枚はカミーユとの、一枚はケイトとの。他にもまだ、三千枚ちょっとの、重要度はずっと劣る写真があった、自分の写真がどれほど平凡かを確認するのは新たな発見だった。ヴェネチアやフィレンツェなどの、何十万人もの写真とまったく同じような観光写真を撮る価値があるなんてどうして思ったのだろう。そしてそんな平凡な写真を現像しようなんてどうして思ったんだろう。それでもぼくは、写真をそれぞれの場所に貼った、壁の上に、それが美しさを発するとか意味を成すとかは期待せず、それでも最後まで続けた、続けることができたからだ、時間もあったし、ぼくにもできる、身体的にも可能な作業だった。

その結果、ことは成し遂げられた。

ぼくもまた、管理費を出費からあらかじめ引いて計算し始めた。管理費は十三区のこういった高層住宅では恐ろしく高額だったが、それは予想外だったので、人生計画に影響を及ぼすことになった。何ヶ月か前は（たった何ヶ月か前？　一年前とか、二年前ではなく？　ぼくは時間軸と自分の人生を結びつけることができなくなってしまっていた、混乱した虚無の中にいくつかのイメージが生き残っているだけなのだ、注意深い読者の皆さんなら補ってくれるだろう）、とにかく蒸発しよう、農業食糧省からもユズからも金輪際おさらばだと決心した時、ぼくにはまだ自分が裕福だという感覚があった、そして両親の遺産のおかげで無限の時間が許されているのだと感じていた。

口座には二十万ユーロ余り残っていた。当然、ヴァカンスに行くのは論外だった（ヴァカンスで何をしようというのだ？　ファンボード、それともアルプスにスキーに行くのか？　誰と一緒に？　一度、ぼくはカミーユと一緒にフエルテベントゥーラ島のヴァカンスクラブに出かけたことがある、そこでぼくは一人で来ている男に会った。彼は一人で夕食をとっていて、当たり前のことだが滞在中ずっと一人で夕食をとることになったのだろう。男は三十代で、多分スペイン人だったと思う、外見はそこそこで社会的地位もおそらく人並み以上だろう、例えば銀行の従業員あたりを想像できた。特に食事の時間に彼が毎日のように振りしぼった勇気を考えると、ぼくは呆然とし、ほとんど恐怖さえ覚えた）。ぼくは週末に出かけることもないだろう、オテル・ド・シャルムはもうおしまい、一人でオテル・ド・シャルムに行くなんて頭に一発食らわされた方がまだマシだ、アパート購入時についてきた気が滅入る駐車場の地下三階に車を片付けた時にもの寂しい心地になった、駐車場の床は不潔で脂ぎって、思わず目を瞑りたくなる暗澹たる雰囲気、野菜のくずがそここに散らばっていた。ぼくのG350の哀れな末期だった、山道を駆け巡り、沼地を通り抜け、浅瀬を走り、走行距離三十八万キロを超え、一度も失望させられたことはないのに、こんな汚くて惨めな駐車場に引きこもることになるなんて。

かといってエスコートガールを呼ぶつもりもなかった、大体にしてアゾト先生がくれた紙は無くしてしまっていた。それに気がつき、多分メルキュールホテルの部屋に忘れたのだと思った時、ぼくは一瞬、オードレーがその紙を偶然拾って、ぼくに対する評価を下げたのではないかと心配した（だからなんだっていうんだ、本当にどうかしている）。もちろんアゾト先生にもう一度尋ねることもできた、または自分自身で探すとか、インターネットのサイトは山ほどある、しかしそれも虚しく感じられた。勃起に似たことは今のところまったく考えられなかったし、時折自慰を試みてもその件に関して結果が出ないのは明白だった、こうして世界は精彩も起伏も魅力もないのっぺりとした面に変容してしまい、生活上の支出はこうして一気に減少した。しかし管理費は破廉恥なほど高額で、自分のささやかな楽しみを食事とワインに限定しても、口座の残高がゼロ近くになり、世界が完璧に平板になりきってしまうまで、せいぜい十年ほどしか見込めなかった。

ぼくは、建物の前にあるコンクリートの広場を目にして足がすくまないよう、夜にことを行うつもりでいた、自分自身の勇気にはそれほど自信がなかったのだ。予定しているプロセスに従えば、任務の完遂は短期間で完璧なはずだった、アパートの部屋に入ったところにはスイッチがあって、ブラインドを何秒かで上げることができた。何も考えないようにして窓に近づき、大きな引窓を開けて体を傾ければそれでおしまい。

ぼくは落下中の時間を案じて二の足を踏んでいた、何秒間も宙に浮いていることを想像する、衝撃の瞬間に内臓破裂するのは避けがたく、極度の苦痛がぼくを貫くと徐々に意識するだろう、落下中毎秒ひどい恐怖に襲われ、恩寵により幸い気を失ったとしてもその苦痛は緩和されたりはしないのだ。

何年も理科系を専攻していた甲斐があった。高さhを時間tで自由落下した時の公式は正確には$h=1/2gt^2$で、gは重力の恒常性を示す、そうすると、高さhに対して、落下時間は$\sqrt{2h/g}$になる。ぼくの建物の高さ（約百メートルだった）を考慮に入れ、この高さからの落下において空気の抵抗は無視していいと考えると、落下時間は四秒半、もしどうしても空気抵抗を計算に入れたいというなら最長でも五秒になる。くどくどと思い悩むことはなかったのだ。カルヴァドスを何杯か呷《あお》りさえすれば何かはっきりと考える時間があるかさえ確かではない。この単純な数値を人が知っていたなら、もっと多くの自殺者が出ただろう。四秒半だ。ぼくは時速一五九キロで地面に叩きつけられる、それ自体はあまり心地よい想像ではなかったが、まあいい、恐れていたのは衝撃ではなく、滞空時間のことで、物理の法則が、ぼくの飛行時間は確実に短いと定めたのだ。

十年は長すぎる、ぼくの精神的な苦悩はそれよりずっと以前に耐え難く致命的なレベルに達するだろう、同時に遺産を残すことも考えられなかった（誰に？　国家に？　その見通しは気に染まなかった）、ならば自分の支出のリズムを速めればいいのだ、でもそれはケチケチするよりなお悪い、はっきり言って惨めだ、でも口座残高が残っているのに死ぬのには耐えられなかった。寛容なところを見せて、寄付しても良かっただろう、でも誰に？　麻痺患者、ホームレス、移民、視覚障害者？　とはいえジプシーたちに銭《ゼニ》をやったりはしないだろう、人から何かを与えられたことはほとんどなかったし、自分自身を与える気もほとんどない、自分の中に善意が芽生えたことはなかった、その心理プロセスは起こらなかった、反対にぼくは人類全体に対してどんどん無関心になってきていて、単純で純粋な敵意さえも持てなかったのだ。ぼくはある種の人間に近づこうと試みた（そしてある種の女性に、というのもかつてはぼくの気を引いたからだが、それについてはすでに話した）、とにかくぼくは通常の、規範に沿った平均的な試みをしたはずだが、様々な理由により（それにもすでに言及した）何も具体的な形をとることはなく、何一つとして、生きるための場所や環境があると思わせてくれなかったし、生きる理由があると考えることも許してくれなかったのだ。

口座の残高を減らす唯一の策は食べ続けること、高価で繊細な食事に興味を持とうと試みることだった（アルバ産のトリュフ？　メイン州のオマール海老？）。ぼくは八十キロを超したばかりだったが、ガリレオの傑出した実験がすでに示したように、落下速度に影響はないだろう、あれは伝説によればピサの斜塔の上から行ったことになっているが、パドヴァの塔の上からとする方が信憑性が高いらしい。

ぼくが住んでいるこの高層住宅にもイタリアの都市の名前が付いていた（ラヴェンナ？　アンコーナ？　リミニ？）。この偶然の一致には何も滑稽なところはなかったが、でもユーモアのある態度を取ろうと考えるのはそう馬鹿げてもいないと思えた、窓から身を投げる瞬間に冗談を試みること、重力の作用に身をまかせる時に、結局のところ死に関しては冗談の精神を持つことがあってもいい、毎秒山のように人が死んでいて、彼らだって完璧に滑稽なのだし、ぐだぐだ言わず、その中には見事に滑稽な遺書を残せた者もいるのだ。

ぼくにもできるだろう、ぼくはもう少しでできそうな気がしていた、最後の一線なのだ。キャプトリクスの処方箋はあと二ヶ月分残っていた、おそらく最後にもう一度アゾト先生に診察してもらう必要があるだろう。今度は彼に嘘をつかなければならない、自分の状態が良くなっているふりをして、彼の方で、ぼくを救おうとして、緊急入院とかその手の事態になるのを避けること。楽観的で憂いのないところを見せなければならない、とは言ってもやりすぎはダメだ、ぼくの役者としての能力は限られているのだし、彼の目は節穴ではないのだから容易くはないだろう。だからと言って一日でもキャプトリクスを飲まずにすませるのは考えられなかった。苦悩がある一定のレベル以上になってはいけない、やけになって何をしでかすか分からないからだ、パイプクリーナーを飲んで、普段水道管を詰まらせるのと同じ物質でできている内臓が恐ろしい苦痛のうちに分解していくとか。または地下鉄のホームから飛び込み、両足は切断されペニスは粉々だけどまだ死なないとか。

それは白く、楕円形で、指先で割ることのできる小粒の錠剤だ。

それは創造も変容もしない。ただ解釈するだけだ。決定的だったものを一過性にする。不可避だったものを偶然に変える。生に新しい解釈をもたらす――豊かさに欠け、より人工的で、ある種の厳格さに裏付けられている生。幸福の形も、心の安らぎももたらさない、その作用は別のところにある、それは、生を一連の形式に変え、生を騙すことを可能にしてくれる。ゆえに人が生きるのを助ける、少なくともある一定の間は死なない手助けをする。

死はしかし、最後にはやってくる、分子の甲冑はひび割れ、崩壊のプロセスの一途をたどり始める。世界に一度も属したことがない者たちには、死のプロセスはより早く起こるだろう、生きようと試みたことも、愛そうとも、愛されようとも試みたこともない者にとっては。生は自分の手に入るところにはないと常に知っていた者にとっては。そういった者たちの数は多く、彼らにとっては、よく言うように、心残りは何もない。ぼくはそのケースには当てはまらなかった。

ぼくは一人の女性を幸せにできたかもしれない。または二人を。それが誰かはすでに話した。最初から何もかもがあまりにも明白だった。でもぼくたちはそのことを考慮に入れなかったのだ。個人の自由という幻想に身を任せてしまったのだろうか、開かれた生、無限の可能性に？　それもありうる、そういった考えは時代の精神だったからだ。ぼくたちはそうはっきりと言葉に出しては言わなかったと思う、関心がなかったのだ。ただそれに従い、そういった考えに身を滅ぼされるに任せ、そのあと、長い間、それに苦しむことになったのだ。

神は現実にぼくたちの面倒を見て、絶えずぼくたちのことを考え、時折非常に正確な指示を出す。ぼくたちの息を止めるほどに胸に流れ込む愛のほとばしり、その天啓、そのエクスタシー、単なる霊長類というぼくたちの生物学的な性質を考慮したら説明不可能なこれらの現象は、その指示のこれ以上ないほど明確な徴である。

そして今日、キリストの立場から考えると、人々の心がかたくなになるのを見て幾度となく苛立つのも分かる——人々は誰もが徴を持っているのに、気がついていないのだ。その上この私がそんな哀れな者たちのために自分の人生を与えなければならないのだろうか。それほどまでにはっきりと説明してあげなければならないのだろうか。

どうもそうらしい。

訳者あとがき

本書は Michel Houellebecq, *Sérotonine* (Flammarion, 2019) の邦訳です。作者のミシェル・ウエルベックは、一九八五年詩人としてデビューしたのち、『生きてあり続けること』、『幸福の追求』などの詩集やラヴクラフト論『H・P・ラヴクラフト　世界と人生に抗って』などを出版、一九九四年に『闘争領域の拡大』で小説デビューし、九八年の『素粒子』がベストセラーとなります。その後、タイでの買春観光を主題にしたセンセーショナルな作品『プラットフォーム』や『ある島の可能性』などを刊行、『地図と領土』によってゴンクール賞を受賞し、フランスでも最も知られた作家の一人となりました。ウエルベックの著作のほとんどが日本語に訳されており、今年二〇一九年五月には、『ショーペンハウアーとともに』が澤田直氏の翻訳により日本語で出版されています。

彼の創作世界は幅広く、映画界では、監督として短編映画を撮ったり、シナリオを書いたり、俳優として映画作品に参加したりしています。音楽活動も行なっており、自らの詩作品を音楽をバックに朗読するCDを出したり、朗読コンサートの全国ツアーを行ったりしたこともあります。彼の詩作品は、カルラ・ブルーニも自分のアルバムの中で採用しています。また、ウエルベックの小説は演劇作品として、フランスだけではなく、彼の作品が愛読されているドイツでも上演されています。

二〇一六年には、パリのアートサイト、「パレ・ド・トーキョー」で、ウエルベック監修によるウエルベックについての展覧会が開かれました。一五〇〇平米にわたる会場には、ウエルベックの他、様々なアーティストたちの映像作品、写真、インスタレーションが展示されました。キュレーションは、二十年来ウエルベックの愛読者である当時の館長ジャン・ド・ロワジーで、小説家による展覧会という例外的な企画が実現しました。

毎回新刊が出版されるごとに、彼の作品は、その挑発的な内容、時に攻撃的な本人の発言などにより話題と論議を醸《かも》していましたが、その最たるものが前作『服従』でしょう。二〇二二年のフランスで、選挙を経て極右政党を打ち破りイスラーム政権が誕生するという枠組みの近未来小説である同書は、奇《く》しくもシャルリー・エブド編集部襲撃事件と同日の二〇一五年一月七日に出版されたことで、フランスで八十万部を超えるベストセラーとなりました。ウエルベックはそれまでにイスラームを揶揄《やゆ》する発言をしていたこともあり、この事件の後しばらく警察の保護下に置かれ、消息を絶ちました。日本を含む海外でも、『服従』は、フランスでのテロの背景を理解する助けになる本として読まれることとなりました。

また、多くの分野で多彩な活躍を続けるウエルベックですが、それらの多方面での活躍は、ウエルベックという作家の全貌を摑みにくくしているかもしれません。彼自身も、自分のイメージが固定しないよう意図的に努めている節があります。

例えば、彼の作品は、第一作から本作『セロトニン』まで、左翼系の音楽・文化雑誌『レ・ザンロキュプティーブル』で書評やインタビューなどの形で取り上げられていますが、同時に、社会的なテーマを扱う自由保守主義系の雑誌『ヴァルール・アクチュエル』では、今年一月ウエルベックが「ウエルベック、国民的作家」というタイトルで表紙を飾りました。極右、反動的とも評されているこの雑誌からのインタビューを突然受け入れ、西欧の衰退について語ると同時に、これ以降、それまで近しい関係にあった雑誌にはインタビューを断るなど、ウエルベックを支持していた媒体をも困惑させ、「ミシェルは右翼に転向したのか？ それとも前からずっとそうだったのか？ それとも挑発的で皮肉な行為なのか？」[*1]と言わしめています。話題作りのためなのか、実際の思想的な変化なのか、いずれにしても、彼はこういった言動をとることが多く、立ち位置を見極めがたいこと自体がウエルベックという表現者を規定しているのだと言えるでしょう。

本書『セロトニン』は、『服従』から四年後の出版で、長く新作が待たれていたこともあり、ベストセラーになることが確約され、実際にもその期待を裏付ける売れ行きの伸びとなりました。初版からわずか半年で、四十七万部の売り上げを記録しています。

本書の出版時期は二〇一九年一月ですが、その三ヶ月前、二〇一八年十月にはドイツで、『西洋の没落』などの著作で知られている歴史学者、オスヴァルト・シュペングラーの名を冠した賞を受賞、出版と同時期の二〇一九年一月にはフランスでレジオン・ドヌール勲章の受賞が決定しました。また、私生活でも二〇一八年秋に中国出身の若い女性と結婚するなど、偶然が重なったにしてはタイミングのいい話題作り、そして出版ぎりぎりになるまでジャーナリストにも見本を送らず、事前に小説の内容を告知しないという方法で、一層メディアの関心を引くことに成功しています。ウエルベックとチャイナドレスの新婦の結婚式の写真を新刊のプロモーション写真としてメディアに送ったところなどは、いかにも彼らしい人を食ったイメージ戦略と言えるでしょう。

前作の『服従』においては、イスラームがフランス社会で政治的な権力を持つという近未来的なテーマが、現実にイスラーム過激派によるテロ事件の当日に出版されたことで、小説と現実がシンクロしている、または、現実を先取りした予言的な小説であるという評を受けました。今回の作品においても、小説の核になる、農家と保安機動隊との抗争場面が、去年、二〇一八年秋からフランス各地で盛り上がった「黄色いベスト」運動を予見しているという読みが盛んになされました。

ウエルベックの小説が、ある意味フランス社会を映す鏡であり、彼の文学は「社会学的文学」であるというのはよく言われるところです。歴史学者のアラン・ブザンソンは「要するに、今日溢れかえっている社会批評というものは、私の認識によれば、現代フランス文学がほとんど顧みないジャンルである。それどころか、頭の中にしか存在しない社会についてひどく間違った批評を現代フランス文学は行ってきたのだ。ウエルベックは調査に基づく実直な仕事をした[*2]」と述べています。確かに、モンサントや、農家の自殺率や離職率の高さ（実際平均二日に一人が自殺し、今後十数年で農業従事者は半分になるだろうと言われています）、欧州統合が酪農家にもたらした功罪をテーマに小説を書けるのはウエルベックくらいかもしれません。

『服従』における衝撃的な偶然があっただけに、予言的なメッセージを見つけようとする読者がいるのは当然ですが、この本でフランス社会を映し出しているのは、農業に従事する人たちの絶望的な状況だけではありません。「蒸発」した主人公の「引きこもり」状態そのものにも、現在のフランス社会とのつながりを見るべきではないかと思います。フロラン＝クロードはテレビでフランスにおける蒸発者増加の報道を見て、自分もその方法で社会から消えることで、ガールフレンドであるユズも厄介払いしようと決心します。

フロラン＝クロードがテレビで見た、フランス国内の蒸発者に関するドキュメンタリー番組は現実においても実際に制作され数年前に放映されたもので、ウエルベック自身もこれを見てインスピレーションを受けたのだと考えられます。

引きこもりの現象は「Hikikomori」という言葉で、フランスでも最近話題になることが増えてきました。社会学者、作家などによる、Hikikomoriについての著作がフランス語ですでに十数冊出ています。フランスでも、それまでは用語がなかったので認知されなかっただけで、実際には引きこもりに陥る若者のケースが毎年数千人出てきているというレポートがあります。また、蒸発については、「évaporés」という言葉で、最近は小説や演劇のテーマとしても扱われるようになっています。特殊な国、日本にだけある特殊な現象と思われていたこの二つが最近様々なメディアで取り上げられることが増え、フランスにとってもこの現象が他人事ではないと捉えられていることを、ウエルベックは敏感に感じ取ったに違いありません。

主人公が蒸発し、引きこもるきっかけになったのが日本人女性なのは、そういうことも絡んでいるのでしょうか。いずれにしても、アーティストのクリスチャン・ボルタンスキーが「私はテレビを見ている時でも常に創作している」と言ったように、ウエルベックの場合にも、インターネットを利用し、テレビを見て吸収したことが何一つとりこぼされず小説に反映されていることが窺えます。

ウエルベックが、作品執筆の際に毎回綿密な調査を行うことはよく知られています。大学人の世界が描かれていた前作『服従』執筆の際、彼が大学界についてかなりの調べを行ったことが指摘されていますが、今回のように引きこもりの主人公を扱った場合でも、彼を取り巻く環境としては実際にも存在する場所が使われています。フロラン＝クロードが泊まったホテルはどれも同じ名前で小説と同じ場所に実在しますし、毎日の散歩をするパリ十三区周辺や、スペインはアルメリア地方のリゾート地の描写が現実に沿っているだけでなく、エムリックの出自であるアルクール家も実際に存在する貴族の家柄であり、最後にフロラン＝クロードがそこに住む子供の命を狙う湖畔の山荘、彼が留まってそこからコテージの定点観測を行うレストランまでも、グーグルマップで特定することが可能です。読者は、もし望むなら、フロラン＝クロードの足跡をそのまま辿ることができるのです。彼の職場である農業界についても、ウエルベック自身の専門であっただけに、現状が詳しく描かれています。同時に彼は細部においてはわざと事実関係の誤りなどをそのまま残しており、巧妙にリアルとフィクションの境を曖昧にしようとしていることが読み取れます。

その一方で、フロラン＝クロードは、自分が関わった数少ない人物の真実でさえも、全て間接的にしか知ることがありません。ユズの奔放な性生活も鳥類学者の秘密もそれぞれのコンピュータを覗き見することで発見し、かつてのガールフレンド、カミーユの現在の私生活、そしてエムリックの死の真相までも双眼鏡越しにみることになります。私小説とは異なり、登場人物以外の枠組みは全て現実に存在しながら、フロラン＝クロードは自分を取り巻く社会とのリアルな接触の機会を失っているのです。そしてある時には、まるで現実自体が、自分を主題にした小説になってしまったようだ、という感慨をもらしさえするのです。フィクションと現実の入り組んだ関係がこの作品を紡ぎあげています。

本書はまた、一種の幸福論でもあります。主人公のフロラン＝クロードは、ぼくは幸福とは何かを知っている、と言い、それが失われたことで自己破滅への道を進みます。カップルとしての幸福、それも性生活を中心とした安定した関係が唯一の幸福として描き出され、その社会モデルはしかし個人主義と男女平等の追求とともに失われてしまったとされます。そこまでは彼の他の作品にも通底する考えですが、今回は、主人公に救いは訪れません。

『プラットフォーム』では、東南アジアの買春ツアーを企画する登場人物が現れ、『服従』では、主人公は心の安寧を求めて修道院に隠遁《いんとん》しようとしたり、エスコートガールを買ってみたりしますが、本書でも、フロラン＝クロードの主治医、アゾトは、自分の患者に、タイに少女を買いに行ったり、エスコートガールを呼んだりすることを推奨するものの、主人公は服薬中のキャプトリクスの副作用のせいでリビドーを失っていて、その助言に従うことはできず、修道院はクリスマスの時期には空きがなく、行くことができません。この主人公は、ウエルベックのそれまでの作品で他の登場人物たちが試みた解決策があらかじめ奪われた状態にあるのです。また、『服従』では、西欧の行き詰まりは服従により（西欧男性は神への服従により、そして女性は男性に服従することにより）回避されるとするディストピアが描かれるのですが、『セロトニン』では解決策は提示されず、フロラン＝クロードには長い苦悩の後の緩慢な死だけが残されています。

フィリップ・ソレルスは、現代文学の傾向を評していみじくもこう語っています。

「ときどき、送られてくる小説を少しばかり読んでみることがある。たいていは感傷的であるか暴力的であるかのどっちかで、不幸な子供時代、結婚生活の失敗、性的な袋小路、社会的障害が話題になっている。（中略）男たちは疲弊《ひへい》し、行き場を見失っているようだ。女たちは苦悩し、またそのことを口に出しもする。幸福というものが存在しない。存在し得ないというばかりでなく、存在してはならないのだ。社会が不調である以上、ぼくも不調でなければならないのだ」[*3]

まるでウエルベックの作品を描写しているかのようなくだりですが、ウエルベックにおけるフィクションとリアルの交わりは、このメッセージに説得力を与えるために作られていると思うことがあります。この物語が、現実に存在する場所と文脈の中で起こっているからには、ここで登場人物が考えることもまた現実を反映している、真実なのだ、と。確かに、ここで描き出される酪農家たちの絶望はリアルですし、女性たちは、日本の読者の方にはあまりにも誇張されすぎだと考えられるかもしれませんが、確かに極端な描かれ方をしているものの、ユズも含め彼女たちはフランス社会に実際に存在する女性の苦悩の一部を確かに反映しています。

だからと言って、主人公の思い描く幸福像はもちろん、全ての人間に当てはまるものではありません。フロラン＝クロードが描くカップルのイメージは西欧白人のヘテロセクシャルの男性にとっての理想に過ぎませんし、性生活だけに重心を置かない幸福なカップル像も当然あり得るはずです。さらに言えば、カップルとしての生活以外に幸福を見出すこともできるわけですから、フロラン＝クロードが陥る袋小路、絶望は、現代の誰もに共通する病ではなく、西欧白人の同性愛者の男性のシェーマの終焉を意味しているとも言えるのです。ただ、小説の枠組みにおいてフィクションと現実の使用が巧妙になされているために、読者の我々も、彼とともに出口の見えないトンネルに入り込んでいき、個人主義の行き着く先には誰にとっても救いがないと思わされてしまうのが、ウエルベックの小説の妙だと言えるでしょう。

本書の主人公はフランスでも上流階級に属しており、彼の親友、エムリックもしかりです。しかしこの二人は同じように没落していきます。そして、その出自にもかかわらず、短絡的、挑発的かつ反動的な発言を繰り返す主人公には、トランプ政権を支持する下流アメリカ白人男性にも通じる部分があります。同性愛者に対する執拗な差別的発言は、彼の男性的な自信が失われていることの裏返しとして現れてきますが、こうした発言は、一歩間違えれば移民に対する差別的発言となって出てきていてもおかしくなかったと思わせるところがあります。実際、『服従』は、ドイツで右翼を支援する層にも読まれ、メルケル首相が難民受け入れの発言をした際に、反対する根拠として

『服従』が引き合いに出されたというエピソードもあります。もちろん、それは作品を解釈する側の問題であり、ウエルベックに非は全くないのですが、現実と戯れる小説の中での挑発的な発言が影響を及ぼす射程範囲には危険な領域も含まれるのだということは、指摘しておいてもいい興味深い部分だと思います（そして、それがゆえに彼は実際シャルリー・エブド編集部襲撃事件の後、身の危険にさらされもしたわけなのですが）。

『セロトニン』はウエルベックにとっての初めての恋愛小説であるとも言えるでしょう。主人公の恋愛観に同意できるかどうかは別にして、登場人物はこの中では女性も男性も人をきちんと愛そうとしています。なおかつ皆がそれに失敗し、誰もが一人孤独に苦しみながら死んでいくのだ、とされます。

この小説が夏のヴァカンスから始まり、クリスマス休暇にクライマックスを迎えるのは象徴的です。夏と冬に皆が数週間ずつ休暇を取るフランスでは、家族やカップルに亀裂が生じている場合、冒頭のユズとの夏季休暇のように、社会生活から切り離され、辛い人間関係と直面する羽目になりますし、いわゆる「リア充」ではない場合には、友人や同僚が旅行に出るのを横目に、一人の時間を過ごさなければならないからです。日本の状況から考えれば、有給休暇を年に何週間も消化できるとは羨ましいようですが、個人の自由が確保されているはずの社会が孤独をさらに深めているという作者の考えがここには表されています。

主人公の、様々な女性との出会いの告白は、小説中でも言及されているように明らかにプルーストを踏襲していますが、二十一世紀の「花咲く乙女たち」は「濡れた若いヴァギナ」でしかなく、現代では引きこもりにしかなれない「ぼく」は、考えがあちこちに飛ぶ、あえて繰り返しが多く句点がない語りを延々と続け、プルーストにおける過去の回想は、『セロトニン』では、自分のかつてあった良き日々の写真で自分のパリ十三区の小さいアパートの壁を埋め尽くすシーンに集約されます。この、メランコリーに満ちた場面は、ウエルベックの展覧会で、彼の愛犬や女性たちの写真が飾られていた展示室を思い起こさせます。展覧会は、彼が特別な愛着を持っている一つのテーマにそれぞれ一室が与えられ、風景、子供時代、スペイン・アルメリア地方、牛などの写真から構成されていました。自分の写真について、ウエルベックはこう語っています。

「私は自分の人生の写真を多くは撮っては来ませんでした、多分、自分にとって大事なものの写真だけを撮って来たのだと思います。それは、何人かの女性と、一匹の犬です」[*4]

ウエルベックが著作を通じて追求してきた、欧米社会における極端な個人主義の行く末という主題については、今回で描かれきった感があります。もはや伝統的なフランス社会のモデルに戻ることは叶わず、『服従』においてはイスラームへの改宗により辛うじて可能になっていた人生の救いもなくなった時に突き当たる、行き場のない絶望が、このテーマの集大成とも言える本書で示されてしまった今、ウエルベックは今後どのような小説を書くのでしょうか。自らの創作自体も消尽に向かうのか、それとも全く新たなテーマを繰り出してくるのでしょうか。

「『服従』刊行時に『もう何も考えていない』と言ったミシェルは不死鳥のごとくよみがえった」[*5]と、今後の新たな展開を予期する評者もいれば、「ウエルベック的な作品は抗い難い苦悩と等価であり、それは『セロトニン』で最終段階に至ったように思われる。結構なことだ。この作家が飽きることなく描き出す、告知された死とは、世界は自分の快楽、言葉を変えれば男根の周りを回っていると何世紀も前から思い込んでいる、支配的な地位にある白人男性の死である。『セロトニン』のヒーローである、フロラン=クロード・ラブルストは、その最後のアバターであり、彼にとって、賭けはもう終わってしまったのだ[*6]」と、彼の主要なテーマがここで一つの結末を迎えたとする女性評論家もいます。

彼自身は、昨年末のインタビューで以下のように答えています。

「『ウエルベック的』と呼ばれる世界のある現象があり、それは私が書く前には誰も書かなかったことであることは確かです。ある生のあり方を見出したことによって、私の仕事が賞賛されることはあってもいいと思います。（中略）私の作品を読むものは、世界が耐え難いものであることを知り、その人たちの人生はそれによって変わってしまうかもしれない。その点で、私は作家の責任は重大だと知っています[*7]」

今後、これまでには書かれていないどんな新たなウエルベック的世界を彼は見せてくれるのでしょうか。私たち読者はこれからの作品の展開を楽しみに待ちたいと思います。

本書を翻訳する機会を与えてくださいました担当編集者の島田和俊さん、本文中での訳者のフランス語に関する疑問に丁寧に答えてくださったパトリック・オノレさんに感謝の言葉を申し上げます。

二〇一九年　於パリ

関口涼子

＊1　«Quelles sont les «Valeurs actuelles» de Michel Houellebecq ?» Nelly Kaprièlian, le 6 novembre 2018, *Les Inrockuptibles.*

＊2　Alain Besançon, «Houellebecq», *Commentaire*, n°96, 2002, p. 943.

＊3　『本当の小説　回想録』、フィリップ・ソレルス、三ツ堀広一郎訳、水声社、二〇一九年。

＊4　« Houellebecq met en scène ses obsessions su Palais de Tokyo », L'Express, le 22 juin 2016.

＊5　«Quelles sont les «Valeurs actuelles» de Michel Houellebecq ?» Nelly Kaprièlian, le 6 novembre 2018, *Les Inrockuptibles*.

＊6　«Houellebecq ou le lent (et nécessaire ?) suicide de l'homme blanc», par Elisabeth Philippe, Nouvel Observateur, le 29 décembre 2018.

＊7　Europe 1局に対してウエルベックが二〇一八年十月十一日に答えたコメント。

著者略歴

ミシェル・ウエルベック

Michel Houellebecq

1958年生まれ。1998年、長篇『素粒子』が大ベストセラーとなり、世界各国で翻訳・映画化される。現代社会における自由の幻想への痛烈な批判と、欲望と現実の間で引き裂かれる人間の矛盾を真正面から描きつづける現代ヨーロッパを代表する作家。小説に『ランサローテ島』(2000)、『プラットフォーム』(01)、『ある島の可能性』(05)、『地図と領土』(10、ゴンクール賞受賞)、『服従』(15) など。エッセイに、『H・P・ラヴクラフト　世界と人生に抗って』(1991)、『ショーペンハウアーとともに』(2017) など。

訳者略歴

関口涼子（せきぐち・りょうこ）

1970年生まれ。詩人・翻訳家。訳書に、P・シャモワゾー『素晴らしきソリボ』、J・エシュノーズ『ラヴェル』、M・エナール『話してあげて、戦や王さま、象の話を』など。多和田葉子、杉浦日向子など、日本の小説・コミックのフランス語訳も数多く手がけている。

セロトニン

2019年9月20日　初版印刷
2019年9月30日　初版発行

著　者　ミシェル・ウエルベック
訳　者　関口涼子
装　画　井田幸昌
装　丁　鈴木成一デザイン室
発行者　小野寺優
発行所　株式会社河出書房新社
〒151-0051　東京都渋谷区千駄ヶ谷2-32-2
電話　(03) 3404-1201〔営業〕(03) 3404-8611〔編集〕
http://www.kawade.co.jp/
組　版　株式会社創都
印　刷　株式会社亨有堂印刷所
製　本　小高製本工業株式会社

ISBN978-4-309-20781-0